本书受浙江省高等教育“十三五”第二批教学改革研究项目
“MOOC（慕课）教学在作家作品专题研究类课程中的应用与实践
——以《鲁迅十五讲》为例”支持

温州大學中文學科建設叢書

鲁迅十五讲

彭小燕　孙良好　郭　垚　著

ZHEJIANG UNIVERSITY PRESS
浙江大学出版社

图书在版编目（CIP）数据

鲁迅十五讲 / 彭小燕，孙良好，郭垚著. — 杭州 :
浙江大学出版社，2019.12
ISBN 978-7-308-19893-6

Ⅰ. ①鲁… Ⅱ. ①彭… ②孙… ③郭… Ⅲ. ①鲁迅研究 Ⅳ. ①I210

中国版本图书馆CIP数据核字（2019）第288039号

鲁迅十五讲
彭小燕　孙良好　郭　垚　著

责任编辑　牟琳琳
责任校对　杨利军　夏斯斯
封面设计　周　灵
出版发行　浙江大学出版社
（杭州市天目山路148号　　邮政编码　310007）
（网址：http://www.zjupress.com）
排　　版　杭州林智广告有限公司
印　　刷　广东虎彩云印刷有限公司绍兴分公司
开　　本　710mm×1000mm　1/16
印　　张　16
字　　数　255千
版 印 次　2019年12月第1版　2019年12月第1次印刷
书　　号　ISBN 978-7-308-19893-6
定　　价　49.00元

浙江大学出版社市场运营中心联系方式：0571-88925591；http://zjdxcbs.tmall.com

出版说明

出版慕课（MOOC 爱课程平台）“鲁迅十五讲”的授课讲稿，一个最主要的原因是为了慕课学员学习的方便。作为一门慕课课程，“鲁迅十五讲”具有以下两个特点：

第一，慕课课程“鲁迅十五讲”，是在教育部第五届高等学校科学研究优秀成果奖（人文社会科学二等奖）《存在主义视野下的鲁迅》（北京大学出版社，2007 年）的基础上提炼而成（涉及部分授课录音整理），学术基础好，内涵精炼。

第二，“鲁迅十五讲”上线后，短时间内已成为慕课上一门颇受欢迎的在线课程。第一轮课程（“鲁迅十二讲”）2019 年 5 月开课，8 月课程结束，有近 13000 人在线收看，450 人收藏，收获诸多好评，总评分 4.9 分（满分 5 分）。读者扫描本书各节标题处的二维码，即可在线观看“鲁迅十五讲”的授课视频。这是国内网络平台上第一门关于鲁迅的专门课程，它之受欢迎见证了鲁迅在当今社会的影响力。

十五讲课程，前十二讲由彭小燕主讲，第十三、十四讲由郭垚主讲，第十五讲由孙良好主讲。

“鲁迅十五讲”（含导言、结语），是对鲁迅其人其文的讲授，这些讲授十分自觉地吸纳了东亚世界（以中国、日本为核心）鲁迅研究的成果。后一部分内容是四篇“鲁迅研究”阅读笔记（由彭小燕完成），这些笔记是对东亚鲁迅研究重要成果的精细解读，这些解读有助于读者、听众更真实、更深入地理解鲁迅。阅读笔记曾作为论文刊发在杂志上，收入本书时在格式体例上尽量尊重发表时的面貌。无论是“鲁迅十五讲”，还是“鲁迅研究”阅读笔记，都体现着对鲁迅其人其文的整体性观察、对鲁迅世界的哲学内涵的独到呈现（这一呈现一以贯之地追求深入浅出的效果）以及对鲁迅作为东亚文化人物的存在性、影响力的自觉涵括。如此，本书的整体性得到相当程度的支撑。

2019 年 8 月

目录

“鲁迅研究”阅读笔记

导　言　鲁迅，中国现代“思想—文化—精神”史上的丰碑

存在这样一个问题：为什么是鲁迅呢？

鲁迅，是中国现代“思想—文化—精神”史上的丰碑。深刻，沉厚。

在中国人通向现代“文化—文明”的征途上，鲁迅是绕不过去的精神灯塔，他提供了同时代人所未能提供的，尤具深度、力度、完整度、丰茂程度的现代性精神资源。这一精神资源，不仅仅是学术、知识，更是一个现代人建构自身独立不依的精神性存在，感知生命的美善，应对可能出现的自我人生曲折，建构他人与自我之间的人道、平等关联，直至生成自我人生意义，担当人间道义、社会责任的启示性精神能量。

尤具警示意义的还有，当我们的民族、国家跟其他民族、国家建立关系的时候，鲁迅也提供了“自省省他—互为人道—相互平等”的天平。

19世纪以来，中国的现代化，是在外力的“威慑—压制—推力”下变得迅速起来的。1840年以后的很长时期里，中国人一直面临着生死存亡的压力。西方强国对落后中国实施的暴行、掠夺以及种种不平等待遇，让国人倍感屈辱、压抑。国人中的优秀分子不断地谋变、图强，或登高疾呼，或身陷囹圄，挥汗浴血，在在有之：晚清洋务派的科技维新、中体西用，立宪派的政治制度维新、新民兴国，辛亥革命的民主救国，新文化运动时期的“道德—思想—文化”重建。

正是在“道德—思想—文化”重建的关键意义上，同时也是在“人”的精神重建的意义上，鲁迅所提供的极具现代性的“思想—文化—精神”资源，弥足珍贵，尤具深度、力度，尤为完整、丰茂。最关键的一个根本路向是，鲁迅留给我们的，不是对某种相对进步的现成“文明—文化”的追慕、向往，而是追问：我们有什么样的持久顽韧的生命方式、文化路径、生存毅力，足以通达人间世界的美好园地呢？

鲁迅的思想，以独立、自由之“我”（个）性、人道主义底蕴、平等意识（“相互主体性意识”）等，凸显现代人类生活的基本法则；以萌蘖于青年时代的“立

人”——“人各有己”“个的自觉”为核心，最具深度地达及中国人精神生命的现代性转化——这一转化，实为中国人精神史上历千年而未有的大变。在此基础上，鲁迅也最具深度、力度地求中国社会和中国人的独立、自由、尊严，求中国社会和中国人的美好改变。对外、对内，他之没有丝毫的媚骨和奴颜是确实的。

鲁迅视个体生命自觉、自由的信仰境界——一个“有自我”的世界——为现代人的至上精神，并经此“对峙—超越”人间世界与自我人生的虚无。以“批判—介入”的话语实践、生命实践，勇毅地践履自身对战士生命的自觉抉择，这是鲁迅最显著的精神特质。借此，鲁迅终成一代有机知识分子、左翼知识分子的深刻典范，既担当着历史时代的人间道义、社会责任，也不断“对峙—超越”着人类生活中的虚无。

让我们一起努力，成为鲁迅世界的理解者吧。

第一讲　留日时期鲁迅的思想深度

第一节　“立人”思想的深度

——“个的自觉”与涉险“虚无—自由”

一、作为核心的“立人”思想与“个的自觉”

青年鲁迅在日本留学八个年头（1902—1909）。这期间，他留下了五篇文言论文：其中四篇（《人之历史》《科学史教篇》《文化偏至论》《摩罗诗力说》）收入《坟》，见《鲁迅全集》第一卷；另一篇《破恶声论》收入《集外集拾遗补编》，见《鲁迅全集》第八卷。[①]

一个多世纪以来，人们对这五篇论文研究很多。今天，我们要讲的内容是，这些论文中呈现的鲁迅“立人”思想的深度，我们认为这是青年鲁迅文字中所呈现的思想的最深地带。留日时期鲁迅的“立人”思想，是青年鲁迅最核心的思想，[②]也是他对中国现代文化，乃至东亚现代文化的独特贡献。

> 是故将生存两间，角逐列国是务，其首在立人，人立而后凡事举；若其道术，乃必尊个性而张精神。
>
> ——第一卷《坟·文化偏至论》

这里，我们看到了对青年鲁迅来说很重要的一个关键词“尊个性”。鲁迅的相关表述，还有“个性张，沙聚之邦，由是转为人国”“张大个人之人格，又人生之第一义也”等等。学界把青年鲁迅对人之个性、“个人之人格”的强烈推崇，称为“个”的发现，或称“个的自觉”，鲁迅的“立人”呼唤也相应地被称为“人

---

① 本书对鲁迅原文的采用均据《鲁迅全集》，北京：人民文学出版社，1981年。下不另注，仅在行文中夹注卷、文集名及篇名，例如，若原文取自《坟》中的《摩罗诗力说》，就夹注为：第一卷《坟·摩罗诗力说》。

② 鲁迅思想中的“立人”核心，早在1981年就为王得后先生所关注：“鲁迅独特的思想是什么呢？是不是可以这样来概括：以‘立人’为目的和中心；以实践为基础；以批判‘根深蒂固的所谓旧文明’为手段的关于现代中国人及其社会如何改造的思想体系。”参阅王得后：《致力于改造中国人及其社会的伟大思想家》，《鲁迅研究》1981年第5期；文收王得后主编：《探索鲁迅之路——中国当代鲁迅研究》，北京：北京师范大学出版社，2003年，第301—349页。

的发现”。[①]“立人”，所立的是一个自觉、自由、独立的自我——一个个体的人，是实现“人各有己”的“人”之理想。

二、“立人”的深度——涉险“虚无—自由”

那么，“人”如何“立”呢？正是在这里，鲁迅走到了人类精神最深刻的地带，走到了一种可称为“涉险虚无”的境地。这里的“虚无”指的是一种人生状态，一种没有意义没有价值，也没有方向的人生状态。令人惊讶的是，年轻的鲁迅还是非常年轻啊，他并不在乎我们这里说的“虚无”，这种否定性的生存状态。他把一种可以称为“虚无”的状态视为“自由”：拒斥已定的全部意义价值，否定既成的几乎所有人生方向；颂之为没有束缚，一切自由，全看自己怎么搞定。

> 人必发挥自性，而脱观念世界之执持。惟此自性，即造物主。

> 惟有此我，本属自由……义务废绝，而法律与偕亡矣。意盖谓凡一个人，其思想行为，必以己为中枢，亦以己为终极：即立我性为绝对自由者也。

> 既知自我，则顿识个性之价值；加以往之习惯坠地，崇信荡摇，则其自觉之精神，自一转而之极端之主我。
>
> ——第一卷《坟·文化偏至论》

> 往虽有神，而康拉德早弃之，神亦弃康拉德矣。故一剑之力，即其权利，国家之法度，社会之道德，视之蔑如。……利剑轻舟，无间人神，所向无不抗战。
>
> ——第一卷《坟·摩罗诗力说》

在这里，年轻的鲁迅写下的是一些十分孟浪的文字。虽然是复述他人的观点，但看得出来鲁迅对这些观点是在兴奋中予以认同的。深刻的是，这些文字具有某种根本意义上的两面性。一方面，义务、法律、崇信、道德、习惯、法度……人间的种种规则都可以不管不顾了，甚至“神”也被“无间人神，所向无不抗战”，

---

① 参阅［日］伊藤虎丸：《鲁迅与日本人——亚洲的近代与“个”的思想》，李冬木译，石家庄：河北教育出版社，2000年；［日］伊藤虎丸：《鲁迅与终末论——近代现实主义的成立》，李冬木译，北京：生活·读书·新知三联书店，2008年。

这是彻底自由了，然后一切都归乎“我”了：

> 惟有此我，本属自由……
>
> 立我性为绝对自由者也。
>
> ——第一卷《坟·文化偏至论》

但是，多想一想的话，问题就来了：什么都否定、拒斥，束缚是没有了，但是，既定的人生方向也就没有了；是非善恶的已有定准被无视了，稳定的、可以依靠的价值准则也就不存在了。在这样的“自由”里，不是已经不见人生的意义价值和方向了吗？不就是虚无——或者，离虚无很近了吗？是啊，在欧洲，只要不信神（上帝）了，人也就虚无了。尼采宣称“上帝死了”，他同时就惊恐地说，啊，人的精神太阳陨落了：

> 我们是否会像穿过无穷的虚无那样迷路呢？①

年轻的鲁迅在触及这样的虚无之境时，却丝毫不以为意，我们可以说，他是“只见自由，不悟虚无”。真是年轻啊！

前面的引文中，诸多语词都指向人的“独立自我”：“自性”“此我”“我性”“自我”“主我”。这些构筑独立自我的个体性元素都与“崇信”摇荡、否定既有规则的“虚无—自由”渊面为邻。人的独立自我——也就是鲁迅的“立人”目标，“人各有己”的“己”，“个的自觉”的“个”就这样诞生，在虚无，也是彻底自由的渊面上诞生。

在这里，我们鲜活地看到：虚无和自由是镜子的两面。积极地看，是自由，以及“我”的意义价值创造；消极地看，是虚无，是置身否定之中的“我”暂居人生的不见意义、不意方向的境地。

---

①［德］尼采：《快乐的科学》，黄明嘉译，桂林：漓江出版社，2000年，第125节，第151页。

第二节　置身现代“人”之信仰高地

人生不能止于否定，越彻底的否定越不能久留。那么，青年鲁迅的思路沿此将走向何处呢？

一、对信仰的推崇

青年鲁迅的思想并非仅仅呈现彻底否定、拒斥的意向。事实上，他所呈现的肯定元素太多了：“文明”“立人”“自我”（鲁迅常常用“自性”“此我”“主我”“我性”“个性”“自心之天地”“自有之主观世界”等语词指向大致可以用“人”之独立自我来统摄的意蕴）。我们用“自我”或“独立自我”来意指鲁迅的这类描述。当然，我们感觉在鲁迅那些用词的背后，似乎还藏着更辽远的内在生命想象，然而，所有这些想象，当我们认真地对待人之“自我”，并思味它的原初由来时，也一样可以足够深远地驰骋我们的思维。鲁迅的肯定性用词诸如“自由”“精神”“意力”（即意志——笔者）“反抗”等等，很多，直到——我们看见青年鲁迅又是推崇信仰的。不能放过鲁迅对信仰的理解，乃至推崇，因为这里存在着事关他一生精神机密的大事件。鲁迅在本质意义上，无谓西东，是人类精神史上的现代信仰者。

谈到古典的宗教信仰，鲁迅说：

> 希伯来之民，大观天然，怀不思议，则神来之事与接神之术兴，后之宗教，即以萌孳。虽中国志士谓之迷，而吾则谓此乃向上之民，欲离是有限相对之现实，以趣无限绝对之至上者也。
>
> ——第八卷《集外集拾遗补编·破恶声论》

鲁迅以极大的想象力描述希伯来远古先民缔造神灵信仰时，超越世俗世界的至上“心灵—精神”需要。他也肯定中国古代先民崇拜“百昌”的泛神宗教信仰，认为能“充足人心向上之需要”。在同时代诸多新型知识者以科学之名否斥信仰时，鲁迅发出了极其个性化的倡言："伪士当去，迷信可存。"他坦言："人心必有所冯依，非信无以立，宗教之作，不可已矣。"

沿着这样的思路，我们能够将青年鲁迅呈现的，既有诸般彻底否定、涉险虚无的元素，又见多样十分肯定、执着召唤之元素的精神世界整一起来，我们不再流于鲁迅世界矛盾、悖论缤纷并且不适宜整一起来的既有思路，从而实现对鲁迅理解的再出发。

二、对尼采"上帝死了"的深刻理解

说到信仰的话题，举最便捷、普遍的例子。依前文的论述，我们知道，当尼采宣称"上帝死了"的时候，他随即惊呼：

> 我们是否会像穿过无穷的虚无那样迷路呢？①

存在主义哲学家尼采宣称"上帝死了"，那么，他是不是就没有任何信仰了，或者，他跟信仰问题已经没有关系了？鲁迅不这样看，他说：

> 至尼佉氏，则刺取达尔文进化之说，掊击景教，别说超人……则其张主，特为易信仰，而非灭信仰昭然矣。
>
> ——第八卷《集外集拾遗补编·破恶声论》

这里的"景教"即"基督教"。鲁迅这里的看法在整个的人类精神史上都是极其深刻的。这里，我们先给鲁迅找个伴，这个伴很牛，在哲学界鼎鼎有名，就是海德格尔。海德格尔说，这个如此这般发疯的人（即宣告上帝死了的那人——笔者）与那种"不信上帝"的公共游民毫无共同之处——

> 因为公共游民们之所以不信神，并不是由于上帝本身对他们来说变得不值得信仰了，而是由于这些游民本身不再能够寻找上帝，从而放弃了信仰的可能性。他们不再寻找，是因为他们不再思想。

① ［德］尼采：《快乐的科学》，黄明嘉译，桂林：漓江出版社，2000年，第125节，第151页。

> 疯子却是叫喊着上帝而寻找上帝的人。在这里，莫非实际上是一位思想者在作歇斯底里的叫喊？而我们的思想的耳朵呢？我们的思想的耳朵总还没有倾听这叫喊吗？[①]

海德格尔跟鲁迅一样深刻，他隆重地表扬了尼采的思想——因为这是欧洲人精神史上两千年未有之大变，而尼采孤独地、过早地发现了。海德格尔当然也看得到，哲学家尼采不是在毁灭信仰，而是在无比积极地寻找信仰（上帝）。但尼采的信仰已经变了，不再信仰上帝了，尼采自己呼唤的新信仰是“超人”。“超人”又是什么呢？大家也许各有臆想。然而，它的意思既简朴、平凡，又深刻、隆重：

> “超人”——成为真正的你自己。[②]

也就是鲁迅说的“人各有己”，人的独立自我的生成。由此可见，尼采对鲁迅的影响是深刻而真实的。

三、青年鲁迅的信仰之境

伴随着鲁迅对信仰的推崇，堪称青年鲁迅之信仰对象的元素也在他最初的文本里呈现：

> 顽愚之道行，伪诈之势逞，而气宇品性，卓尔不群之士，乃反穷于草莽，辱于泥涂，个性之尊严，人类之价值将咸归于无有……

> 取今复古，别立新宗，人生意义，致之深邃，则国人之自觉至，个性张，沙聚之邦，由是转为人国。

> ……去现实物质与自然之樊，以就其本有心灵之域；知精神现象实人类生活之极颠，非发挥其辉光，于人生为无当；而张大个人之人格，又人生之第一义也。

---

① ［德］海德格尔：《海德格尔选集》（下），孙周兴选编，上海：上海三联书店，1996 年，第 819 页。

② 参阅拙著《存在主义视野下的鲁迅》有关尼采的部分，北京：北京大学出版社，2007 年，第 24—34 页。

> 成然以觉，出客观梦幻之世界，而主观与自觉之生活，将由是而益张欤？内部之生活强，则人生之意义亦愈邃，个人尊严之旨趣亦愈明……
>
> ——第一卷《坟·文化偏至论》

当鲁迅把“个性”“本有心灵”“个人之人格”“主观与自觉”“个人尊严”等，每每筑成自由独立之“我”的义项，直接地、反复地与“人类之价值”“人生意义”“人生之第一义”等紧密相连时，我们可以说，这些元素业已构成青年鲁迅的生命信仰。

与古典宗教信仰的归向“上帝”“佛”“真主”等不同，青年鲁迅深受尼采影响，将“人”之独立自我置于信仰的意义上。我们说，此时青年鲁迅所进入的是现代“人”的信仰高地。

第三节　“相互主体性”：青年鲁迅贡献的“自我—他人”“自省—平等”意识

前面我们完成了对青年鲁迅“立人”思想的核心内容（“个的自觉”）及其触及深度（“虚无—自由”）、抵达高度（现代人的信仰）的讲解。一般而言，谈到鲁迅早期的思想，人们还会注意到他在叔本华、尼采等人的哲学影响下对人的“意力”（自由意志）的关注。逻辑上，我们认为，在鲁迅那里，人的自由意志是一个人生成其自我意识（所谓自觉）、然后自为（成为独立自我）的原初生命力。

由于这个观点比较普遍地为人所接受，我们就不多讲了。接下来要讲的问题是由此引出的，学界处理得比较不容易的一个问题。

一、鲁迅与18—19世纪欧洲的“民主—自由”文化

如前文提到的，青年鲁迅因为重视自由意志，所以，他在早期诸篇论文（尤以《文化偏至论》为最）里纵论人类“历史—文化”的不息前行时，尤为瞩目生命的自由意志的作用。鲁迅从欧洲的远古时期一一道来，讲的是每一个历史阶段的某种代表性的人类文化萌生、繁荣、衰落的偏至性规律。每一种文化到

一定的时候就被新起的文化怀疑、批判，双方对峙，并最终生成新的文化。所以，鲁迅连中世纪宗教文化的好处都说了；当然，他紧接着就说中世纪文化的各种问题了，思想被禁锢、教皇特权等等。那么，轮到18—19世纪的文化的时候，鲁迅也依此思路说了这一文化的问题：

> 流风至今，则凡社会政治经济上一切权利，义必悉公诸众人……同是者是，独是者非，以多数临天下而暴独特者，实十九世纪大潮之一派，且蔓衍入今而未有既者也。
>
> ——第一卷《坟·文化偏至论》

涉及这类表述，鲁迅的话就成了问题，因为否定18—19世纪理性启蒙文化而被人们质疑了[①]。这个问题本来是不难的，如果我们是具有话语整体感的读者的话。因为鲁迅同时也反复强调了18—19世纪理性启蒙文化的优点：

> 英当十八世纪时，社会习于伪，宗教安于陋，……于是哲人洛克首出，力排政治宗教之积弊，唱思想言议之自由，……
>
> 而在文界，则有农人朋思生苏格阑，举全力以抗社会，宣众生平等之音，不惧权威……
>
> ——第一卷《坟·摩罗诗力说》

> 革命于是见于英，既起于美，复次则大起于法朗西，扫荡门第，平一尊卑，政治之权，主以百姓，平等自由之念，社会民主之思，弥漫于人心。
>
> 物质文明之盛，直傲睨前此二千余年之业绩。……为汽为电，咸听指挥，世界之情状顿更，人民之事业益利。
>
> ——第一卷《坟·文化偏至论》

如此，我们就不能说鲁迅对近现代“民主—自由”文化与“科学—物质”

① 参见汪晖：《反抗绝望——鲁迅及其文学世界·第二编》，石家庄：河北教育出版社，2002年，第179—323页。

文明怎样地予以否定了。鲁迅只是在强调，无论在哪个时代何种社会里，人类生命都是存在自由意志的，都不会满足现状，人类的“历史—文化”会在新的境况下继续发展，谋求更高更好的生存境遇。在这个意义上，18—19 世纪的人类“历史—文化”也不是最后的范本，也会出现新的问题，再生新的文化思潮。想想今天的各种亚文化思潮、群落，我们就明白鲁迅是很厉害的。当时的鲁迅就注意到了 19 世纪后半叶的所谓“神思宗之至新者”，这就是以尼采、叔本华、施蒂纳等为代表的新兴文化，其核心意旨用鲁迅的话说就是：“掊物质而张灵明，任个人而排众数”；“尊个性而张精神”。

鲁迅是在充分肯定人类历史文化的过往成就——“欧洲十九世纪之文明，其度越前古，凌驾亚东，诚不俟明察而见矣”（《坟·文化偏至论》）——的心境下，再行吸纳欧洲新兴文化思潮的影响，纠偏已有历史文化，纠偏其已经存在的对于人之独异个性、人之辽远精神可能形成的压力，而倡言“个性”“精神”，倡言人不能泯灭于大群，亦不能沉沦于物质世界——我们能够感到这些话在当代中国的意义。前面讲了，鲁迅在这条路上的深刻（涉险“虚无—自由”）、高远（抵达现代“人”的信仰境界），今天我们又看到了鲁迅思想的历史广度——它在人类历史文化时空中的穿透力。

二、留日时期鲁迅的“相互主体性”意识

那么，“相互主体性”问题是怎么提出来的呢？这不仅联系着刚刚说到的、学界对鲁迅与 18—19 世纪文化的关系的误读（“相互主体性”是对这一误读的努力拨正），更与 20 世纪后半叶出现的世界性思潮有关。比如现代性终结的话题出来后，与中国乃至东亚历史的现代性进程联系紧密的鲁迅价值，在整体上被质疑了。一些学者（就我的了解，至少有北京大学的高远东和东京大学的代田智明等）在 21 世纪继续追问鲁迅思想的当代价值。

相关的思考主要以《破恶声论》为资源：

> 不尚侵略者何？曰反诸己也，兽性者之敌也。
>
> ——第八卷《集外集拾遗补编·破恶声论》

主体只有在“反诸己”的“自省”—再“自觉”之中，才能通过关系中的

> 互动，使自己得到真正的锤炼和改造，由单一关系的存在而发展为一种相互关系的平等存在。①

在我们看来，“相互主体性”概念中最关键的元素就是“相互关系的平等存在”，而“平等”一说，如前面所谈，鲁迅在肯定19世纪欧洲文化历史的贡献时曾反复提到过。但“相互主体性”概念的发明者有其更深广的考虑：

> 鲁迅“反诸己”思想的贡献，不仅在于使其“自觉”的“立人”法克服了自我肯定的“自闭症”倾向，而且在于其对异己者（他人、社会、文化、国家）关系的相互性的发现。只有在相互关系中，“兽性者”才有可能思考、关注他人的“不乐为皂隶”问题；只有进行“反诸己”的“自省”，“兽性者”与“奴子之性”者才可能在与他人、与异己者的关系中产生“觉悟”，最终出脱主从关系。②

这种“相互主体”“相互平等”的意识一旦觉醒——

> 不仅表现在人与人的关系上，而且还表现在人与社会、人与国家，乃至社会与社会、社会与国家、国家与国家的诸种关系上，正因为把握了这一关键，鲁迅“立人”的主体化构造才最终进入了“人各有己”、“群之大觉”的相互主体的格局，其“立人”的“主体性”也才发展为“群”、“国”关系上的“相互主体性”。③

依据这一思路，青年鲁迅的“相互主体性”资源，对于处理复杂而不乏混乱、戾气的当代世界局势，思考个性尤为丰富多样的现代人之间的相互关系，都颇具启示价值。因而，鲁迅的意义在21世纪仍然存在，仍然是可以再出发的。

---

① 高远东：《现代如何“拿来”——鲁迅的思想与文学论集》，上海：复旦大学出版社，2009年，第70页。
② 高远东：《现代如何“拿来”——鲁迅的思想与文学论集》，上海：复旦大学出版社，2009年，第70页。
③ 高远东：《现代如何“拿来”——鲁迅的思想与文学论集》，上海：复旦大学出版社，2009年，第70—71页。

第二讲　“精神界之战士”安在？

——青年鲁迅向往的生存方式、呈现的话语形式

第一节　“反叛—抗世”型生命范式

——青年鲁迅心仪的生命存在方式

看这个题目，估计大家心里就有点想法了，一个人好好的，为什么要有这样的一份心仪？如果我们了解世界文学史的话，就会发现文学史上很多伟大的作品都与反抗有缘。俄狄浦斯王反抗古老难缠的命运，他当然输了。然而，俄狄浦斯王毕竟伟大，他以刺瞎双眼、流放自己的方式，继续反抗、蔑视命运，找回自己作为一个人的最后尊严。《哈姆莱特》里有著名的段落：“生存还是毁灭，这是一个值得考虑的问题，默默忍受命运的暴虐的毒箭，或是挺身反抗人世的无涯的苦难，通过斗争把他们扫清，这两种行为，哪一种更高贵？”还有似乎更伟大的堂吉诃德，说自己反抗着整个人类生活中最糟糕的黑铁世纪，反抗着一心败坏人类美好生活的魔鬼。

青年鲁迅对“反叛—抗世”型生存方式的向往，主要集中在《摩罗诗力说》里。

一、“反叛—抗世”的中国知识分子精神史意义和青年鲁迅的识见

我们能够看到鲁迅对“反叛—抗世”型人生方式的精神史认知，他纵论中国的传统文化、诗词，叹息“反叛”“抗世”元素的稀有。他首先批判的就是中国“爱智之士”的“尚古”“隐逸”倾向：

> 吾中国爱智之士，独不与西方同，心神所注，辽远在于唐虞，或径入古初，游于人兽杂居之世。
>
> ……惟自知良懦无可为，乃独图脱屣尘埃，惝恍古国，任人群堕于虫兽，

而已身以隐逸终。思士如是，社会善之，咸谓之高蹈之人。

——第一卷《坟·摩罗诗力说》

“尚古”“隐逸”，是中国历史上对现实有所不满的知识者脱离实际人生的基本逃路，“反叛”“反抗”的事自然与他们无关。鲁迅又批判老子哲学所召唤的对现实世界的平顺态度，反叛、反抗云云，完全在老子哲学的视阈之外：

老子书五千语，要在不撄人心；以不撄人心故，则必先自致槁木之心，立无为之治；以无为之为化社会，而世即于太平。

——第一卷《坟·摩罗诗力说》

在中国传统文化精神的宏大视野里，鲁迅批判中国传统诗歌自“诗三百”开始，已日益“许自繇于鞭策羁縻之下”“多拘于无形之囹圄，不能抒两间之真美；否则悲慨世事，感怀前贤，可有可无之作，聊行于世”。只有屈原于将逝时刻——

怼世俗之浑浊，颂己身之修能，怀疑自遂古之初，直至百物之琐末，放言无惮，为前人所不敢言。

——第一卷《坟·摩罗诗力说》

而鲁迅仍然慨叹：

然中亦多芳菲凄恻之音，而反抗挑战，则终其篇未能见。

——第一卷《坟·摩罗诗力说》

鲁迅认为，屈原之后，中国几乎没有抒发自我真心、表现自由“人志”的诗篇了。“凡诗宗词客，能玄彼妙音，传其灵觉，以美善吾人之性情，崇大吾人之思理者，果几何人？上下求索，几无有矣。”（《摩罗诗力说》）在鲁迅的陈述里，我们可以感到“反叛”“抗世”作为一时的言动已经是中国传统文人诗哲中所稀缺的，作为一种人生心态、临世方式则更是亘古稀有，数得出来的大概只有刑天、夸父这类的神话人物了。可以说，鲁迅给出的是一份对中国士人精神史的独到认知；鲁迅对“反叛—抗世”型生命范式的心仪，亦可谓中国知识分子处世精神、生存方式的涅槃式新生。

二、别求新声于异邦——青年鲁迅向往“反叛—抗世”型生存方式的精神资源

鲁迅所心仪的“反叛—抗世”精神，源头在欧洲、俄国的“摩罗派”诗人——浪漫主义诗人——那里。

> 今且置古事不道，别求新声于异邦……至力足以振人，且语之较有深趣者，实莫如摩罗诗派。
>
> ……今则举一切诗人中，立意在反抗，指归在动作，而为世所不甚愉悦者悉入之。
>
> 大都不为顺世和乐之音，动吭一呼，闻者兴起，争天拒俗，而精神复深感后世人心，绵延至于无已。
>
> ——第一卷《坟·摩罗诗力说》

由《摩罗诗力说》可见，鲁迅不仅认同摩罗派诗人的“刚健抗拒破坏挑战”之声，而且心仪诗人笔下的“反叛—抗世”形象，以及诗人本人的叛世、反抗行状。拜伦笔下的康拉德孤独叛世，选择做海盗；曼弗雷德寂寞自处而宁愿求死，不与世间秩序妥协；雪莱笔下的普罗米修斯，反叛宙斯，宁赴血肉之难而不屈服；莱蒙托夫《神摩》中的少年，为求生命自由而不惜赴死；等等。鲁迅也着意突显摩罗诗人自身的生存行动，突显他们以反叛与对抗的方式应对现实、影响现实的生命特质。说拜伦“人既独尊”“所遇常抗……尊己而好战，其战复不如野兽，为独立自由人道也”。讲雪莱，细述他早年在大学的叛逆与反抗行动。至莱蒙托夫，说他一生的行动“奋战力拒，不稍退转”。

鲁迅不仅在中国文化史上察知“反抗挑战”之声、之人的稀少，察知这一“另类”“异质”型人生心态、临世方式在历史上的被遗落，也在欧洲文化史上探寻“反叛—抗世”之生命形式的“异质性”“反叛性”，进而辨认出这种生命存在方式在整个人类“文化—精神”史上的独到价值。在西方文化史的宏阔视野下，

鲁迅把“反抗挑战”的摩罗诗人与神圣上帝秩序的反叛者撒旦相提并论：

> 故世间人，当蔑弗秉有魔血，惠之及人世者，撒但其首矣。然为基督宗徒，则身被此名，正如中国所谓叛道，人群共弃，艰于置身，非强怒善战豁达能思之士，不任受也。
>
> ——第一卷《坟·摩罗诗力说》

更借生物学家之言，确认摩罗诗人们在人类“文化—精神”链条上的“异质”性蜕变，并极力赞美：

> 抑吾生物学家言，有云反种一事，为生物中每现异品，肖其远先，如人所牧马，往往出野物，类之不拉（Zebra），盖未驯以前状，复现于今日者。撒但诗人出，殆亦如是，非异事也。
>
> ——第一卷《坟·摩罗诗力说》

如此这般，我们可以下结论说，“反叛—抗世”不仅是青年鲁迅心仪的“反抗挑战”之言行种种，更是他自觉地追慕、向往的生命存在方式，一种生命的类别。

> 今索诸中国，为精神界之战士者安在？有作至诚之声，致吾人于善美刚健者乎？有作温煦之声，援吾人出于荒寒者乎？
>
> ——第一卷《坟·摩罗诗力说》

一个问题，闪烁而来：鲁迅自己的人生路，何去何从呢？最终会与此相关吗？不禁令人拭目以待！

第二节 青年鲁迅呈现的话语风格

鲁迅一生写得最多的是杂文，1925年之后尤其多，生前就有“杂感家”之称。鲁迅杂文意在“社会批评”“文明批评”，其实是一系列不断进行的“文化—历史—现实”批判、解剖。此外，他的大部分小说以及散文诗《野草》也大有讽刺、批判、深度解剖的精神意向与话语风格。可以说，成型后的鲁迅具有一种很典型的“批判—解构”型话语风格。这样的话语风格，在鲁迅早期的文本中已经露出初始面貌。较为复杂并且有利于人们探寻鲁迅文本的表象（形式）和内质之间的独特关联的文本样式是：青年鲁迅的文本不仅“批判—解构”，同时也“肯定—建构”。

一、青年鲁迅话语形式的“批判—解构”

正是在这里，存在我们一探鲁迅的话语门径、精神意向的几乎唯一的契机，因为此后的鲁迅话语极少建构，以至于人们甚至武断地认为鲁迅没有思想，因为他实在很少正面立言说话，就只是批判，批判，批判。那么，鲁迅难得的一面有批判、又一面有肯定的文本就很可能比较精准，而且清晰地告诉我们：他在批判、解剖对象的时候，内心其实在希望什么。

当青年鲁迅实施种种“文化—历史—现实”批判时，我们首先知道的是他所否定的诸般内容；但在紧挨着的上下文中，还有他肯定的诸多内容。符合逻辑的是，因为他心中向往A，所以，他当然批判非A或是反A之种种了。

我们先举一个例子，详细地看看鲁迅对人的“蒙昧—虚无”状态（即一种几近无精神生命状态）的多方“批判—解构”。

青年鲁迅批判人的无“崇信”（信仰）、无创造力、无个性：

> 特其为社会也，无确固之崇信；众庶之于知识也，无作始之性质。

> 伧俗横行，浩不可御，风潮剥蚀，全体以沦于凡庸。
>
> ——第一卷《坟·文化偏至论》

否定人的无情感状态，谓之“虚无”：

复由渐即于无情，则宇宙自大，有情已去，一切虚无，宁非至净。

若至下者……自堕神智于深渊，寿虽百年，而迄不知光明为何物，有奚解所谓卧天然之怀，作婴儿之笑矣。

——第一卷《坟·摩罗诗力说》

批判“无人”存在、“寂寞”遍地的精神荒漠：

上下求索，阒其无人，不自发中，不见应外，颛蒙（愚昧——《全集》注）若此，若存若亡……

本根剥丧，神气旁皇，华国将自槁于子孙之攻伐，而举天下无违言，寂漠为政，天地闭矣。狂蛊中于人心，妄行者昌炽，进毒操刀……

——第八卷《集外集拾遗补编·破恶声论》

二、青年鲁迅话语形式的“肯定—建构”

然后呢，青年鲁迅的文本，并不像他日后的众多杂文文本一样，其正面的意愿往往需要阅读者依据他所批判、否定的对象自己去提取。青年鲁迅往往肯定地表达他对生命的正向期望：人当有真心真信，有自我的个性、创造，激情动于灵心，自悟悟人，自觉自为。

人心必有所冯依，非信无以立，宗教之作，不可已矣。

故今之所贵所望，在有不和众嚣，独具我见之士，……惟向所信是诣，举世誉之而不加劝，举世毁之而不加沮……

——第八卷《集外集拾遗补编·破恶声论》

> 顾不得不以自悟者悟人，冀挽狂浪于方倒耳。如尼佉伊勃生诸人，皆据其所信，力抗时俗，示主观倾向之极致……

> 是故将生存两间，角逐列国是务，其首在立人，人立而后凡事举；若其道术，乃必尊个性而张精神。
>
> ——第八卷《坟·文化偏至论》

那么，在鲁迅“批判—解构”的背后，运行的其实是他的大希望、大建构。换言之，他绝不是为批判而批判，为否定而否定。记住这一点是我们进入鲁迅的关键门径之一。

类似的话语现象大量存在于青年鲁迅的文本中，留下了一代理想主义者既“批判—解构”又“肯定—建构”的原初话语痕迹。当鲁迅批判19世纪西方文明中存在的物质偏向——“掊物质”时，他背后的理想目标是要“张灵明”。当鲁迅质疑19世纪文化中的“众治”流弊时，他借以批判的正面尺度是尊“个性”、重“自由”与求“独立”。

青年鲁迅文本中这种不仅具有“批判—解构”功能，同时也具有明显“肯定—建构”意向的话语形式提醒我们：在面对鲁迅后来的思想和创作时，应当透过他的“批判—解构”话语，而发现其背后蕴含的理想建构。而我们又能够在鲁迅后来的文本中挖掘出什么样的理想建构呢？这问题挑战着我们对鲁迅整个精神世界的不断理解。

第三讲　“沉默鲁迅”（1909—1917）的精神锻冶

第一节　“苦难—陈腐—虚无”
——“归国鲁迅”的现实境遇

必须承认，留日的八个年头（1902—1909），是鲁迅在物质生活上相对稳定（清政府给留学生生活费用），精神上更是自由飞扬、狂洋恣肆的时期。1909年归国，鲁迅即一脚踏进了20世纪初的中国现实。这个现实又是怎么样呢？

一、物质生活的艰苦

周作人、周建人都有诸多回忆文字书写老旧中国民人的生活之苦：

> 著者（指鲁迅——笔者）常说，在乡下走过穷人家门口，看见三岁的小儿坐在高凳上，他的母亲跪着拜祝道：我的爷呀，你为啥还不死呢！拜得那小儿拼命地哭叫……
>
> 生活困苦，使得母子天性显得漓薄，这却正是苦的深刻的表现。①

鲁迅自己的回国，也跟整个家庭的生计有关，放弃了去德国攻读哲学的计划。他的供职很快也由杭州而至绍兴，不仅周围有的是饥饿、穷困、疾病、死亡，自己的一家也面临经济上的压力。周建人写道：“我们也无暇担心别人家的事，大哥到绍兴府中学堂教书以后，收入比浙江两级师范学堂减少，渐渐地入不敷出了。”②

> 起孟（即周作人——笔者）来书，谓尚欲略习法文，仆拟即速之返，缘法文不能变米肉也，使二年前而作此语，当自击，然今兹思想转变实已如是，颇自闵叹也。
>
> ——第十一卷《书信·19110307致许寿裳》

---

① 周遐寿：《鲁迅小说里的人物》，北京：人民文学出版社，1959年，第31页。

② 周建人口述、周晔编写：《鲁迅故家的败落》，长沙：湖南人民出版社，1979年，第302页。

二、整个社会弥漫着一种陈腐的封建文化气息

留日时期的鲁迅着眼人的自由独立意志，认为20世纪人类文化已有新的趋势，以满足人类生命自由意志的不断高扬。但是，回到故国的鲁迅却面临着与国人物质生活苦境同样残酷的社会文化现实。在这里，专制禁锢，等级秩序森然，主奴意识浓重。在这里，不是人的自由意志持续生长、不断升华的问题，而是绝大多数人的自由意志还处在死亡般的沉睡之中。一位失去妻子的男人跟没了丈夫的女性结婚，被视为有伤风化，结果他就失去在小学的教职，落得郁郁而死。[①]鲁迅自己的婚姻则来自寡母的包办，也成为他大半生的苦果。

20世纪初，绍兴周边（其实也是偌大中国的缩影）社会的等级秩序大抵是：官府—台门（地方上的乡绅大户）—官府差役——般民人，鲁迅最反感的主奴意识就弥漫在这一等级链条中。满眼主奴，而唯独不见“人”。

在这样的氛围里，鲁迅作为留学归来的“新党”极有可能与陈腐现实发生冲突。事实也是如此。鲁迅、许寿裳等人在浙江两级师范学堂遇到了一位专横、守旧的校长夏震武，发生了“木瓜之役”——新型教员与守旧校方之间的一场精神博弈。虽然教员一时得胜，但校长夏震武陈腐、顽固，咄咄逼人，以一人之是非为天下之是非的专横气势，令沐浴过自由风雨、高扬自由意志的鲁迅，感到悲寒。

校长夏震武这样指斥新型教员：“高谈平等、自由，蔑伦乱纪，诳惑学生，谓之无廉耻可也。”“立宪哄于廷，革命哗于野。”“邪说滔天，正学扫地。”[②]“倒行逆施，是非绝矣。监督可撤，会长可辞，是非必不可不辩。”[③]

这位校长的守旧似乎十分真诚，他越是真诚，新派教员们会越感悲哀吧！一时失败的夏震武，当时就被北京经科大学的监督请去讲经学了。还有青年学生撰文曰：“高山仰止，景行行止，虽不能至，心向往之。”[④]浓重的旧式文化氛围，真令人气闷啊。

三、透视身围现实中的虚无形相

如果说，有什么样的精神活动多少能够延续留日鲁迅一度抵达的思想深度、

① 周建人口述、周晔编写：《鲁迅故家的败落》，长沙：湖南人民出版社，1979年，第272—274页。
② 薛绥之主编：《鲁迅生平史料汇编》，天津：天津人民出版社，1982年，第2辑，第420—421页。
③ 薛绥之主编：《鲁迅生平史料汇编》，天津：天津人民出版社，1982年，第2辑，第444页。
④ 薛绥之主编：《鲁迅生平史料汇编》，天津：天津人民出版社，1982年，第2辑，第451页。

高度、广度的话，那就是，他至少还可以在内心深处保留自己对当前生活现实的深度透视，他至少还能够意识到这样一种现实状态在其最深刻的意义上意味着什么。

鲁迅的精神之眼透视到了现实生存中的虚无本质——其中不存在一个生命的精神自觉，不存在一个人对于自我人生价值的自觉、自省、自为。这是当时绝大多数中国人的生活常态。

1911 年，鲁迅写了小说《怀旧》。我们从中能够读出鲁迅深刻的虚无透视。《怀旧》无情地宣示着：这里的生活没有精神上的意义价值，这里也没有人在乎生活的意义价值。

这一点集中表现在，人们对于激起自己生活之波浪的“长毛事件”根本一无所知；在这一无所知中，人们的言动，或并无真实的信守，或没有靠谱的方向，或不见话语的目的、意义。“予”（小说故事的讲述者）看长毛“盖好人”，因长毛一来，他就不用上学了。秃先生作为《怀旧》里的上层知识者，无以判断这回的长毛究竟为何物，但这没有关系，唯一紧要的是设法保住自己的身家利益——既不得罪于“乱人”，亦不能窘于官军。这位私塾先生是没有自己的精神立场、价值信守的。“禀性鲁”的耀宗先生倒是秉持旧俗、家训地迎“王师”（他仰慕的三大人视这回的长毛为“王师”），但他预备完全按不敢有立场的仰圣先生的方式去迎这一次的“王师”。这一回的长毛果真是“王师”吗？此其一。其二，仰圣先生嘱咐他的方式是迎“王师”的方式吗？耀宗俨然真诚的言行湮没在各怀心思的现实威权之下，他的言行处乎混沌，实质上没有意义。

至于小民百姓呢？不幸离得近的，则奔逃如蚁群，但却连一个靠谱的方向也没有：

> 人多于蚁阵，而人人悉函惧意，惘然而行。……盖图逃难者耳。中多何墟人，来奔芜市；而芜市居民，则争走何墟。
>
> ——第七卷《集外集拾遗·怀旧》

幸而离得远的，“长毛之乱”仅仅是他们凌乱而不乏欢乐的夏夜谈资中的一个小小兴奋点。闲谈的主要人物王翁与众人一样，丝毫不关心这回“长毛”之乱的真相。发生在从前的长毛之乱中的生死之难、血肉惨事，不过是与“打宝之乐”

一样，是可以随时中止、随时再开始的夏夜谈资：消遣了时光，却泯灭了人间悲剧的意义。

在鲁迅的笔下，如此闲谈，同时就在惊人地消解着有所真心、有所为者的价值。一位忠仆在乱贼到来时没有逃走，留守主人家，结果被乱贼杀死。如果说这样的行为也不妨被视为一种实现了其忠诚的有价值行为的话，那么，它的那点价值也在闲谈者的哄笑中瞬间被消解：对主人尽忠，而被乱贼杀死的忠仆，不过是——“蠢哉”！

第二节 “遭遇—沉潜—咀嚼”自我人生的虚无

——“沉默鲁迅”（1909—1917）的深层生命刻度

前面，我们集中讨论的是归国之后鲁迅所置身的外部环境——20世纪初期中国的社会现状、文化氛围，以及鲁迅对国人精神实质的深度透视。这里，我们要呈现的则是归国后鲁迅的自我人生境况。1909年至1917年的鲁迅，因所写文字稀少（日记、书信除外），有“沉默鲁迅”之称。这一“沉默鲁迅”激发了东亚鲁迅研究界的一个独特现象——20世纪40年代，日本的竹内好出版了《鲁迅》，引人瞩目地把几乎没有公开发表文字的鲁迅的北京“蛰伏期”，举为“对于鲁迅来说”“最重要的时期”，并且说：

> 在那沉默中，鲁迅不是抓住了对于他一生可以说是具有决定意义的回心的东西了吗？作为鲁迅的“骨骼”形成时期，我不能想到别的时期。……在根本上形成的鲁迅本身的生命和基础，只能认为是这个时期在黑暗中形成的。所谓黑暗，对于我来说，就是无法说明的意思。[①]

所论惊世骇俗！然而又的确触及了某种深刻的真实！

面对竹内好的诸多关键概念、思路，人们讨论虽多，而为众人所共识的定见似乎最终未能达成。在我们看来，发生在“沉默鲁迅”（不只是竹内好尤为

① ［日］竹内好：《鲁迅》，李心峰译，杭州：浙江文艺出版社，1986年，第46—47页。

瞩目的“蛰伏期”，即1912—1917，而是将近十年的1909—1917）身心中的最深刻的精神事件，也是鲁迅这一段时间难以正面言说的，即他与其自我人生的虚无形相之间的关系：遭遇虚无，沉潜虚无，咀嚼着自我人生的虚无滋味；而对峙、抵御虚无人生的精神火种，也深隐在灵魂的深处，寻味着奔突的可能时机……

一、“杭州—绍兴”时段的“遭遇虚无”（1909—1912）

这里，我们能看到20世纪初年，中国的思想者鲁迅一脚跌入的人生困境——他一再地意识到自己的人生没有意义价值可言。这意识并不是像哲学家克尔凯郭尔、尼采那样主动运思得来的，而是现实的人生硬生生地推到他面前来的，他只是没有自欺欺人，勇敢地凝视着这一自我意识罢了。换言之，“沉默鲁迅”与虚无的遭遇，更多的是一场被动的生活磨砺，而非主动的精神求索，其尤为苦涩、无奈的一面，是与他心仪的哲学家们不大一样的。

其时，鲁迅正值壮年，却遭遇冰窟般的婚姻，这场婚姻连夫妻之间最起码的性生活也没有。这虽说是“慈母误进的毒药”，但终归，鲁迅的私人生活没有温暖、没有光，是实实在在的了。私人生活之外呢？归国鲁迅谋生日艰，作为“新党”，却不得已在清皇朝管制下的旧学堂供职谋生。这样一种社会角色，鲁迅虽然认真教书教人，读书做事，辫子也早就剪掉，但他的自我感觉是极为消极的：

> 惟采集植物，不殊曩日，又翻类书，荟集古逸书数种，此非求学，以代醇酒妇人者也。
>
> ——第十一卷《书信·19101115致许寿裳》

这份写进私人信件中的消极自述，把他对教书（采集植物与教授生物有关）、学问以及婚姻生活的无奈都混融着表达了。杭州教书遭遇“木瓜之役”，绍兴学堂的供事，则更让他在私人书信里恨恨不已：

> 越中理事，难于杭州。技俩奇觚，鬼蜮退舍。……上自士大夫，下至台吏，居心卑险，不可施救，神赫斯怒，湮以洪水可也。
>
> ——第十一卷《书信·19110102致许寿裳》

仆今年在校，卒卒鲜暇，事皆琐末猥杂，足浊脑海，然以饭故，不能立时绝去，思之所及，辄起叹喟。

——第十一卷《书信·19110420致许寿裳》

辛亥革命之后，鲁迅有过短暂的喜悦，但不久即有绍兴革命政府首领黄金发要杀死鲁迅的谣传，他与越铎日报社的年轻主事者们也爆发了矛盾。不久，鲁迅得以离开绍兴，最终去了北京，蛰伏；好友范爱农却很快溺水身亡——鲁迅就怀疑范爱农是自杀的。这真正是：

故里寒云恶，炎天凛夜长。

故人云散尽，我亦等轻尘！[①]（10—11）

极其悲愤的现实指斥，极为消极的自我感觉。

二、北京时期对虚无的“沉潜—咀嚼”（1912—1917）

在“沉默鲁迅”的最后一段即北京“蛰伏期”，鲁迅对自我人生的虚无体味继续发酵。这个时期，鲁迅有日记留下。读他的日记，看他这时的活动，一方面，对自我人生虚无的咀嚼在继续；一方面，对峙、抵御无意义人生的火种也在隐隐闪烁。

1912年，鲁迅初到北京，5月10日的日记有：

晨九时至下午四时半至教育部视事，枯坐终日，极无聊赖。（1）

1913年3月16日，日记有：

下午整理书籍，已满两架，置之何事，殊自笑叹也。……夜风。（49）

① 此讲所引鲁迅日记，均见《鲁迅全集》第十四卷，北京：人民文学出版社，1981年，括号中的数字表示摘录内容所在的页码。

1913年10月的第1天，日记有：

……写书时头眩手战，似神经又病矣，无日不处忧患中，可哀也。夜风。(76)

1914年4月6日，日记又记：

夜坐无事，聊写《沈下贤文集》目录五纸。（108）

1914年3月到5月，鲁迅的日记可摘录如下：

3月：

4日，“无事。”7日，“晴，大风。无事。”10日，“昙。无事。”（104）

4月：

6日，记有“夜坐无事，聊写《沈下贤文集》目录五纸。”

7日，“晴，大风。无事。夜写《沈下贤集》第一卷。”

16日，“晴。傍晚写《沈下贤文集》卷五毕。夜风。”

17日，“……夜大风。写《沈下贤文集》卷第六毕。”

24日，“无事。……”

（108—109）

5月：

6日，“无事。”

7日，“无事。……”

11日，“……无事。”

24日，“……夜写《沈下贤文集》第十二卷并跋毕，全书成。”

（111—113）

细察鲁迅1914年3—5月的日记，我们由此而发现数年（1912—1917）之间的鲁迅日记里一直存在的一个细节：经常出现“无事”字样。“无聊赖”、无所事事、“聊写”等，是在深味、咀嚼着人生的并无意义吧。这当是其时的鲁迅心中最大最深的“自我忧患”了。1917年1月22日，日记里仍有极具自我拷问的一句：

旧历除夕也，夜独坐录碑，殊无换岁之感。（263）

换岁之际，时光恍然终止，孤寂，无聊赖，无助，无奈。

三、潜藏的、有可能对峙虚无的生命火焰

但同时，在鲁迅的账本式日记里，我们也能够发现，鲁迅世界里对峙人生孤寂、百无聊赖的几类元素（他之不息抄书也可算这类元素之一）。其一，对亲人的思念、关爱；其二，对困顿中人的关心；其三，世上大抵还是有他愿意抄录的书；其四，对自然风物之美抑制不住的赞叹。

1912 年，记报载绍兴有兵乱：

不测诚妄，愁绝。（1—2）

1913 年

晨微雪如絮缀寒柯上，视之极美。（40）

1916 年

商契衡来，付与学资四十元……

合陆续所借，共银三百元。（210）

这些元素，一则指向鲁迅内心远未熄灭的人间“爱”情；一则指向他内心难以抑制的对于美，对于精神寄托、精神自由（不息抄书等）的在意。

还可以看到，这一时段，鲁迅的汉代画像收藏带给我们的启发。诸多表现着一种无羁无畏之原始生命力的画面，向我们暗示的，不正是那个崇尚自由、张扬个性的“精神界之战士”的远古影像吗？后来的鲁迅，有文字明言汉代人、汉人石刻的生猛气魄：

遥想汉人多少闳放。

——第一卷《坟·看镜有感》

惟汉人石刻，气魄深沉雄大。

——第十三卷《书信·19350909 致李桦》

“沉默鲁迅”不得已遭遇虚无，长时间咀嚼虚无，但他生命中积极的自由意志、精神创造的火种隐然存在，只是——的确的，一时未见可堪一展鸿鹄心志的路径。然而，1917 年 9 月底，鲁迅在日记里已经写道：

> 朱蓬仙、钱玄同来。……旧中秋也，烹鹜沽酒作夕餐，玄同饭后去。月色极佳。（285）

我们也还记得《狂人日记》当头就来一句：

> 今天晚上，很好的月光。
>
> ——第一卷《呐喊·狂人日记》

凡此种种，暗示我们，鲁迅将遇到的“自我—历史”契机，被“金心异”劝服而写《狂人日记》的话，是不能全信的。

第四讲　作为现代哲学小说的《示众》

第一节　堪称现代派小说的《示众》

——《示众》卓异的艺术风格

一、《示众》的无中心人物、无情节、无故事

写于1925年的《示众》（见《彷徨》）在鲁迅的小说里有特殊的地位，这个特殊的地位突出体现在《示众》的风格是如此独异，人们甚至顾不上探究它的卓绝内涵而直奔它外在的形式——在20世纪20年代，中国的小说已经可以这样写了？

在外在形式和精神内涵上，《示众》都与贝克特的戏剧《等待戈多》神似，而后者的首演是在20世纪50年代，比《示众》晚出近30年，《示众》的先锋性实在令我们惊讶！不靠故事情节的推动，无中心人物，所有人物都没有姓名，看不到一般小说里的人物性格、命运、形象。在不足3000字的文本中，被提及的人物总计将近20位。全篇有13处零星的、互不关联的冒泡式人物语言，其中4处是反复出现的卖包子的吆喝。

这样一篇小说究竟要表现什么呢？它是成功的小说吗？

《示众》似乎是有一个叙事起点，或是故事中心的——那就是被巡警牵着被一堆人围看的白背心男人。但是，随着小说展开，《示众》的这个叙事起点，或故事中心，很快就被小说自身消解了。小说写白背心男人第一次被看时，就告诉我们——试图仰脸看他的胖孩子迎面碰上的，正是白背心男人低头看他的眼睛。换言之，白背心男人一开始就不仅仅是被看者，他与看者并无不同，也是众多的“看者”之一。此后，这位被偶然选中，作为叙事起点的“白背心”就湮没、隐显在更多的互看、互挤，钻、退出、塞馒头、打人、奔推、冲出、哄孩子等动作以及话语中了。在小说的最后，“白背心”作为最初的叙事起点，已被彻底漠视，看客们对他的兴趣已经耗尽，转而去看一个同样没有姓名、刚刚摔倒的车夫了。

现代派小说常常没有完整的故事链——至少不写传统意义上的人物形象及故事，而多写寓意性、预言式的片段，以精心刻画的场景，直喻某种深层意味。在这个意义上，《示众》足称一篇现代派小说。

不足3000字的《示众》写了近20个人物，诸多人物仅一句话、一个动作：

> 有一只黑手拿着半个大馒头正在塞进一个猫脸的人的嘴里去。

> 空隙间忽而探进一个戴硬草帽的学生模样的头来，将一粒瓜子之类似的东西放在嘴里，下颚向上一磕，咬开，退出去了。这地方就补上了一个满头油汗而粘着灰土的椭圆脸。

> 周围有五六个人笑嘻嘻地看他们。
>
> ——第二卷《彷徨·示众》

上面三段共四句话，写到的人有七八个。

整个小说基本就是这样演进的。《示众》没有中心人物，没有故事情节，小说作者似乎有意不想让其中的任何一个人物成为中心形象，似乎只愿意他笔下的一堆人物在面目不清中挤来挤去，看来看去，偶尔发出一二人语。

这一二人语又是什么呢？不妨罗列如下：

> “热的包子咧！刚出屉的……。”

不久，又重复一遍：

> “荷阿！馒头包子咧！热的……。”

小说同时就写给我们看：“二三十个馒头包子，毫无热气。”

接下去的人物语言，就是冒泡儿了，隔几段就冒出来一句，全篇没有一处连贯的对话，所有的问句都没有回答：

"嗡，都，哼，八，而，……"

"什么？"

"他，犯了什么事啦？……"

"好快活！你妈的……"

"什么？"

"吓，这孩子……。"

"阿，阿，看呀！多么好看哪！……"

"好！"

"刚出屉的包子咧！荷阿！热的……。"

"成么？"

"热的包子咧！荷阿！……刚出屉的……。"

——第二卷《彷徨·示众》

二、学者对《示众》形式技巧的瞩目

面对这样一篇风格卓异的小说，敏感的人们直奔它的外在形式，太可以理解了。早在20世纪30年代，刘大杰就把《示众》推为能够证明鲁迅高超的写作技巧的经典代表。[①]80年代，王富仁先生在论述《呐喊》《彷徨》的艺术特征时，也对《示众》尤为重视，甚至说：

① 参见王富仁：《中国反封建思想革命的一面镜子——〈呐喊〉〈彷徨〉综论》，北京：北京师范大学出版社，1986年，第278页。

> 除技巧之外，没有任何吸引读者的形式因素。[1]

王富仁先生是说，《示众》没有吸引人的故事情节、人物命运，抑或主观抒情等，只剩下一种写作技巧。钱理群先生则意识到了《示众》在整个《呐喊》《彷徨》以及《故事新编》中的某种原型性地位：

> 《示众》是鲁迅对人生世界的客观把握与对心灵世界的主观体验二者的一种契合，而《示众》在艺术表现上的“无情节，无人物性格刻画”……的特点，就使它具有极大的包容性，内含着多方面的“生长点”——甚至我们可以把《呐喊》、《彷徨》与《故事新编》中的许多小说都看作是《示众》的生发与展开，从而构成了一个系列……[2]

三位学者不约而同偏向于《示众》在艺术形式上的重要意义。然而，王富仁先生在讨论《示众》艺术技巧的时候，还指出：

> 它成了灰色现实的写照，成了封建传统观念造成的精神大沙漠的缩影。这里没有故事，但却有惊心动魄的东西需要表现；没有具体人物的具体命运，但却有亿万人的精神悲剧。鲁迅在这里遇到的是他的前人所未曾也不可能遇到的新的题材，他对这种生活现象的具体生活感受也是他的前人没有也不可能有的感受。鲁迅要表现它，要浮现出他眼中的这种生活现象，就必然用新的方式、新的技巧。[3]

对于《示众》，这些话意味真实、深刻。

《示众》所要表现的“惊心动魄的东西”，已经越过20世纪80年代王富仁先生自觉中的、他能够直接言说的精神场域——“反封建思想革命”体系。堪为现代派小说的《示众》杰出地呈现着超越社会历史层面的、人类生活中永恒的主题，但又容融着植根20世纪中国历史、现实的关键元素，这使《示众》实实在在地是一篇伟大的文学作品。它深刻、沉厚、完整的哲学内涵，以及社

---

① 王富仁：《中国反封建思想革命的一面镜子——〈呐喊〉〈彷徨〉综论》，北京：北京师范大学出版社，1986年，第278页。

② 钱理群：《走进当代的鲁迅》，北京：北京大学出版社，1999年，第5页。

③ 王富仁：《中国反封建思想革命的一面镜子——〈呐喊〉〈彷徨〉综论》，北京：北京师范大学出版社，1986年，第279页。

会历史元素，我们后文再议。

第二节 曝露“人”之虚无，根连“人”之现实

——哲学视野下的《示众》

一、集中曝露国人的生存虚无

谈到《示众》在形式上的现代派风格，人们会遥想留日期间周氏兄弟的翻译作品《域外小说集》，遥想安特莱夫、阿尔志跋绥夫对鲁迅的影响。而讨论《示众》的精神内涵时，我们恐怕更多地要在“沉默鲁迅”面临的中国生活和他对这一生活的深刻透视里寻找源头。

《示众》是鲁迅对国人生活境状的深度透视，如前面所讲，这类直逼人之精神本质的透视，我们在写于 1911 年的《怀旧》中也能挖掘到——鲁迅深刻地透视国人生活境状、咀嚼自我人生况味的精神活动，是在他 1909 年归国之后就已经开始的，此后一直绵延。当然，所面对的境遇以及随之而来的问题会有所不同。完成于 1925 年 3 月的《示众》则最凝练、最集中地将国人生活中的虚无本质曝露无遗。甚至可以说，曝露国人人生境状中的虚无黑洞，几成《示众》的唯一主题，这使得《示众》无愧为一种现代哲学小说。

《示众》呈现的是一个“看客世界”，这个世界动作不停，话语不断，但在精神本质上却是虚无的。它的虚无集中表现在，“看客世界”的“看”，是一场空空洞洞，无所谓目标、方向的看，是为看而看，可看即看，动物本能式的看。

《示众》里的围看者，似乎是要看那个被巡警牵着的白背心男人，但人们究竟看了一些什么呢？试举几例：

胖男孩的看：

白背心男人的眼睛，白背心，白背心上的字，一个秃头人的秃头，小学生的脸，胖大汉的奶头、毫毛，巡警的脚……

秃头的看：

白背心上根本连不起来的文字，白背心的脸、鼻子、嘴、尖下巴，工人似的粗人，再看白背心，巡警的脚，又看白背心，一只黑手往一个人的嘴里塞馒头，

白背心的新草帽，红牌上的四个白字……

白背心男人的看：

胖男孩的脑壳，发亮的秃头，胖大汉流着油汗的胸脯，也想随众人去看新的骚乱……

不难发现，这些看不在乎看什么，不在乎看得散漫不定，它们伴随着一系列动作，变换着眼睛的方向，填充着无所可看的空寂时空，构成一种有人之活力的假象。然而，鲁迅的用笔极其传神：

> 像用力掷在墙上而反拨过来的皮球一般，他忽然飞在马路的那边了。
>
> ——第二卷《彷徨·示众》

几乎相同的句子在精短的《示众》里出现了两次。恍如皮球反拨一般，本能式地，不需要原因和理由地去看、去看、去看！进而，鲁迅又写了这样一句：

> “嗡，都，哼，八，而，……”
>
> ——第二卷《彷徨·示众》

这是秃头在研究被牵男人白背心上的字，鲁迅借此明告（直喻）读者：这场“看”就是没有意义、无所谓目标的凌乱之看。秃头即使去研究过被牵男人白背心上的字码（显然不知其意义何在），也无意去关心被牵人的命运。不仅仅如此，当这堆围看中终于诞生了一个真正的问题时，研究者秃头又做了什么呢？

> “他，犯了什么事啦？……”
>
> ——第二卷《彷徨·示众》

这是《示众》世界里唯一一个有所意义、围看者理应去知道答案的问题。但它在《示众》里没有得到回答。发问者得到的，首先是众多围看者的“愕然”。然后便是识字者秃头，对低声下气请教他的“工人似的粗人”的盯看。秃头一直的盯看，似乎引来了越来越多人的盯视。“工人似的粗人”于是自感犯罪似的退出去了。这个细节再一次曝露：这场热看、大看，仅止于空洞。

《示众》还写出了这种空洞之看的循环往复：

看之前的空寂（所谓“深远”的“寂静”），乏味（A）

兴味盎然而又空洞的热看（B）

热看渐趋乏味，或将有短暂的空寂，无聊出现（C）

“什么事情起来了”，新一场空空洞洞的热看开始（D）

A，B，C，D，循环往复，人的一生就这样过完了。

而且，在《示众》的整个场景里动作不断，各人的看点亦随时变换，兴味盎然的看客是处乎空洞热看而并不自知的。换言之，处乎虚无而无知无觉。于是，人在精神上的一朝醒转、觉知就极其困难。

二、《示众》的现实情怀

深挚的是，鲁迅即使高居哲学透视的域位，却始终根连人间大地。《示众》对国人的生活之苦，人与人之间的专横暴戾、等级氛围、隔膜、冷漠等，有着惊人的细节性刻画。在有的时空，虚无的世界同时是狂欢的世界，但在《示众》的历史时空，即在20世纪初的中国，虚无的世界，同时是一个物质贫乏、生活困顿，人与人之间遍布专横暴戾、等级气息，冷漠、隔膜等等的世界。在这里，我们既看到了鲁迅直面现实的深刻无情，也看到了他于人间的不离不弃——毋宁说，对于人间世界，鲁迅有着难以割舍的爱与关怀！

《示众》世界的物质贫乏、生活之苦随处可见：反复叫卖着冷馒头包子的童年佣工，面黄肌瘦的巡警，烈日下拉车谋生的车夫……

《示众》里，鲁迅也着意刻写了人与人之间的等级气息，专横、暴戾行为，以及无处不在的冷漠、隔膜。《示众》中的群人大抵“笑嘻嘻”围看落难者、不幸者：被巡警牵住的人，摔倒在地的车夫……且止于围看而无关心、关切。《示众》呈现的场景里，被挤、被打、被辱骂、被推、被指责的是小儿——更尤其是十一二岁就已经在帮工的小儿，而且小儿已经学会了去推挤另一个小儿。问出唯一一个有意义的问题的人——

> 是一个工人似的粗人，正在低声下气地请教那秃头老头子。
>
> ——第二卷《彷徨·示众》

分析起来，《示众》的看客群体中是有威权者存在的，两度读字的秃头可以算其中的代表，此外则有两个胖子、挟洋伞的长子等。其中一个胖子就理直气壮地辱骂、暴打了随喜热看的帮工孩子。挟洋伞的长子，可以在人堆里皱眉疾视旁人，这就不是工人似的粗人或老妈子之类的等闲之辈。能够见出，《示众》世界中大抵的等级序列：秃头、胖子、挟洋伞的长子、洋车坐客、巡警等→老妈子、工人似的粗人、学生模样的青年、椭圆脸等→白背心男人、车夫、小儿等。

偏于抽象的《示众》没有明显地区分，居乎高等级的威权看客们与众看客的存在界限，但在鲁迅的其他具象性小说里我们就能够感觉到这一类威权性看客的独立存在，而经由《示众》的深度启示，我们也能够看到其精神上的实质。一般地，虚无中的灵魂往往热衷于狂欢滥饮等等。而没有狂欢滥饮条件的空虚灵魂，就会退而求其次，把一切可资一看的，无论喜剧惨剧悲剧，无论恶毒丑怪，无论真善美是，都吞进他们饥肠辘辘的精神空腹里，化作一团虚无。在鲁迅的小说中，《示众》最惊人地直喻、诠释了这一点。

我们会看到，这一《示众》之眼在《呐喊》《彷徨》中的广泛凝视，正是可以流布广远的鲁迅印记之一：它曝露我们深层的精神缺失，呼唤着“有诗，有花，有光，有爱”的人间街景。

第五讲　“示众”场景的族群们

第一节　广泛漫延的看客群落

——以《呐喊》《彷徨》为例

如果对人类生活中的虚无问题进行哲学性的思考，就意味一种生命哲学意义上的深度的话，鲁迅跟人类思考活动中的这一深度的关系是比较独特的。

留日时候的鲁迅曾触及人类精神生活的这一深度，从积极的方向上，他不悟虚无但见自由；从消极的角度，他也谈到过人“泯于大群”不见“个我”之醒转的情境，触摸过“人”在消极意义上的虚无境况。这一思维世界的虚无触及，经过“沉默十年”鲁迅本人亦跌入虚无境况、周围人众更是处乎虚无而无知无觉（最早可见于《怀旧》中的深度透视）的现实发酵，构成了鲁迅精神世界里最为苦涩、无奈，又最具深度的精神层面。这一层面在鲁迅的小说《呐喊》《彷徨》里广泛漫延着。

一、对一般病苦中人的虚无围看

鲁迅反复刻写旁观病苦、落难之人的看客们，显而易见的一层意义是，批判国人的冷漠，揭示人与人之间的隔膜，呼唤人道主义之光。而在不易得见的深处，鲁迅刻写着国人同胞处乎虚无而不知不觉、难以醒转的形相。

《孔乙己》（见《呐喊》）有着显而易见的人性反思和社会历史批判内涵。一是孔乙己本人对封建科举制度、文化，自迷自毒，跌入人生的被动。二是社会的中上层，取得功名的读书人何大人、丁举人等，对孔乙己这个失败中的下层读书人只有酷虐对待，而没有丝毫的同情和援手。他们的下人，则很有可能因为孔乙己的曾为读书人而成了小偷，而对他实施了更加残酷的暴打——咸亨酒店里的看客们，不就故意拿孔乙己识字而未中秀才的悲剧，来肆意取乐吗？正是在这里，我们还需要读出《孔乙己》对国人精神痼疾的深度解剖。

> 孔乙己是这样的使人快活，可是没有他，别人也便这么过。
>
> ——第一卷《呐喊·孔乙己》

这一句残酷地明言，孔乙己的哀乐生死、幸与不幸，于众人是漫不经心、了无意义的。然而，当他出现在咸亨酒店的时候，却每每是看客们的快乐源泉。人们大抵用孔乙己脸上的伤疤、偷书(偷窃)、半个秀才也未中等屈辱、痛苦之事，拿他取乐。十分明显的，这些人冷漠、酷虐。而在他们的精神黑色里，还深藏着什么呢？是他们虚无不义的人生——空虚、无所聊赖的人生，需要吞饮有刺激的任何事、任何消息，以便空空洞洞的生存时空里能够有所声响、有所兴味。在精神的极度饥渴中，看客们不在意以他人的痛苦为笑乐之料、空虚之食。

对此，小说有明显的暗示，鲁迅的用笔也实在是深切的：

> 虽然没有什么失职，但总觉得有些单调，有些无聊。掌柜是一副凶面孔，主顾也没有好声气……只有孔乙己到店，才可以笑几声，所以至今还记得。
>
> ——第一卷《呐喊·孔乙己》

这个十二岁孩子的回忆，真实地提醒着读者——他的这一身心状态，又何尝不是那些成年取乐者的身心状态呢：生活太无聊，而且多苦痛，姑且乐一乐，那么，他人的苦痛也罢，尊严也罢，都不在考虑之列。真实的是，自己也一向活得漫无尊严，于是，连尊严为何物也漫然不知。

面对《祝福》（见《彷徨》），在人们围观悲惨的祥林嫂时，我们能再一次感受鲁迅小说的这层深度。祥林嫂的故事与孔乙己的故事有诸多不同，但同属落难而被“看/听”。祥林嫂痛失孩子阿毛，内心的伤痛令她反复向人倾诉孩子遭难的故事。然而，渐渐失尽刺激效应、不能喂食精神空腹的陈旧故事，丝毫没有因为它事关一个孩子被狼撕咬的悲惨、一个母亲的无尽忧戚而不被人厌弃：

> 但不久，大家也都听得纯熟了，便是最慈悲的念佛的老太太们，眼里也再不见有一滴泪的痕迹。后来全镇的人们几乎都能背诵她的话，一听到就烦厌得头痛。
>
> ——第二卷《彷徨·祝福》

悲惨故事的效用完全不在其悲，而在新奇，够刺激，能满足人们内心的空洞，以便“满足的去了”！进而，为了逗乐，人们又会主动地揭剥祥林嫂的新痛楚。这时候，鲁迅是这样写的：

> 她未必知道她的悲哀经大家咀嚼鉴赏了许多天，早已成为渣滓，只值得烦厌和唾弃；但从人们的笑影上，也仿佛觉得这又冷又尖……
>
> ——第二卷《彷徨·祝福》

任它是怎样悲惨的事，任它于遭难者是怎样深挚的痛，一旦“看/听”够了，就无以餍足精神空洞，只落得被人厌弃。恍如《示众》里的看客，对巡警和白背心男人的围看，很快就兴味索然，纷纷要去赶看新一轮的骚乱；《祝福》里的人众，也不断从祥林嫂身上压榨着刺激、足以餍足的“新趣味”“新样式”。

二、对悲剧性英雄精神价值的虚无化对待

无论孔乙己，还是祥林嫂，作为被动落难者，活下去，而不是死，这一本能意义上的求生愿望，构成他们作为人的价值方向。但是，鲁迅笔下的被看者不全是这样，远不止一两个的被看者显现为真正的悲剧性英雄。然而，这类悲剧性英雄严正的社会价值、精神意义，也在看客们的虚无对待里被消解。《狂人日记》里的精神觉醒者，被视作“疯子”；类似的情境也出现在《长明灯》里。

这里，我们重点分析一下《药》（见《呐喊》）。夏瑜“被看”，被茶客们闲谈。一天之中，茶客们的闲谈无所谓起点，亦无所谓终点，他们的闲谈并没有任何方向、目标。

什么都可以谈：“吃什么点心呀？”“你生病么？”“老栓只是忙。”……突然地，也是极其偶然地，刽子手康大叔来到了茶店，话题由他带到了人血馒头和华小栓的痨病上，又一经漫延开来：当日晨间被杀的夏家的孩子→夏三爷高明的告密和得到的好处→夏家孩子实在不成东西：在牢里还劝牢头阿义造反（“这大清的天下是我们大家的。”）→阿义榨不出油水，还被劝造反，气得狠打了夏家孩子。

接下来的谈客言动就极为关键了：

> “他这贱骨头打不怕，还要说可怜可怜哩。”
>
> 花白胡子的人说，“打了这种东西，有什么可怜呢？”
>
> 康大叔……冷笑着说：“你没有听清我的话；看他神气，是说阿义可怜哩！”
>
> ……

“阿义可怜……简直是发了疯了。”花白胡子恍然大悟似的说。

“发了疯了。”二十多岁的人也恍然大悟的说。

……

“疯了。”驼背五少爷点着头说。

——第一卷《呐喊·药》

这真是平淡无奇而又触目惊心的悲凉！一个顽强的民主主义革命人士，被暴打，还对打人者心怀悲悯，叹憾其未曾觉悟。革命的人道主义者就这样被看客们自信满满地看成了“疯子”！

尤为悲剧的是，从老人到二十多岁的青年都这样看。

这里不仅仅是冷漠酷虐，不仅仅是愚昧无知，同时还有闲谈者“自以为知”，自以为正确，因而更难以醒悟、反思的生存状态——空空不义而不觉不悟。如此众客，与《示众》里那群自以为是、只管热看而罔顾真相的看客，是相类的。

第二节 《呐喊》《彷徨》中的威权人物在精神上的虚无表现

分析《示众》的时候，我们说过，即使在偏于抽象的情境里，也能够约略感知到看客群落中威权人物的存在。在鲁迅的众多偏于具象描述的小说中，威权人物就明显可见了。基于社会历史分析的视野，这些人物身心中携带着封建政治、文化的陈腐毒素，堂而皇之地“吃人”——既“吃”人的肉体，物质上管控、剥夺、封堵；又“吃”人的灵魂，精神上禁锢、压制、虐杀。而从哲学分析的视野看——经由《示众》的启发，经由《怀旧》中已经滋生的，旷日持久的“鲁迅式透视”——我们也能够见出，这类威权人物在精神上的虚无无为。

一、隐喻体系中威权人物的虚无形相——以《狂人日记》为例

在《狂人日记》的正文里，赵贵翁、医生、大哥，甚至包括那位二十多岁

的年轻人等构成了狂人（隐喻思想文化意义上的清醒者）周围的威权人物。深层看，这几个人的精神特征是一致的，本质上是虚无的：无人之真正作为，无“个我”之存在价值。

《狂人日记》中的赵贵翁同狂人“作冤对”，他仅仅听说狂人踹了“古久先生的陈年流水簿子”（隐喻中国传统文化的陈腐元素），就跟狂人“冤对”了。然而，小说在隐喻性极浓的话语体系里，继续告诉我们，赵贵翁连古久先生是谁都不认识，古久先生的“陈年流水簿子”意味着什么，他更不知道了！他的“冤对”言动，其实是在混沌中不知道方向，也不会有真正意义的妄言、妄行。

《狂人日记》里的“老头子”医生和那位年纪二十左右的青年男人，在精神状态上也是同构的。对于青年，鲁迅其实一直是有怀疑的。归国之初，在杭州的“木瓜之役”中，鲁迅内心的寒凉和悲哀就有一部分源自青年人的作为。老年医生的“不要乱想”和青年男人的“从来如此”“你说便是你错”，本质上都指向人在思想上的“静止—死亡”，人就应该在思想上不作为。

至于狂人的大哥，小说写道：

> 况且他们一翻脸，便说人是恶人。我还记得大哥教我做论，无论怎样好人，翻他几句，他便打上几个圈……
>
> ——第一卷《呐喊·狂人日记》

人的好坏就这样随意翻来翻去，这是狂人眼里的大哥及其所依附着的陈腐文化的特性。狂人颠覆了这一文化的意义，视之为“吃人”的文化僵尸。这位大哥面对狂人理性清明、用情深挚的“吃人”感悟，和成为“真的人”的强有力陈辞，对着围看的众人高声喝道：

> “都出去！疯子有什么好看！”
>
> ——第一卷《呐喊·狂人日记》

大哥这类威权人物，把文化中诞生的新的有价值的存在，宣称为“疯子”、异类、恶人，实实在在地阻滞着文化的前行，扭曲、阻碍着他人独立自我的诞生。

在赵贵翁、医生、年轻人、大哥等所维护的现实文化现状里，小说借狂人之口说：

> 吃人的人，什么事做不出；他们会吃我，也会吃你，一伙里面，也会自吃……
>
> ——第一卷《呐喊·狂人日记》

伤人，兼以自伤；毁人，兼以自毁；却毫无觉知，更难言改变，这正是他们深陷混沌、虚无不义的表征。

二、写实中的威权人物

《狂人日记》以隐喻性话语，将“吃人”之恶与威权人物直接联系起来。在《祝福》中，我们却看到鲁四老爷并非怎样的大奸极恶：他家不让再寡、失子的祥林嫂触碰祝福时节的祭品，他不高兴祥林嫂死在年关祝福的时刻……凡此不过是因应陈旧的习俗老例。没错，他之因应习俗老例，比之一般人更显严正不苟。祥林嫂的婆婆，伙同族人劫走正在河边洗菜的祥林嫂，事先竟不用跟高门大户的鲁四老爷家打招呼。鲁四太太都生气了，冲着卫老婆子嚷：

> “……闹得沸反盈天的，大家看了成个什么样子？你拿我们家里开玩笑么？”
>
> ——第二卷《彷徨·祝福》

但是，鲁四老爷却说：“可恶！”“然而……”然而什么呢？然而，鲁四老爷在心底里不得不服膺、认可婆婆“劫走”媳妇的古旧“道理”啊！

> “既是她的婆婆要她回去，那有什么话可说呢。”
>
> ——第二卷《彷徨·祝福》

这时候，鲁四老爷的因应习俗老例，不仅于祥林嫂极为不利，也伤害着他自己的利益。但他并没有要他家的大势，阻抑祥林嫂的婆家，正称得上是一位严正不苟的、讲旧理的乡绅。

那么，鲁四老爷的问题在哪里呢？

其一，他守的旧理，是不把失去丈夫的女性当作独立之人的非人之理。他与这个非人之理的关系是严密合一的。即使这个理触犯到他的利益，他也只能认栽，而绝无反思、改变的意识！

其二，与非人之理的严密合一，让鲁四老爷作为一个人的意义彻底消失了，他活着，不过是一系列“非人之理”的工具。大骂新党，拒斥变革，表明他所守之理颇多。他与这些理的合一越是严密，他作为一个人的存在越没有价值。

那么，读者究竟有没有理由期待鲁镇的老爷，一个有文化的人，反思、改变他所守的理呢？从社会历史的层面看，这关系到鲁镇人生活的改变；从哲学的深处看，这关系到他自己的尊严，他自身的存在价值。从他与他人的关系看（这其实也关系着他作为一个人的社会化价值），他分明可以助人，同时自助：祥林嫂悲惨的命运会有所改变；他家也不必以“被劫”的方式失去一个尽职、勤劳的女工。

但是，《祝福》告诉我们，鲁四老爷死守一切旧理，他什么也没干。因死守旧理而淡漠人的生死，无情，无心。他大骂新党，不理解他人的历史作为，可以说于世无知。

在上述意义的威权人物之外，《长明灯》精细地刻画了四爷这个人物。四爷有着与赵贵翁、鲁四老爷、郭老娃（《长明灯》）既相同又颇为不同的特征——同在维持“旧式公理”（传统文化中的陈腐规则），议定“公事”，他冷静，明晰，以无可挑剔的堂皇话语把自己的物质利益牢牢看住，进而趁机把他人（侄子）的物质财富（一处房子）据为己有。这令人想起，赵秀才家对阿Q调戏吴妈一事的处置——趁着整治阿Q的过失，阿Q赔礼的香、烛，他的工钱和布裳全数归了赵秀才一家。

四爷跟他俨然维持的文化规则，究竟有没有诚实的关联？他是有所精神操守的？还是——他其实早已“悠悠然”“全不在意”，所言动者真正指向的不过是威福子女、衣食玉帛？无可否认的是，四爷在“理”的幌子下，跟物质利益的严密合一，正如同鲁四老爷（也包括郭老娃等）跟非人之理的严密合一一样，不存在一个人在精神上的真正作为，不存在一个生命的精神性价值。

第三节 “临终之悟”——落难者的精神萌糵

“临终之悟”，“终”指死亡，或死亡般的绝境。这里的讲授主要涉及《祝福》和《明天》《阿Q正传》（见《呐喊》）等。

我们讲到《示众》的时候，曾经说，“示众”场景的众人处乎虚无而不知不觉。这是很可怕的状态，不知不觉意味着难以醒转，改变无望。但鲁迅笔下的小说人物也存在别样的情境，留给我们异样的震撼。祥林嫂、单四嫂子是生活中的落难者；阿Q，浑浑噩噩，经常是、最终也是一个落难者。然而，鲁迅用笔复杂、深挚，不仅写他们生活上的落难，更写出了他们因此而有的精神上的恍然一醒：天地似乎洞开，人在苦境中开出了精神觉醒的蓓蕾，生命之钟已然敲响，小说对读者的精神敲击也因此变得更其悠长。

一、祥林嫂的“死前怀疑”及其他

《祝福》里苦难的祥林嫂，如学者所言，封建思想文化中的各种非人毒素——儒、道、释融合，最终吞噬了他。然而，祥林嫂的一生也是不断抗争的一生：逃离婆家→激烈抗拒再嫁→丧夫失子后，再来鲁家帮佣→倾尽所有积蓄，捐了门槛，以祛除一身侍二夫的死后磨难→向见识多的识字者“我”，发问有关灵魂的事情。

祥林嫂的不息抗争，大抵基于求生、求稍好人生的本能。她的确没有精神上的新式武器，能够轻松解除加诸她身心的非人化锁链，也没有强悍的力气，祛除加在她肉体上的各式暴力。然而，《祝福》惊人地写到了祥林嫂尽其所能，在可能的程度上走得足够远。祥林嫂在生活的重创——倾其所有捐了门槛，却没有被鲁四老爷家认可她的赎罪——之后，陷进了绝望的深渊，她日益木呆，并最终被鲁四老爷家辞退，沦为乞丐。

在祥林嫂痛感活着已经没有未来，或是，未来已经成为在恐惧和期望之间的一种两难，在这种因绝望而感虚无的时刻——在如此极端的人生苦境中，祥林嫂仍然活着，乞丐的她有没有内心的波涛滚涌？如此人间，不可以怀疑一个吗？她究竟招谁惹谁了？人世中人要如此对待她？是的，祥林嫂在漫漫的“绝望—虚无”中，也终于悍然地对鲁镇的秩序、规则，更尤其是跟她有关的规矩、说法，怀疑了！

天地洞开，“她那没有精彩的眼睛忽然发光了”。

她找到一个从鲁镇之外回来的，有知识的“我”（还是一个“新党”，尽管，祥林嫂并不知道这一点，但她找寻的大方向是对的吧）寻问灵魂的有无问题来了！祥林嫂的“临终怀疑”，不是铁屋子里一声绵长的醒过来的呼救吗？是真的人的呻吟？！至于，知识者的“我”、“新党”的“我”的回答言动，究竟意味如何，我们下文再论。接下来，我们看另一位苦难女子的苦境咏叹。

《明天》里的单四嫂子早已没有了丈夫，一夜之隔，她又失去了唯一的儿子。这个故事一两句话就可以讲完了，但鲁迅仔细经营了单四嫂子带宝儿看病、买药、吃药，以及宝儿终于死去等过程里的孤单、无奈、无助。当宝儿已经落葬，当助葬的人群散尽，小说反复地渲染着：

> 单四嫂子很觉得头眩……遇到了平生没有遇到过的事，不像会有的事……他越想越奇，又感到一件异样的事——这屋子忽然太静了。
>
> 屋子不但太静，而且也太大了，东西也太空了。太大的屋子四面包围着他，太空的东西四面压着他，叫他喘气不得。
>
> ……他的宝儿确乎死了；……想那时候，自己纺着棉纱，宝儿坐在身边吃茴香豆……真是连纺出的面纱，也仿佛寸寸都有意思，寸寸都活着。
>
> 但现在怎么了？……他能想出什么呢？他单觉得这屋子太静，太大，太空罢了。
>
> 于是合上眼，想赶快睡去，会他的宝儿，苦苦的呼吸通过了静和大和空虚，自己听得明白。
>
> ——第一卷《呐喊·明天》

反反复复的，咏叹，“静”“大”“空”“空虚”，这是在写什么呢？普通的、粗笨的女人单四嫂子失去了生活里唯一的希望和仰赖，整个生活的世界空了，这不是在写无望中的、虚无中的单四嫂子吗？

在生活的苦里，更写出落难者的精神之苦，写出他们对无望人生、虚无时光的苦涩体味与勉力承担，写出沉默者（粗笨人众）在苦难人生中的灵魂悸动。这是鲁迅笔下的苦难故事不同凡响的地方之一。

二、阿Q的“临终恐惧”

《阿Q正传》是以戏谑风格的喜剧开头的，喜剧情节承载着中国人的种种问题，并且以阿Q的种种问题映照出中国历史文化乃至现实生活的种种问题。《呐喊》《彷徨》之“反封建思想革命”的体系是能够在《阿Q正传》里寻得恰切证明的。但今天的讲授重点是要一探《阿Q正传》浓重的悲剧氛围：既是看客、又常常被看的阿Q，常常精神胜利、但又终于不得精神胜利的那些时刻，及其背后的精神意味。

阿Q第一次切实地“感到失败的苦痛”——一堆洋钱不见了。本来赢了一大堆的钱，却突发打架事件，阿Q不仅被打，连赢得的一堆白花花的洋钱也不见了。对这事，阿Q一时就没法精神胜利——说洋钱被儿子拿走了吧，说丢钱的是一只虫豸吧，都无济于事，苦痛还是苦痛。难得阿Q有了第一次的真实痛感。不过，这痛感持续时间不长，他还是能够“转败为胜”——“他睡着了”。隐喻地看，阿Q一向活得浑噩、混沌，他的人生经常是在睡里梦中的。

阿Q第二回的痛苦，就痛得多，痛得深，而且长久了——假洋鬼子们不准他革命：

> 于是心里便涌起了忧愁：洋先生不准他革命，他再没有别的路；从此决不能望有白盔白甲的人来叫他，他所有的抱负，志向，希望，前程，全被一笔勾销了。至于闲人们传扬开去，给小D王胡等辈笑话，倒是还在其次的事。
>
> 他似乎从来没有经验过这样的无聊。
>
> ——第一卷《呐喊·阿Q正传》

这回的阿Q终于把自己真实的幻灭、忧愁，放在了虚假面子的前面。这是阿Q作为人的一次进步。他终于有了属于一个人的长久的真实情感、切骨体验。

尽管这实在是一次令人无望、痛感无聊的人生体验，而且看起来，这体验会长久地延续下去——这革命的路子，阿Q是永远踏不上去了吗？人们当然要记住，阿Q式的革命逻辑“彼可取而代之”，是有大问题的。然而，在假洋鬼子不准他革命的当口，阿Q是让人同情的：

> “不准我造反，只准你造反？妈妈的假洋鬼子……”
>
> ——第一卷《呐喊·阿Q正传》

阿Q再也无法以“儿子才去造反呢”“造反的都是虫豸”之类的逻辑轻松取胜了。

阿Q第三回的切实痛苦，就真是临死之前的大觉悟了。

当他清晰地意识到自己是在被杀头的路上时，当他听到人流中的喝彩声，并且人流之中的熟人吴妈，根本就没有注意到他——阿Q的任何存在时，恍惚睡梦中的阿Q似乎彻底地清醒过来了：

> 阿Q于是再看那些喝采的人们。
>
> ……四年之前，他曾在山脚下遇见一只饿狼，永是不近不远的跟定他，要吃他的肉。……而这回他又看见从来没有见过的更可怕的眼睛了，又钝又锋利，不但已经咀嚼了他的话，并且还要咀嚼他皮肉以外的东西，永是不近不远的跟他走。
>
> 这些眼睛们似乎连成一气，已经在那里咬他的灵魂。
>
> “救命，……”
>
> ——第一卷《呐喊·阿Q正传》

阿Q，在死亡的猛烈敲击间，彻底地清醒了，作为一个人！

浑噩一生、虚幻一世的阿Q，终于有了他的心声——他的“个我”，他的命脉感。阿Q的一生是“死”着的、昏睡着的；临终，他“活”转了——感觉到了现实世界的“吃人”实质；感觉到了他这一生其实命悬一线——这个世界，死一个阿Q，跟踩灭一只蚂蚁没啥区别。对于大成于哲学家海德格尔那里的“向死而生”说，临终的阿Q是多么恰切的文学实例啊！

第六讲　在意义与虚无之间

——《狂人日记》和它的文言之“序”

第一节　狂人勇毅的意义创造与“我”的用心良苦

在文学的隐喻体系里，《狂人日记》（见《呐喊》）的行文逻辑是十分严密的。整个小说以“古久先生的陈年流水簿子”隐喻中国的历史、文化，狂人的自述在“直面—反思—否定—变革”这一历史、文化的精神醒悟中展开，其中伴随着狂人悟后深刻的自我反思。

《狂人日记》的核心意象“吃人”，精神性地看，是对中国历史、文化中压制、吞噬人的个性化精神生命（人之独立自我）的隐义传递。另一方面，20世纪初“吃人”的原始本义，即肉体意义上的身体屠戮（清末革命党人被杀戮），或吃人身体中的某些部分（革命党人徐锡麟死后，心肝被挖出炒食）也还是有效的义项。我们看到，20世纪初期，中国文化和历史现实面临的双重生存困境——精神性的和物质性的。

一、狂人所隐喻的生命创造

正文里的狂人，行为艺术般地展现了一位获得“个的自觉”的“真的人”，新人，他从“三十多年”“泯于大群”的“发昏”里醒转了。在这个精神点上，阿Q的终点，反转而成为狂人的起点！仅仅看正文，这个苏醒、孤独的“个人”，与青年鲁迅的心声是遥相呼应的：

> 故今之所贵所望，在有不和众嚣，独具我见之士，……惟向所信是诣，举世誉之而不加劝，举世毁之而不加沮……
>
> ——第八卷《集外集拾遗补编·破恶声论》

“真的人”，彻底地否定、拒斥已有的世界秩序及其价值原则：

凡事总须研究，才会明白。……我翻开历史一查，这历史没有年代，歪歪斜斜的每叶上都写着“仁义道德”几个字。我横竖睡不着，仔细看了半夜，才从字缝里看出字来，满本都写着两个字是“吃人”！

——第一卷《呐喊·狂人日记》

继而，“真的人”跟这个世界无惧地讨论种种“吃人”的真假利弊了。

他便变了脸，铁一般青。睁着眼说，“有许有的，这是从来如此……”

“从来如此，便对么？”

“我不同你讲这些道理；总之你不该说，你说便是你错！”

——第一卷《呐喊·狂人日记》

这是狂人跟一个二十岁左右的青年人的讨论。这青年很酷，声气之间自有一种威权感。最后一句令狂人震惊，出得一身猛汗。但是，狂人并没有就此停止自己的言动，他又找到自己的大哥，继续劝转：

“……大哥，大约当初野蛮的人，都吃过一点人。后来……有的不吃人了，一味要好，便变了人，变了真的人。……有的不要好，至今还是虫子。这吃人的人比不吃人的人，何等惭愧。怕比虫子的惭愧猴子，还差得很远很远。

……

吃人的人，什么事做不出；他们会吃我，也会吃你，一伙里面，也会自吃。但只要转一步，只要立刻改了，也就人人太平。……”

——第一卷《呐喊·狂人日记》

就在这个理性清明的劝转过程里，狂人被他的大哥喝为“疯子”！然而，狂人仍然没有停息自己的勇猛活语：

“你们可以改了，从真心改起！要晓得将来容不得吃人的人，活在世上。……

> 没有吃过人的孩子，或者还有？
>
> 救救孩子……
>
> ——第一卷《呐喊·狂人日记》

伴随着日益勇毅的临世变革言动，狂人完成了他日益深刻、切身的三次醒悟。其一，自我生命方向的一次正觉："知道以前的三十多年，全是发昏。"其二，自己在被"吃"，同时又是"吃"人的人的兄弟。总之，狂人自己也跟"吃人"的事脱不了干系。其三，最终，狂人悟到——自己也正是"吃"过人的人："有了四千年吃人履历的我，当初虽然不知道，现在明白，难见真的人！"

当一个人期待的现实变革方向和他对自我人生的深刻反思融成一体的时候，他就内外通透、身心精诚，成为"真的人"了。然而，如果他于所处的现实过于前驱，因而身心孤独的话，他的处境就会极其艰难，这正是狂人（中国先觉的知识分子们）的现实境遇。

二、文言之"序"的正向意味

《狂人日记》的复杂性之一在于，白话文的正文之外还有一个文言文的序。这个序的关键意味，除了"愈后候补"这个对正文构成怀疑的反向信息之外，还有一处在我们看来也十分关键的信息：

> 间亦有略具联络者，今撮录一篇，以供医家研究。
>
> ——第一卷《呐喊·狂人日记》

置入文学语言的隐喻性质的话——"以供医家研究"究竟是什么意思？狂人在隐喻世界里不是病人，而是精神意义上的醒悟者；有病（或者说有问题）的不是狂人，而是压制、吞噬醒悟者个性化精神生命，抑或屠戮醒悟者肉身的老旧历史、现实、文化，以及被这种历史、现实、文化所框定的众数世界。悖论的是，序言告诉我们，狂人已愈，重又沉入众数，去某地候补了。按照隐喻体系的逻辑，狂人在醒悟之后，又重返之前的昏睡状态了，已经不再与他醒转后所否弃的世界对立，而是随喜众数去候补官位了。

那么，需要“医家”（隐喻关注中国历史、现实、文化问题的人们吧）研究的是什么呢？需要“医家研究”的，不是中国历史、现实、文化中的全部复杂性吗？诸如，醒悟者何以会再度睡去？是他自身的不够顽韧勇毅，还是老旧历史、现实、文化相与纠葛，对醒悟者的打压过于强大？醒悟者能够幸存的道路有吗？在哪里？真实的还有，醒悟者的幸存道路如果不正是——至少也紧密地——关联着中国历史、现实、文化的更趋文明，中国人命运的更趋美善吧？基于此，尽管文言序言，不仅以与白话文对峙的老旧形式出现，而且给以“愈后候补”的黑色消息，然而，“以供医家研究”的积极意愿不也在警示着读者：历史远未结束，同志还在努力，醒悟者的幸存路径还期待着显形？

如此这般，文言序言里的“余”实在也是用心良苦的。

第二节 狂人的沉沦——作为寓言的“愈后候补”

一、狂人的“愈后候补”

《狂人日记》的文言序言在用心良苦之外，告知的“愈后候补”，实在是更令人难以释怀的。它不仅仅警示我们，老旧中国历史、社会、文化的前行、变革的艰难，也隐喻着狂人作为一代醒悟者其自我人生的曲折。这份曲折曝露的深层意味非同一般，“狂—醒悟”、呐喊、改变与“早愈—昏睡”、候补合流的差异，不是一般的差异，是坚守与放弃、希望与绝望、“有我”与“无我”、幸存与死寂……哲学地说，是赢取意义与沉沦虚无之间的生命品质、存在境界的迥异。

在这个意义上，当我们看到文言序言里骇然写着：

> 劳君远道来视，然已早愈，赴某地候补矣。因大笑……
>
> ——第一卷《呐喊·狂人日记》

敏感的读者会不会升起黑色幽默的感觉？这是20世纪中国“文学—文化”

史上的一场带着绝望的“大笑”！正如同“示众”场景广泛流布在《呐喊》《彷徨》中一样，“候补”的气息也在《呐喊》《彷徨》中四处漫延着。

《祝福》中的那个“我”，我们不知道他的职业，但是他约略已经不是失意中人，仿佛一个已然“候补”成功的新“新党”了。时间已在1924年，在鲁迅的笔下，这位新型知识分子对于祥林嫂的“生死大问”，吞吞吐吐，最终给出的则是一个“说不清”的答语。而祥林嫂呢，她越过鲁镇中人，坚苦卓绝地，心怀一线希望，出现在“我”这个识字的、见识多的“出门人”这里。这位新型知识者“我”的言动，是多么令让祥林嫂这个求救者失望乃至绝望啊。

那么，这位知识者“我”的自我生存感觉又怎样呢？

> 在阴沉的雪天里，在无聊的书房里，这不安愈加强烈了。
>
> 不如走罢，明天进城去。福兴楼的清墩鱼翅……价廉物美……往日同游的朋友，虽然已经云散，然而鱼翅是不可不吃的，即使只有我一个……
>
> ——第二卷《彷徨·祝福》

这自我感觉是糟糕的。“不安”是多少还在为祥林嫂揪心（良心还未曾泯灭），“无聊”则指向了自觉其自我人生兴味的缺失（其自省意识也还存在）。美味鱼翅、云散中的朋友、孤独中的自己……，是一系列明显存在矛盾、暧昧，话里有话的元素。这是无奈地，已经活在仰仗物质性的鱼翅，来驱赶无聊和孤独的份上了吗？况且，他和他的朋友又曾经干过些什么？往昔，也仅仅是一起吃吃鱼翅而已吗？想下去的话，不禁令人唏嘘。可以说，《祝福》之“我”，是一个虽在“候补”，却依然良心未灭，自省还在的有记忆者。隐约之间，他似乎记得从前的那些事：从前的堪为新“新党”，从前的朋友……

二、疯子“好”后的再“疯”

然后，我们得谈《长明灯》（见《彷徨》）了。《长明灯》里的疯子，足为《狂人日记》中狂人的同体变异者。疯子的被治愈，以及再疯，都实在是意味深长的。《长明灯》里的疯子跟狂人的相似度极高。疯子要熄掉的“长明灯”在梁武帝时候就被点着了，这灯跟《狂人日记》里被狂人踹过的古久先生的陈年流水簿子一样，隐喻的是老旧中国的历史、现实、文化等等。“疯子”“狂人”作为醒悟者、变革者的隐喻，也是相通的。最关键的还有，在《长明灯》里，鲁迅的用笔是极富意味的：隐喻着醒悟者、变革者的疯子，被治愈过。也就是说，他对世界的独立发现被熄灭过，他跟吉光屯既有秩序的对峙是一度消失过的。但是，他又再度“疯”了，意识到自己先前的被欺骗——庙里的灯，从未如别人告诉他的那样熄灭过。

如果说，监禁以至剿灭精神异端是老旧中国历史、现实、文化等的残酷一面；那么，与爱相邻的善意哄骗，欺人之后兼以自欺（疯子还能够被哄骗的时候，世上正有一位“太疼爱他”的父亲啊），也正是泯灭思想异己的一条“好门路”。

然而，疯子愈后再疯！欺骗终于不成了！

对于鲁迅，1925 年的确是不同寻常的。3 月，他将自己笔下“已早愈”的狂人再一次写疯，直到被锁进庙里的小屋，这位愈后再疯的疯子，还兀自说着：

> “我放火！”
>
> ——第二卷《彷徨·长明灯》

1918 年 4 月，鲁迅笔下的“狂人”“愈后候补”。1925 年 3 月，他笔下的疯子却“好”后再疯！这究竟意味着什么？李大钊曾说：

> 鲁迅发表《长明灯》，这是他继续《狂人日记》的精神，已经挺身出来了！①

1925 年 3 月，是鲁迅“挺身而出”的时刻？在什么意义上“挺身而出”呢？离结论的时候还早，我们暂且把这个问题搁置一下。值得留心的倒是，鲁迅在《长明灯》之后，还写了《在酒楼上》《孤独者》，主人公吕纬甫、魏连殳，或多或少地与“愈后候补”有着干系，尤其是魏连殳，一度切切实实地呈现为一个不得已的“候补”成功者，又切切实实地被鲁迅写进了“死亡”——这又意味着什么呢？考虑到《在酒楼上》《孤独者》在鲁迅小说中尤为重要的地位，我们另开专节讲授。

① 参阅鲁迅博物馆鲁迅研究室编：《鲁迅年谱》，北京：人民文学出版社，2000 年，第 2 卷，第 178—179 页。

第七讲 “我”的存在与《祝福》的意义构成

第一节 “我”对《祝福》的意义提升之一

——“我”与鲁镇人众、与落难者祥林嫂的关联

一、“我”与苦难祥林嫂的“得救”问题

面对《祝福》，读者可以提出这样一个问题：为什么祥林嫂苦难故事的旁边还要有一个“我”？“我”的作用仅仅是讲述祥林嫂的悲苦故事吗？如果是这样的话，用第三人称全知叙事给读者讲完这个故事，“我”就没必要存在，有什么不好的呢？

鲁迅研究专家王富仁先生认为，“我”、鲁四老爷和祥林嫂是《祝福》复杂构图中的关键元素：

> 正是在这三个主要人物的关系中，酝酿着小说的一个隐喻性的主题，即中国妇女苦难的拯救乃至人类苦难的拯救的主题。①

王先生真挚的人道意识，宏阔、深刻的视野启发我们：《祝福》之“我”是不可不在的。那么，“我”在小说中的意义究竟如何呢？“我”的存在表明，《祝福》不仅仅要讲一个苦难故事，不仅要讲造成这个苦难故事的各种往昔原因。《祝福》更要讲——至少同时要讲，历史、时代之间，苦难的救助、改变之路何在？要凸显这一思路、情怀，“我”的存在就成为必需。遗憾的是，《祝福》之“我”并未能实现对悲苦祥林嫂的救助——尤其是祥林嫂分明已经有意识地来到“我”这个“出门人”（“识字”“见识得多”）面前求救的时候。这的确是极其令人懊恼的事。然而，“我”越是令人失望、懊恼，祥林嫂的悲剧就越揪人心，越令人深思。

一般地，人们认为，灵魂、地狱的有无以及一家人是否都能见面的问题，

---

① 王富仁：《鲁迅小说的叙事艺术》，见《中国文化的守夜人——鲁迅》，北京：人民文学出版社，2010年，第198页。

无论“我”怎样回答，祥林嫂面对的那对致命矛盾——恐怖（一身侍二夫）和执愿（见到孩子阿毛）都是无解的。果真如此吗？我们的回答是：不一定。

二、“我”与鲁四老爷、与鲁镇人众的关联及其他

《祝福》之“我”是一个通体忍隐、暧昧的存在。围绕小说中的“我”，我们可以抽出下述三组人物关联：“我”与鲁镇威权人物鲁四老爷及鲁镇众人的关系；“我”与鲁镇的落难者祥林嫂的关系；“我”与“我”自己即“我”之自我之间的关系。在这三种关系中，“我”都是一副忍隐、遮掩、暧昧、不真诚的心态。“我”绝非积极澄明的橙色，亦非全然死寂的黑色，而是晦涩暧昧的灰色。

《祝福》全篇没有交代，“我”回到已经“没有家”的故乡鲁镇究竟所为何事。“我”暂寓在本家四叔（鲁四老爷）的宅子里，却既要声明鲁四老爷的大骂老“新党”并不是借题在骂“我”，又告诉读者，“我”与这个讲理学的老监生四叔难免“话不投机”。祥林嫂死在祭祀祝福的年底，被鲁四老爷喝为“谬种”。“我”甚而担心：“我”也在年底出现，不早不迟，会不会也是一个“谬种”？

另一方面，“我”甚至不敢让鲁四老爷以及鲁镇的一个普通人知道，“我”在为祥林嫂的死感到吃惊、恐慌，并自感于祥林嫂的死有责任。似乎，坦然、泰然地同情一个被鲁镇的威权人物视为“谬种”，被鲁镇的一位短工漫应曰“穷死”的祥林嫂，于“我”其实是不敢的。“我”与鲁镇，无论是与这里的威权人物鲁四老爷，还是与这里的一位极普通的短工，都存在着距离、隔膜，遮遮掩掩。“我”既在年关大节出现在此地，又似乎一直在表示：“我”又何必来到此地呢？

> 无论如何，我明天决计要走了。
>
> ——第二卷《彷徨·祝福》

“我”与鲁镇的落难者祥林嫂的关系，就更耐人深思了。“我”一不小心就暴露了自己对祥林嫂其实是很关心的：

> 我这回在鲁镇所见的人们中，改变之大，可以说无过于她的了：五年前的花白的头发，即今已经全白，全不像四十上下的人；脸上瘦削不堪，黄中带黑，

> 而且消尽了先前悲哀的神色，仿佛是木刻似的；只有那眼珠间或一轮，还可以表示她是一个活物。她一手提着竹篮，内中一个破碗，空的……
>
> ——第二卷《彷徨·祝福》

这段描述越是冷静、客观、精细，就越能够暗示“我”对祥林嫂的那份忍不住的同情——无论是对祥林嫂的过往行状，还是对她今日的惨景。面对祥林嫂的发问，“我”最初是想便捷地给一个于她有利的答案的。无奈，祥林嫂追问得彻底，回答者如果已经被框定在鲁镇人的已有逻辑里的话，要破除祥林嫂心中的致命矛盾，即一身侍二夫的恐惧与见到孩子阿毛的执愿，确乎是不可能的。但“我”自己分明是对于“魂灵的有无”“向来毫不介意的”，正是“我”的不真诚、犹疑，令“我”一路跌进了祥林嫂问题的鲁镇逻辑中。

> ……匆匆的逃回四叔的家中，心里很觉得不安逸。自己想，我这答话怕于她有些危险。她大约因为在别人的祝福时候，感到自身的寂寞了，然而会不会含有别的什么意思的呢？——或者是有了什么豫感了？倘有别的意思，又因此发生别的事，则我的答话委实该负若干的责任……。但随后也就自笑，觉得偶尔的事，本没有什么深意义，而我偏要细细推敲，正无怪教育家要说是生着神经病；而况明明说过“说不清”，已经推翻了答话的全局，即使发生什么事，于我也毫无关系了。
>
> ——第二卷《彷徨·祝福》

如此犹疑、矛盾、反反复复、言语暧昧、自欺欺人的“我”，如何能够升起救助祥林嫂的力量？只要“我”不能果断对峙、挑战鲁镇的既定风习、规则，“我”就没有办法解决祥林嫂问题的两难。而“我”恰恰在鲁四老爷以及鲁镇人众面前，同样是犹疑、晦涩、暧昧的，真诚尚且不敢，何来对峙、挑战鲁镇规则呢？

并非祥林嫂死后真有什么两难的矛盾——那对所谓的两难，不过是鲁镇人众加在祥林嫂身心上的妄言妄意而已！如若“我”果然还是一个新“新党”，如若“我”恍然而是《狂人日记》正文里的“狂人”，抑或《药》中的夏瑜，抑或《长明灯》的疯子——“我”就能够破除祥林嫂的这一死后两难，就能够决绝地否掉鲁镇世界里诸多非人的规则、逻辑，断然决然，点醒一下祥林嫂，扫除她的精神黑洞：祥林嫂，您是您自己的，您的事情您自己做主！灵魂的事情，您想有就有，想无就无。像您这样一个一生受苦、却并无祸人之心的善良的人，您死后去往的地方，那叫作天堂，而不是地狱。在那里，您想见谁就见谁，您思念谁就能够见到谁！您不想见到的人，您就不见。

然而，“我”未能这样做。就“我”与鲁四老爷、鲁镇众人，与祥林嫂的关系而言，“我”已无对峙、挑战鲁四老爷、鲁镇众人的果敢意愿；“我”并担心自己——在鲁镇人眼里显出的某种异类形相。相应地，“我”已无愿无力在鲁镇谋任何改变，无愿无力在祥林嫂的故事中实现一个新“新党”、一个现代人的人道主义诉求了。

“我”的身心都将离鲁镇世界、离鲁镇里的落难者，愈来愈远吗？鲁迅研究者钱理群先生尤为瞩目中国知识分子的“离乡”议题——逃离故土、故国。我在此想强调的是，在逃离的事物中，不仅有陈腐的鲁四老爷们，有精神上混混沌沌却又饥肠辘辘、不惜“饮食”他人痛苦的鲁镇人众，更还有一种事物叫“苦难”。在这苦难里，就有祥林嫂们的一份。这是问题的一面。问题的另一面是，如此这般远离了故乡鲁镇，勉力自欺，设法忘却鲁镇的落难者之后，时常痛感“无聊赖”的“我”又将如何安放其自我身心呢？

第二节 反思知识分子的自我存在

——《祝福》之“我”的深层意味

《祝福》之“我”何去何从的问题，关涉“我”与自身的关系——在无愿无力改变鲁镇，也终于没有成功救助祥林嫂之后，“我”的自我身心又将如何安放呢？“我”在年关大节出现在鲁镇，然而，“我”却不断地自曝时光的无聊，居留的无趣。“我”于自己的人生，似乎颇失望，又似乎很惬意；似乎“我”很知道人生的方向、乐处，又似乎对于这方向、乐处也是怀疑的，并兼以不间断的自嘲、自欺、自我安慰。

离开故乡数年后回到鲁镇，却大多时间独自待在四叔的书房，落寞是难免了。“我”反复地说：

我又无聊赖的到窗下的案头去一翻……

在阴沉的雪天里，在无聊的书房里……

——第二卷《彷徨·祝福》

“我”反复地自感无聊。“我”之来鲁镇的意味实在是稀少的。所以，决计尽快地走掉了。在知道祥林嫂死后，“我”还有一段关乎“无聊”的感慨：

这百无聊赖的祥林嫂，被人们弃在尘芥堆中的，看得厌倦了的陈旧的玩物，先前还将形骸露在尘芥里，从活得有趣的人们看来，恐怕要怪讶她何以还要存在，现在总算被无常打扫得干干净净了。

——第二卷《彷徨·祝福》

这是《祝福》中最有深度的话语之一，亦可谓人间最消极，也极哀伤的话语。丝丝缕缕都指向人生的空空无凭，于自己是早无意义，于他人是已被厌弃；于人于己，都只有虚无不义了。然而，这是在说祥林嫂呢？还是借祥林嫂，说的其实是“我”自己？还是既说着祥林嫂，也说着“我”自己？可以肯定的是，在整个鲁镇世界，只有“我”能够这样深地解读祥林嫂的悲苦。联系前文“我”自己的反复自感无聊，则借他人酒杯浇自己块垒的可能性是很大的吧。那么，“我”其实是在自曝自我人生的无意义了？在“我”对鲁四老爷、对鲁镇人众、对祥林嫂，都尽显一副暧昧晦涩、犹疑矛盾之后，实际上，也是整个人活得无所用心之后，“我”是否难以忘却一个切身本已的问题——“我”的生活，其实已是没有意义的？

令人不安的是，说的是极其消极、悲凉的事，却字里行间存在一种调侃的口吻——所谓暧昧是也！说着说着，“我”试图把它说成无所谓，说成一场喜剧：

则无聊生者不生，即使厌见者不见，为人为己，也还都不错。我静听着窗外似乎瑟瑟作响的雪花声，一面想，反而渐渐的舒畅起来。

——第二卷《彷徨·祝福》

这真是黑色幽默式的“她慰”和自慰，“她嘲”和自嘲，“她欺”兼以自欺。这是依靠在绝望旁边的、伪装出来的“舒畅”。《祝福》之“我”最独特的一点，是自欺，以及由此而来的难掩的暧昧。一种深刻的自欺——已经隐约感觉到人生的虚无不义了吧，然而，立刻会来一番“自欺”：如此这般，也还不错的啦。“我”的鲁镇之行，兴味稀少，“无论如何，我明天决计要走了”。“不如走罢，明天进城去”：

> 福兴楼的清墩鱼翅，一元一大盘，价廉物美，现在不知增价了否？往日同游的朋友，虽然已经云散，然而鱼翅是不可不吃的，即使只有我一个……
>
> ——第二卷《彷徨·祝福》

城里的美味，可以一消鲁镇之行的憋闷。但是，“我”确乎是暧昧的，又告诉人们，“我”的孤独和落寞：友朋云散，鱼翅真的还会是美物吗？抑或，人生已经如此，正不妨自吃（欺）自娱——自我疗伤吧。深层的意蕴也还有：城里的鱼翅，之于“我”——是要借物质世界的享乐，而忘却心内常在、常感的“百无聊赖”（亦即虚无）吗？

对于自我人生的某种确定无疑的兴味（意义），“我”的确并没有。换言之，对于人生的何去何从，“我”似乎并无方向，不存在抉断，凡事暧昧犹疑。而借着《祝福》中如此这般的一个“我”，鲁迅是不是在拷问一个识字者的自我存在意义？拷问他自己及其所属的中国知识者们的存在意义？

在鲁镇世界（隐喻中国现实）的各式人众及其落难者面前，暧昧晦涩，无愿无力之后，中国知识分子自身的存在意义又能在何处投放？鱼翅之乐及其一切与此相类的悦乐，真的足以摆渡一生了吗？这是《祝福》之“我”在其特有的暧昧晦涩、犹疑矛盾中，在其闪烁其词的对于“百无聊赖”的咏叹中，留给中国知识分子的声声木铎。

第八讲　沉沦之渊与超越之径

——《在酒楼上》《孤独者》《伤逝》的存在论意义

第一节　吕纬甫、魏连殳的沉沦与顾念

一、自曝“无聊”的吕纬甫

当我们从《祝福》来到《在酒楼上》，直至《孤独者》《伤逝》的时候，《祝福》以及《祝福》之“我”的过渡性就更明显了。

似乎是走出了《祝福》之“我”通体的晦涩不明，《在酒楼上》（见《彷徨》）的吕纬甫坐在又一个“我”的对面，明晰、坦荡地谈论着一个新“新党”（19世纪末、20世纪初中国的新型知识分子，多数是留学生，有的是清末的革命党）往日的荣耀和今天的颓废。相较过去的理想主义变革，吕纬甫的确已在沉沦的路上。不过，他不像《祝福》中的“我”——无论是对于可能存在的往日荣光，还是对于今天的沉沦，都报以遮遮掩掩、欲说还休的犹疑、晦涩。吕纬甫反反复复，但却是直截了当地谈到自己如今“敷敷衍衍，模模胡胡”的生存状态：

> “……模模胡胡的过了新年，仍旧教我的‘子曰诗云’去。”
>
> ——第二卷《彷徨·在酒楼上》

“新党”在教“子曰诗云”，而不是ABCD，甚至连学生的算学也不教——因为出钱为子弟雇请老师的“老子”们不要教这些。由吕纬甫的口中，我们知道他曾经意气风发，意欲变革中国现实：

> 同到城隍庙里去拔掉神像的胡子……连日议论些改革中国的方法以至于打起来……
>
> ——第二卷《彷徨·在酒楼上》

但是，今天呢，吕纬甫也坦然自惭说：“我有时自己也想到，倘若先前的朋友看见我，怕会不认我做朋友了。——然而我现在就是这样。”而且，即使委曲求全，教着自己不以为然的“子曰诗云”，但于生活“也不大能够敷衍”了。对于未来，吕纬甫更是悲观不已：

> 以后？——我不知道。你看我们那时豫想的事可有一件如意？我现在什么也不知道，连明天怎样也不知道，连后一分……
>
> ——第二卷《彷徨·在酒楼上》

吕纬甫即使有他不得已而渐离往昔理想的理由，他同时还有清醒的自我观察、自我解剖。吕纬甫与“我”谈到近年的所做，说：“无非做了些无聊的事情，等于什么也没有做。”又见“无聊”，令我们想到《祝福》之“我”，反复言说的“无聊赖”，对自我意义缺失的意识以及伴随着这种悲剧性意识的无奈、无为，强化了吕纬甫、“我”（《彷徨·祝福》）这类形象的沉重气韵。

二、惨烈自戕而又身心不甘的魏连殳

比吕纬甫走得更远、更惨烈的是魏连殳。

在鲁迅的笔下，魏连殳最终是死了，然而，即使深陷沉沦的魏连殳也还是不甘心的：他以自己的方式，一边背叛从前的自己，一边又愤激地从反向出发，以自暴自弃、自我戕害的方式，诅咒自己的现在，怀恋往昔之“我”。

《孤独者》（见《彷徨》）中的魏连殳，写文章，发表些“没有顾忌的议论”，践行的是思想的自由，于是失业了。为生计故，他先是卖掉藏书，甚至托“我”求抄写员的工作。最终，魏连殳违心去做了旧派军阀杜师长的顾问，月薪就有“现洋八十元”。

新“新党”的魏连殳，在生活的外在形相上，相当彻底地背离了昔日的自我理想。更悲剧的是，魏连殳开始对周边陈腐、酷虐的现实实施精神性报复。这就意味着魏连殳本人在精神上的变质——从真诚的人道主义者，转而成为一个恨世、厌世、贱视生命的人，甚至是自我厌恶，自我戕害。

最爱小朋友的魏连殳开始要弄孩子，戏弄老人。孩子要他买东西，他让孩子“装一声狗叫，或者磕一个响头”。从前叫孩子们的祖母“老太太”，如今直呼“老家伙”；送给她的东西，则直接摔在地上：“老家伙，你吃去吧！”而对于自己的肉身，消瘦、失眠、吐血……，魏连殳一概不予理会。

与吕纬甫类似，魏连殳在给“我”的信里，有深刻而残酷的自我解剖：

> ……这半年来，我几乎求乞了……然而我还有所为，我愿意为此求乞，为此冻馁，为此寂寞，为此辛苦。但灭亡是不愿意的。你看，有一个愿意我活几天的，那力量就这么大。然而现在是没有了……我自己也觉得不配活下去；别人呢？也不配的。同时，我自己又觉得偏要为不愿意我活下去的人们而活下去……我已经躬行我先前所憎恶，所反对的一切，拒斥我先前所崇仰，所主张的一切了。我已经真的失败，——然而我胜利了。
>
> ——第二卷《彷徨·孤独者》

对于自我的理想，魏连殳“真的失败”了；对于世俗的人生，魏连殳“赢了”。

回到《狂人日记》序言呈现的“愈后候补”话题，无论是吕纬甫，还是魏连殳，在表面上，都暂时“补”上了。珍贵的是，鲁迅的小说既记忆了他们迫于生计的“候补”，也刻写了他们沉沦于生计之路上的不甘不愿和他们在不乏剧烈的矛盾中的苦涩体验，精诚、深刻的自我解剖、自我否定。此时，我们不妨大胆想象一下，《祝福》中“我”的所有自慰自欺，乃是勉强装出来的灰色欢颜——如果不是黑色幽默的话。

在鲁迅的小说里，不断“活显”着20世纪中国知识分子切身、致命的精神信息、生命问题。不断地提醒我们：在这些知识者生命悲剧的背后，站立着的作者鲁迅，又究竟在想什么？活在中国，他自身的生命之路，又将何去何从？

第二节 “我”之抉意——对峙沉沦，超越虚无

从《祝福》到《在酒楼上》《孤独者》《伤逝》，一直存在一种几近沉默而隐隐存在，并渐趋明朗、强劲的“求生”的乐音。这份“求生”意志在《祝福》

里存在于并未在小说中露面的作者那里。“我”的犹疑矛盾、暧昧晦涩以及经此传递的灰色基调，是由作者鲁迅赋出的知识分子自我生存反思主题。到了《在酒楼上》《孤独者》中，作者鲁迅的一部分关键心声，化为小说中的一个人物“我”，站立在沉沦人物的消极自曝、自我解剖之旁，而又默默不语……

这个“我”意欲何为？且将何往？提供了什么样的精神内涵呢？

一、与吕纬甫的状态“正相反”的“我”

《在酒楼上》的“我”是先于“我”的好友吕纬甫出现的。这个“我”似乎也颇为孤独、落寞：“北方”不是旧乡，“南来”又只是客子，“我略带些哀愁”。但是，“我”眼中的冬日风景却生机勃发：

> 几株老梅竟斗雪开着满树的繁花，仿佛毫不以深冬为意；倒塌的亭子边还有一株山茶树，从暗绿的密叶里显出十几朵红花来，赫赫的在雪中明得如火，愤怒而且傲慢，如蔑视游人的甘心于远行。
>
> ——第二卷《彷徨·在酒楼上》

并且，对于故人的“甘心于远行”，亦给出了质疑、否定。我们已经说过，故人的远行可以隐喻为：游子（往往是知识人士）对于故土现实的疏离，直至弃置。眼望如此风景的“我”究竟在想什么？“我”一度沉默地听着吕纬甫讲述他这些年的各种自我背弃性言动，倾诉他的自我鄙视、自我否定。但当吕纬甫讲到，他这次回故乡曾多方寻购剪绒花，以送给那位苦命的顺姑，特别是当吕纬甫说：

> 祝赞她一生幸福，愿世界为她变好。
>
> ——第二卷《彷徨·在酒楼上》

就在此刻，就在吕纬甫的言动归向往昔的旧梦、归向愿世界为苦难者变好的人道主义光焰之际（这跟《祝福》之“我”的晦涩、暧昧态度是明显不同了），小说又出现了与前文生机勃勃的风景刻画极为神似的一段：

> 许多积雪从被他压弯了的一枝山茶树上滑下去了，树枝笔挺的伸直，更显

> 出乌油油的肥叶和血红的花来。天空的铅色来得更浓……
>
> ——第二卷《彷徨·在酒楼上》

如此反复的风景刻写绝非偶然了吧。是要借景物的勃勃生气以及天空中更浓的铅色，来给重压之下依然可能归向理想的那种吕纬甫强劲点赞吗？是暗示“我”的心志也还在“愿世界为她变好”的理想中驻留着吗？

如果说，其时的吕纬甫已经沉沦，那么，并非沉沦，抑或对峙沉沦的生命路径还有吗？对此，小说在最后是分明给出了暗示的：

> 我们一同走出店门，他所住的旅馆和我的方向正相反，就在门口分别了。我独自向着自己的旅馆走，寒风和雪片扑在脸上，倒觉得很爽快。见天色已是黄昏……
>
> ——第二卷《彷徨·在酒楼上》

这是在说，“我”的人生抉择是跟吕纬甫的正相反的？“我”会坚守往昔的理想，执着于“世界的变好”？“我”会借此超离自我人生的“无聊—无意义”？见到小说中“我”对于吕纬甫教“子曰诗云”的意外、“惊异”，则这里的问号是有可能变成感叹号的吧。

二、与魏连殳“不是一路”的“我”

魏连殳的旁边也有一个“我”，魏连殳自我背弃之后，报复群人，自暴自弃，自戕自害，但对此又是极不甘心的。凡这些，“我”都是见证者、同情者，甚至读出了魏连殳肉身死后的不甘——“冷笑着这可笑的死尸”。那么，“我”自己的人生路径又会怎么样？

《孤独者》中的“我”，在我们最关心的关键问题上——比如，“我”究竟如何看待魏连殳整个的人生轨迹？——大抵还是给读者一个沉默不语。然而，与《在酒楼上》类似，对于“我”，《孤独者》也是有所暗示的：持续引向的是理想主义者如何幸存，面对残酷现实，坚守理想的人们如何与之有效格斗，如何寻得幸存之路？“路漫漫其修远兮，吾将上下而求索。”不是一句“为题辞而题辞”的妙语，是小说作者鲁迅真的在做的事情。

但我们感到《孤独者》对“我”之心性的暗示，并未比在《在酒楼上》前行太多，除了魏连殳信上的一句：

> 但我想，我们大概究竟不是一路的；那么，请你忘记我罢。
>
> ——第二卷《彷徨·孤独者》

指向“我”与魏连殳的不属一路——那么，“我”又是哪一路的？关于“我”的人生路径，只能去看“我”无法忍受魏连殳丧礼上的仪式性号丧而退出后的段落了：

> 我快步走着，仿佛要从一种沉重的东西中冲出，但是不能够。耳朵中有什么挣扎着，久之，久之，终于挣扎出来了，隐约像是长嗥，像一匹受伤的狼，当深夜在旷野中嗥叫，惨伤里夹杂着愤怒和悲哀。
>
> ——第二卷《彷徨·孤独者》

紧接着，小说再添一句：

> 我的心地就轻松起来，坦然地在潮湿的石路上走，月光底下。
>
> ——第二卷《彷徨·孤独者》

“月光底下”，猛然就让你我想起《狂人日记》中“狂人醒悟”的那一刻：“今天晚上，很好的月光。”那么，这个沉默之“我”是借此呼应狂人曾有过的，也正是魏连殳曾有过的勇毅奋战吗？而“长嗥”“惨伤”一段在小说里还出现过一次。父亲去世之后，魏连殳在世上唯一的亲人是他的祖母，祖母做针线维持家计，供他进了学堂。祖母死了，连殳回家悼念。因为他是“吃洋教”的“新党”，族人以为魏连殳一定不肯按旧礼行事的。意外的是，一切旧礼，魏连殳都一丝不苟地照行。唯一令人不安的是，直到“大殓”“完毕”，魏连殳一滴泪也没流，一声哭也没有。正当众人就要闷闷地走散之际，魏连殳突然狼一般长嗥：

> 惨伤里夹杂着愤怒和悲哀……
>
> ——第二卷《彷徨·孤独者》

完全不合旧式丧礼，众人一时“手足无措”。“我”也表示看不懂，小说的后文，让魏连殳对“我”解释：

> 可是我那时不知怎地，将她的一生缩在眼前了，亲手造成孤独，又放在嘴里去咀嚼的人的一生。而且觉得这样的人还很多哩。这些人们，就使我要痛哭……
>
> ——第二卷《彷徨·孤独者》

原来，魏连殳式的惨伤狼嗥，也还是根于人间的悲苦，自然也包括他祖母的悲苦。这正是“愿世界为她变好”的新“新党”们意欲守持的人道主义光焰！正是不与现实黑恶种种合谋苟且，带着绝望的“长嗥—反抗”！那么，“我”退出丧礼，恍然就听闻惨伤狼嗥，其中的隐义就可能是：其一，对魏连殳往昔理想的强劲呼应？其二，试图对魏连殳式的“沉沦—报复—自戕”之路做对峙、抵抗，直至超越？是要螺旋式重返《狂人日记》正文里勇毅的变异现实之路？生命，或许还是可以精进有为的：对世界谋美好改变，对自我谋有意义的而非“百无聊赖”（虚无不义）的人生？

最后，稍稍谈一下《伤逝》。

日本学者竹内好在谈到《伤逝》时，出语惊世骇俗：

> “四围是广大的空虚，还有死的寂静。死于无爱的人们的眼前的黑暗，我仿佛一一看见，还听得一切苦闷和绝望的挣扎的声音。”是否可以判断，他就是为了倾吐这段话才写这篇小说的？这是我的疑问。①

竹内好没有将《伤逝》视为一篇爱情小说，与习见殊为不同。但如果将《伤逝》与《在酒楼上》《孤独者》联系起来，将涓生与吕纬甫、魏连殳，尤其是与两篇小说中的“我”联系起来，同时考虑这些人物的知识分子身份，考虑他们与鲁迅本人的近距离关联，考虑他们都在中国式人生的路上行进着，那么，竹内好的思路就值得用心理解了。不过，我们认为，竹内好仅仅看到了问题的一半。这一半是关于自我，以及人间的死、虚无；关于人间的“无爱”、黑暗、挣扎、

① ［日］竹内好：《鲁迅》，李心峰译，杭州：浙江文艺出版社，1986年，第29页。

绝望。这些，《在酒楼上》《孤独者》也反复刻写过。竹内好没有看到的一半是，《伤逝》中的涓生，堪称《呐喊》《彷徨》所有人物中，唯一一位面目清晰（现实感较强，不同于“狂人”的抽象而又终于“候补”，也不同于多位“我”的隐忍、沉默），即将开始既变异人间的黑暗、苦难，又意欲超越自我人生的“死亡—空寂”（虚无）的人物！

在这样的思路下，涓生是谁？他不是那个《在酒楼上》《孤独者》中默默少语的“我”，如今已经不惜“话痨”了吗？

> 新的生路还很多，我必须跨进去，因为我还活着。……
>
> 我活着，我总得向着新的生路跨出去……
>
> 世界上并非没有为了奋斗者而开的活路；……
>
> ——第二卷《彷徨·伤逝》

一代知识分子的上下求索，一个叫作鲁迅的人的上下求索，到涓生这里，俨然就要有一个生命正果了。接下来的“人”之道路的完整呈现，要去看整个的《野草》。

第九讲 《呐喊》《彷徨》的三重意义体系

第一节 《呐喊》《彷徨》在人性与社会历史层面的意义构成

一、文学意义的三重体系说

基于哲学观察的视野，我们大抵认为，人的世界与作为人学的文学世界，存在三个有机的意义结构层。

其一，文学的人性内涵。这是文学的最基本层面，涉及爱恨、善恶、美丑、真假等等，大抵关涉一个人与生俱来，或于不自觉中耳濡目染的性情、习惯、性格等等。20世纪中国，由于文学与政治有较长一段不正常的关系，中国当代文学在这一层面的内涵出现过长时间的匮乏，导致人们往往把文学的这一基本面看得过于重要、高深，甚至几成唯一，这其实是存在问题的。

其二，文学的社会历史内涵。这涉及文学与时代社会的关系，文学是否能够意识到整个时代的关键性问题，从而内蕴着时代反思、于世批判的锐气、勇气，具有引领时代前行、进步的历史性意义，是这一层面的核心议题。

其三，文学的哲学内涵。如果说，人性内涵，主要是文学与每一个个人与生俱来的“本能—濡染”世界的关联；社会历史内涵，则是文学关注、思考，一个生命与另一个生命、一些生命与另一些生命的社会化联系如何美好地建立并持续存在的基本话题的话，那么，文学的哲学内涵往往指向人的精神自我，从人的本能性濡染世界以及社会化群体生存中醒转，并个性化地、自觉自由地塑成自己或是自己所属群体的生存方式与生存意义。

然后，这里会出来一个问题——为什么是这三个层面，而不是别的三个层面，或四个层面，或五个层面？我们说，文学是人学。试想，在人的全部生活中，除了与动物接近的“本能—濡染”部分（偏于自然态的人性）；作为大规模群居生命的人与人、人群与人群的关系部分（人的社会性及其相应的时代性）；作为一种精神生命的群体意义（往往指向古典宗教信仰）以及自我意义（指向现代以来，独立自我的意义抉择、个体性的生命信仰等）需求之外，人的全部生活内容，就几乎没有不被包含在这三个结构性层面里的了。换言之，人类的全部生活内容，大抵都可以包括在上述三个层面之内。

从世界文学的视野里看，能够同时具备上述三个层面的精神内涵的文学也都是不多的，即使是一些十分著名的伟大作家，其作品也会或多或少存在上述三个层面上的、结构性的意义限度。比如巴尔扎克，人们公认的，他的作品在19世纪的法国有保皇主义的、抵抗现代文明大潮的主体倾向。不仅如此，巴尔扎克虽是那一时代法国社会的批判能手，但却不是个体生命存在意义的探索者。类似的文学意义结构性限度，也存在于托尔斯泰的作品里，托尔斯泰在精神上的深广探索是令人们十分惊服的。然而，在后世的人们看来，19世纪的落后俄罗斯，在社会历史意义上的正向关键命题（所谓历史的进步方向），几乎没有有效地被托尔斯泰所认可。对于欧洲已经出现的，俄罗斯人亟待吸纳、引入的，进步的现代社会文明，托尔斯泰几乎没有正向地应承过，批判倒是存在的。人们说托尔斯泰的社会理想，是俄罗斯宗法制乡民社会，的确是实情。然而，在"人性意蕴"与"哲学内涵"这两个层面上，托尔斯泰可以说都抵达了至高、至深的正向所在，并使二者水乳交融，托尔斯泰的文学经此而具有相当深广的结构性意义图景，尤其为人所称颂。

二、鲁迅文学颇为完整的有机性意义体系

那么，鲁迅的文学呢？对于上述话题，我们今天可以总结的是《呐喊》《彷徨》——前人已有的研究成果，以及我们对《呐喊》《彷徨》的具体讨论，能够支持我们在这里的总结性讨论。

（一）国民性与人性议题

自《呐喊》《彷徨》面世以来，对它们的研究就涌现出一个引人关注的话题，即国民性议题。国民性议题，大抵指向《呐喊》《彷徨》中的人性呈现，这一呈现归根结底也还是20世纪初期多数中国人的人性状态。"麻木""冷漠""瞒""骗""丑"及其对立面"爱""诚""美"，是这一议题的诸多关键要素。一个多世纪以来，"国民性—人性"议题在鲁迅研究中的广泛呈现，见证了《呐喊》《彷徨》在人性刻写上令人瞩目的成就。值得注意的是:《呐喊》《彷徨》中的"国民性—人性"议题，只有在接上鲁迅留日时期的"立人"思想深度时，才会彰显更深广的认知价值——而在那一刻，"国民性—人性"问题的深度就

已经跃入哲学层面的内涵了，这两个层面在最深层的意义上是足可相互回望的。

相关话题我们在讨论《呐喊》《彷徨》的哲学意义时还会再论。

（二）社会历史内涵与《呐喊》《彷徨》呈现的反封建思想革命意义体系

自觉地也是成功地挖掘、提炼《呐喊》《彷徨》的社会历史内涵的研究，大量出现在20世纪80年代的中国，尤以王富仁先生的博士学位论文《中国反封建思想革命的一面镜子——〈呐喊〉〈彷徨〉综论》为杰出代表。与王富仁先生鲁迅研究中浓烈、诚挚的社会良知相呼应的还有王得后先生、钱理群先生的鲁迅观察。王富仁先生的《中国反封建思想革命的一面镜子——〈呐喊〉〈彷徨〉综论》，实现了对《呐喊》《彷徨》之反封建思想革命意义体系的相当完整的呈现。王先生不仅抓住了《呐喊》《彷徨》本有的社会历史文化内涵，也紧密地、具有内在自觉地呼应了20世纪80年代的中国社会历史文化现状。“反封建思想革命的一面镜子”围绕进化论、个性主义、人道主义三个关键命题贡献的社会历史文化话题，主要呈现为：中国社会要朝向更文明、更美好的方向变革，而非相反；中国社会及其思想文化应该实现对个体生命之自由、独立、尊严的尊重、保护，而非相反；中国社会及其思想文化应该实现人与人之间的人道主义联系（平等、互爱），而非相反。

综上所议，在国人基本人性的命题上，在社会历史层面的内涵上，《呐喊》《彷徨》都有值得人们深思、记忆的刻写。如果把《呐喊》《彷徨》的有机意义构成，想象成一座三层建筑的金字塔的话，人性层面和社会历史层面的内涵，就分别处在第一层和第二层，而继续叠加在高处的第三层，即为《呐喊》《彷徨》的哲学内涵。

第二节 《呐喊》《彷徨》的哲学内涵

关注鲁迅其文其人的哲学内涵，是我们这门课程的特点，这主要基于以下三点考虑：

其一，鲁迅及其文字的确具有哲学内涵，这是我们理解鲁迅绕不过去的内容。

其二，基于哲学研究视野，对鲁迅及其作品的阐释的确打开了人们认识鲁迅世界的新地域。而且这些发现也具备体系性内涵，构成了鲁迅精神世界中一个相对独立的层面，从而能够丰富人们对鲁迅意义的结构性认知。

其三，当下鲁迅研究中的哲学视野，呈现出自觉地跟过往鲁迅研究的知识谱系保持精神贯通的心态，能够自觉地建构起鲁迅世界的整体性意义构成，而不是只见高深的哲学层面，忘记脚下的尘世大地——不见鲁迅世界中同样重要的人性内涵与社会历史内涵，从而能够给研习者呈现相对完整的鲁迅意义构成。

一、《呐喊》《彷徨》呈现的人间虚无相

前面我们总结了《呐喊》《彷徨》在人性层面上和社会历史层面上的意义构成。这里，要稍做回顾一下的，是我们一直在详细地、体系性讲授的那部分内容——《呐喊》《彷徨》中的哲学内涵。而课程之所以选择对《呐喊》《彷徨》哲学层面的意义做相对详细的阐释，一个重要的原因是，这部分内容可能是一般读者乃至一般研究者了解较少、比较难以理解的部分。

在我们看来，《呐喊》《彷徨》的哲学内涵集中体现在其广泛流布的“虚无透视之眼”中。这一“透视之眼”在《示众》中得到了极端性的、躲不过去的呈现，《示众》在某种程度上成了《呐喊》《彷徨》的“启示柱”，成了彰显《呐喊》《彷徨》“整个一层”意义结构的警钟。

《示众》对虚无的集中曝露，提示我们：深挖《呐喊》《彷徨》类似场景中的精神深度；提示我们：在麻木、冷漠，乃至残酷的“乐看”背后，还有深深的精神黑洞，还有虚无中饥肠辘辘的精神空腹；提示我们：关注、点醒这样的精神黑洞，或许是精神启蒙、文化启蒙里深挚、重要的一环。

尽管“示众世界”似乎不见社会上层人物和知识人士，但我们在分析中还是能够见出那个世界里相对的威权人物在精神上的无所真为，为看而看，驻留于空洞的人生。这提示我们去留意《呐喊》《彷徨》里诸多威权人物在精神上更深一层的本质特性：他们寄生在陈腐的、非人的社会思想文化生态中，精神生命没有个性，没有精神上的自我价值。

在充斥着众多看客与威权人物的世界上，总有落难者。《呐喊》《彷徨》刻写了他们在命悬一线时，与“绝望—虚无”相邻的生命醒转：他们的精神世界，原本近乎死寂，每每不敢闪动任何怀疑的眼睛、否定的心气，但终于也还有苏

醒的一刻——当生存实在太过苦涩，祥林嫂的生命力量也并不总是弱于识字的子君；但死亡的确来得太过意外！阿Q与狂人之间的距离并不永远是遥远的。

如果生命的力量首先意味着怀疑现状，然后真实地、清醒地行动，那么，在阿Q的“临殁见真”上，在祥林嫂的“临死怀疑”上，我们看到的是人性的希望，是人的精神自我最初萌蘖的那一刻！

二、“独异型”人物呈现的“虚无图景”

这里的“虚无图景”存在最基本的两类，一类是日渐沉沦于虚无，另一类则是不断“体味→博弈→超越”虚无。

《示众》里那位唯一的求问真相者，是“工人似的粗人”，他的独异性、他软弱的“退出”，能够让我们联想到《呐喊》《彷徨》中诸多的类似人物。这些独异性人物的一个共同点是，他们离作者鲁迅的距离是近的。也可以说，是跟鲁迅相类的。面对狂人、疯子、吕纬甫、魏连殳，以及诸篇小说中反复出现的“我”，辨识他们在精神深处的来龙去脉，是我们完整理解鲁迅精神历程、理解《呐喊》《彷徨》深层意义的关键路径。

《呐喊》《彷徨》里的独异性人物，一方面，是心怀理想、求抗争、求变革的社会改革者；一方面，也可能是迫于现实的坚苦波折，而弃置理想、沉沦于现实、跌落至虚无的人物。由此看，变革社会的理想与自我人生的意义都是可能幻灭的。在另一个路向上，《呐喊》《彷徨》精细地刻写了独异者与虚无的相遇、纠葛、格斗，刻写了他们之中可能的——到《孤独者》《伤逝》之时，已经呼之欲出的——“对峙沉沦—超越虚无”的求索者。

任何一个时代，都存在理想的光焰与现实的魆黑。有那么一天，《呐喊》《彷徨》中独异者们的社会理想，或许已经实现。后世的人们却仍然会有自己的理想与现实，自己的压力与波折，自己的沉沦与虚无，或是，自己的对峙沉沦与超越虚无，那么，重读鲁迅——他们仍然可以从一代精神探索者这里获得生命的经验和启示。

伟大的文学揭示生命存在中的基本矛盾，并且给出应对的经验和启示——鲁迅的文学做到了这一点，《呐喊》《彷徨》正是完成这一经验和启示的重要部分。

第十讲 《野草》与鲁迅的重返“战士真我”

第一节 鲁迅的整体生命之流与《野草》的核心脉络

一、正面博弈虚无的《野草》

在《祝福》《在酒楼上》《孤独者》中，当看到或者矛盾犹疑、暧昧晦涩，或者自曝沉沦、自戕自毁、背弃往昔理想的诸般人物时，我们就要小心了：这不仅仅是在写小说里的人物，同时也暴露了鲁迅本人的“生命—精神”危机。现实中，不仅鲁迅的好友范爱农失意，继而落水而死，鲁迅疑心他是自溺的；鲁迅自己也在 1925 年被教育总长章士钊免除过教育部的佥事职务。生计危机以及由此而可能引发的精神异变，不仅仅是虚构。面对《祝福》中的“我”、《在酒楼上》中的吕纬甫与“我”、《孤独者》中的魏连殳与“我”，以及《伤逝》中的涓生，敏锐的读者要看到鲁迅本人精神求索的深处，要联想到生活中，鲁迅及其同仁们的漫漫求索路——求一条在酷虐现实中坚守自我理想并且能够幸存的路！

现实中的鲁迅恋爱生子，逝于 56 岁，比《孤独者》中的魏连殳活得长，活得丰富。鲁迅在创作魏连殳的前一年（1924 年）就开始写《野草》的第一篇《秋夜》了。这又意味着什么呢？瞩目鲁迅自我生命的漫漫求索的话，可以说，到 1925 年底，即将完成的《野草》与《彷徨》后期的《长明灯》《孤独者》《伤逝》等共同铸成了鲁迅的“求生”路径。

不妨回顾、总结一下我们大抵已经看得出来的鲁迅的生命轨迹：留日时期，生命自由飞扬、狂洋恣肆，大呼“精神界之战士安在？”→“沉默鲁迅”遭遇虚无，沉潜其中，咀嚼其味→《呐喊》《彷徨》时期，一边有对虚无人生的狂人、疯子式反击，一边又清醒地意识到狂人、疯子们“愈后候补”后的“无聊”，刻写了一系列在无奈中“候补”的沉沦型人物，同时还在此沉沦渊面的旁边站立着一个又一个默默不语的“我”，是意欲对峙沉沦、超拔虚无吗？——至少，这是有可能的吧。

而与《彷徨》后期的部分作品相与、相携的《野草》，终于不再围绕着一代理想主义者的“沉沦—虚无”迂回转圈、静默不语——经由《野草》，鲁迅直视虚无，悍然与之正面博弈：

> 我不如彷徨于无地。
>
> ——第二卷《野草·影的告别》
>
> 我至少将得到虚无。
>
> ——第二卷《野草·求乞者》

> 我只得由我来肉薄这空虚中的暗夜了……
>
> ……
>
> 绝望之为虚妄，正与希望相同。
>
> ——第二卷《野草·希望》

这就是《野草》的悍然起点，直面吕纬甫、魏连殳式的沉沦黑洞，在他们无奈离弃、“倒下”的地方，活着的“我”（联想至鲁迅本人）要继续进发！当“博弈—反击—超越”虚无的生命旋律流贯在整个《野草》之中的时候，当《野草》承载鲁迅自我生命之旅中最精深、最艰苦、最直截了当的精神搏击时，无论是对于《野草》，还是对于鲁迅本人的精神世界，人们都应该给予足够的敬畏。

二、《野草》的整体性与鲁迅生命的整体流变

> 鲁迅不是所谓的思想家。把鲁迅的思想作为客体抽取出来是很难的。在他那里，没有体系性的东西。勉强地说，他的人的存在本身就是一个思想。①

这一段，直白地说，就是：鲁迅的生命存在之流本身足成一种思想。而如果有人接着说，《野草》则是这一生命之流里最关键、最深刻的一段，竹内好大抵是会同意的。《野草》（题辞在外）共 23 篇，写于 1924 年 9 月至 1926 年 4 月。《野草》的整体写作意图是自觉而强烈的，发表时，或标题为《野草》，下标《秋夜》（见《语丝》第三期），或在标题《一觉》之下明晰地标以《野草之二十三》（见《语丝》第七十五期）。这种整体写作意图与鲁迅寄寓在《野

① ［日］竹内好：《鲁迅·作为思想家的鲁迅》，李心峰译，杭州：浙江文艺出版社，1986 年，第 157 页。

草》中的一段精神跋涉紧密相关。

鲁迅曾明白地表示：“他的哲学都包括在他的《野草》里面。”[①]将《野草》置入鲁迅整个的生命之流，大抵地，《野草》的整体律动：始于对生存虚无的“直面—搏击”，终于超越虚无之路的最终凸显。《野草》以《影的告别》《求乞者》《希望》等为起始段；以《过客》《死火》《墓碣文》为坚苦追索的中途，及最深谷地；以《这样的战士》为最高归宿地，以《淡淡的血痕中》《一觉》为“战士”高地上明显的话语实践。

在前一小节已经呈现的，以《影的告别》《求乞者》《希望》为高峰的起始段之后，《野草》接下来的关键路标大抵如此：

《过客》，肉搏虚无者已经在路上：

> 有声音常在前面催促我，叫唤我……
>
> ——第二卷《野草·过客》

《墓碣文》，肉搏者抵达最精深地带：

> 抉心自食，欲知本味……
>
> ——第二卷《野草·墓碣文》

这是《野草》第二个主体节奏中的两个关键性高潮。接下来《野草》出现了第三个主体节奏中的关键性高潮，亦即全部《野草》的最终高地：“要有这样的一种战士”，“他走进无物之阵”，“反复”“举起了投枪”（《野草·这样的战士》）；“叛逆的猛士出于人间；他屹立着，洞见一切已改和现有的废墟和荒坟……”（《野草·淡淡的血痕中》）。

至此，《野草》超载虚无的生命正果为：重返鲁迅的原初本我“精神界之战士”（绝不是弃置往昔的自我理想），他生命中的“战士真我”悍然出世。我们把鲁迅经由《野草》呈现的这一轮生命重返概括为：鲁迅对虚无的直面、博弈与超越，对其“战士真我”的最终回归。

---

① 章衣萍：《古庙杂谈》，《1913—1983鲁迅研究学术论著资料汇编》，北京：中国文联出版公司，1985年，第1卷，第89页。

鲁迅的这一轮生命真我回归，实在来之不易。从日本时期算来，费时近20年，从27岁（1907年）到45岁（1925年）。如果我们把鲁迅本人的战士人生，从他在《野草》中再一次自觉、决绝地“出世”的“战士真我”算起的话，则鲁迅自觉意义上的战士人生，是12个年头，即1925年至1936年。

如果我们继续持有一直以来的整体观察视野，这时候就需要记忆，曾经讲过的留日鲁迅对信仰的理解和态度。留日鲁迅曾经深刻地意识到，尼采“掊击景教，别说超人……则其张主，特为易信仰，而非灭信仰昭然矣”（第八卷《集外集拾遗补编・破恶声论》）。从存在主义哲学的思路看，人类的信仰经过了由古典信仰到现代信仰的历史性变动，这一变动正是在尼采那里彻底完成的。古典信仰，是人类世界各个族群中发生、存在的各种神佛式宗教信仰。现代信仰，则从克尔凯郭尔过渡性的“个体性基督信仰”，到尼采完整意义上的现代信仰“上帝死了”“超人生”，信仰的内容蜕变成“做一个真正的你自己”，而不再是信神、信佛、信真主等等。

可以说，鲁迅是出世于20世纪中国的一位现代信仰者，他的精神生命，穿越“死亡—虚无”，成就了自我人生的真谛，成就了他的“战士真我”。在中国文化史上，在中国知识分子的精神史上，这都是历史性的、转折性的大变。

令人惊异的还有，尼采的超人信仰，是允诺极端的个人主义思路的，个人的存在意义可以跟其他人没有干系。而鲁迅的“战士真我”，虽以于世批判的方式完成，却既包括对个体自我的深爱，也身携对人间生命的大爱——这一点，在《野草》里以《复仇（其二）》为最典型、最集中的呈现。

《野草》所展现的鲁迅精神生命之旅，是鲁迅以其灵魂的“肉身血脉”而铸造的哲学体系，是铁塔般的精神建构，无可辩驳地确证着：

> “他的人的存在本身就是一个思想。”①

① ［日］竹内好：《鲁迅・作为思想家的鲁迅》，李心峰译，杭州：浙江文艺出版社，1986年，第157页。

第二节 《野草》体系的整体图谱

以哲学的视野进行文学研究，要求人们能够看到足成有机整体的“文学建筑”中相对完整、全局的意义构建。真实的是，不是所有的文学作品都能够是这样一座有机的“文学建筑”；也不是所有的文学解读，都能够完成对那些足为有机整体的“文学建筑”的整体性阐释。许多年里，《野草》就是这样一种难以进入的整体性存在。

《野草》整体阐释的难度最关键地呈现为——欲知《野草》整体上的来龙去脉，得知鲁迅精神之旅的整体流变；而后者又往往更是一种精神体悟上的挑战了。

有意味的是，一旦生成相当深度和整体性的鲁迅形象，悟得了某一视野下的鲁迅生命流变，对于《野草》的特别心得就自然、必然地“拱地而出”了。竹内好以及木山英雄对《野草》的独到领会都与他们心中已经自有的鲁迅形象密切相关。不过，问题的复杂性在于，他们心中的鲁迅形象，既赋予了他们发现《野草》意义的“独门法器”，也限制了他们对《野草》意义的整体会意。

言归正传，开始我们这里的《野草》意义体系吧。

一、《野草》的纵向旋律体系

在一定的视野下，《野草》纵横交错，正是一个严密、有机的文学建筑。纵向地，如我们上次所议：《野草》以三个主体节奏，分别以《影的告别》《求乞者》《希望》/《过客》《死火》《墓碣文》/《这样的战士》《淡淡的血痕中》《一觉》为关键性高点，完成了鲁迅“直面—博弈—超越”虚无、重返“战士真我”的精神征战。

值得注意的是，上述三个主体节奏各有其侧重的旋律核心，中经往复回环，一波三折式的螺旋攀升，才抵达最终的旋律落幕处。在《影的告别》《求乞者》《希望》处，是起始阶段“直面—肉搏”虚无的精神宣言。在《过客》《死火》《墓碣文》等中，“搏击—超越”虚无者已经“在路上”，而且，渐行渐远渐深，直至《墓碣文》的“抉心自食，欲知本味”。但其反复咀嚼，以应对虚无的烘托性节奏，则呈现着对起始阶段的核心主题的不时反顾。到《这样的战士》《淡淡的血痕中》《一觉》时，肉搏虚无者才抵达最终的生命高地：“无物之阵”（隐喻虚无不义的人间世界）中反复举起投枪的战士。这个战士不顾终有一败的悲剧命运，不停止自己“举起投枪”、于世批判的言动：既搏战在虚无人间，也铸造着自我生命的意义。不难看出，最后阶段的《野草》乐章，既对前面两个阶段的《野草》主旋律时时反顾，又实现着螺旋式高扬。

以上是对《野草》纵向维度的意义链条的整体性呈现，所提及的《野草》诸篇的“回环往复”式特性源自木山英雄先生的“野草论”①。

我们知道，事物有纵向之流，亦必有横向之阵。那么，《野草》在横向维度的整体意义构成又如何呢？

二、《野草》的横向空间建构

放眼《野草》，其横向意义上的组合元素，首先可以分成体系性的两大类事物：“我”（联想至鲁迅）在《野草》中或隐或显地，意欲透视、对峙，或者反抗、超越的对象；“我”或隐或显地，有所向往、有所肯定的元素。

可以分别举三个例子来做说明。

篇目	“我”意欲透视、对峙，或者反抗、超越的对象
《求乞者》	灰土。并不悲戚，但拦着叩头，追着哀呼的求乞孩子。又或，也不见得悲戚，但是哑着，摊开手，装着手势的求乞孩子。各自走路的另外几个人。
《复仇（其二）》	钉杀耶稣。围观这钉杀的路人、祭司长和文士。与耶稣同时被钉的两个强盗。他悬在虚空之中。
《墓碣文》	狂热的浩歌、天上、一切眼。不显哀乐之色，中无心肝的死尸。死尸的微笑。我疾走，不敢反顾，生怕看见他（死尸——笔者）的追随。

① 参阅［日］木山英雄：《〈野草〉主体构建的逻辑及其方法——鲁迅的诗与哲学的时代》，见《文学复古与文学革命——木山英雄中国现代文学思想论集》，赵京华编译，北京：北京大学出版社，2004年。

篇目	“我”有所向往、肯定的物、事，及具有此类隐喻内涵的物、事
《求乞者》	我不布施，我但居布施者之上，给与布施者以烦腻，疑心，与憎恶。我竟而还要求乞，我将得到自居于布施之上者的烦腻、疑心、憎恶。我将用无所为和沉默求乞……。我至少将得到虚无。
《复仇（其二）》	他没有喝那用没药调和的酒，要分明地玩味以色列人怎样对付他们的神之子，而且较永久地悲悯他们的前途，然而，仇恨他们的现在。钉杀了“人之子”的人们的身上，比钉杀了“神之子”的尤其血污，血腥。
《墓碣文》	……有一游魂，化为长蛇，口有毒牙。不以啮人，自啮其身，终以陨颠。抉心自食，欲知本味。创痛酷烈，本味何能知？痛定之后，徐徐食之。然其心已陈旧，本味又何能知？

这样的分类举例，除了力证《野草》世界的组合元素在横向维度确有体系性存在之外，还提供着另外两个方面的精神线索。其一，从中可以约略观察，我们已经讨论过的《野草》的纵向意义流变体系。其二，可以比较直观地看到，我们正在讲授的《野草》在横向意义上的体系构建。这个意义体系具体呈现为什么呢？

从上述《野草》三篇存在的两大类事物中已经不难看出，除了纵向意义上的写作主体对虚无的“直面—博弈—超越”路径外，《野草》诸篇还约略可见一个具有独特的有机结构的人间世界。在这个世界里，其一，人们的物质生活是极苦的，可见于《求乞者》《颓败线的颤动》《聪明人和傻子和奴才》等篇。其二，人与人之间的关系，人群之间的社会化生存状态是“陈腐—黑色”的：遍布等级律例，专横，冷漠，直至酷虐；可见于《狗的驳诘》《失掉的好地狱》《聪明人和傻子和奴才》《淡淡的血痕中》《一觉》等篇。其三，人们的精神状态中遍布虚无形相，却又不知不觉，俨然“活”得津津有味，言行敏捷，恰如我们在分析小说《示众》时详细讲到过的情境。这一层内涵本是《野草》的核心音律，四处流布，尤其明显、集中地见于《复仇》《复仇（其二）》《求乞者》《立论》等篇。

简言之，《野草》在横向时空上呈现着这样一个人间世界：“（生民）苦难→（社会）陈腐、黑色→（生命）虚无”。

这是一个亟待改变，应予改变的历史时代。

有关《野草》意义体系的整体图谱，我们也可以作如下结论了：纵向地，《野草》是“我”（鲁迅）“直面—博弈—超越”虚无，重返“战士真我”的一场精神征战。横向地，《野草》有机性地呈现着“我”所面临的整个历史时代：“（生民）苦难→（社会）陈腐、黑色→（生命）虚无”。这是一个亟须改变，以期进步、美好的时代。而“我”的精神征战，正是在这一“苦难→陈腐、黑色→虚无”的茫茫大地上进行的。

壮哉！斯人斯战！

第十一讲　《过客》最终行至何处？

——《过客》《墓碣文》与《这样的战士》

第一节　“肉薄”虚无者在路上

——《过客》的终点与《墓碣文》的起点

一、《过客》的终点不止于“坟地”

《过客》是《野草》中的名篇，它是《野草》第二个主体节奏段的第一个高点，联系《野草》中的“我”在第一个主体节奏的最后一个高峰《希望》里“肉薄这空虚”的反复宣言，则直观上可见：行走的过客，已经走在肉搏虚无的路上了。

我们看下文：

> 翁——客官，你请坐。你是怎么称呼的。
>
> 客——称呼？——我不知道。从我还能记得的时候起，我就只一个人，我不知道我本来叫什么。我一路走，有时人们也随便称呼我，各式各样，我也记不清楚了，况且相同的称呼也没有听到过第二回。
>
> ——第二卷《野草·过客》

有人不知道自己叫什么的吗？显然，这是文学隐喻，过客不知道自己的“本来”“本根”“本味”是什么，别人也不知道他意味着什么。他在这个世界上是一个“无——虚无”。

《过客》中的隐喻性对话还在继续：

> 翁——阿阿。那么，你是从哪里来的呢？
>
> 客——〔略略迟疑，〕我不知道。从我还能记得的时候起，我就在这么走。
>
> 翁——对了。那么，我可以问你到哪里去么？
>
> 客——自然可以。——但是，我不知道。从我还能记得的时候起，我就在

这么走，要走到一个地方去，这地方就在前面。

——第二卷《野草·过客》

不知道自己从哪里来，也不知道到哪里去。这是十分经典的哲学话语。

可见，这位过客实在是走在“博弈虚无”的路上的。不独如此，过客坚持要往前走，而不听从老者的话“回转去”，他说：

回到那里去，就没一处没有名目，没一处没有地主，没一处没有驱逐和牢笼，没一处没有皮面的笑容，没一处没有眶外的眼泪。我憎恶他们，我不回转去。

——第二卷《野草·过客》

不难读出，过客认为“回转去”的那个世界没有自由，没有真实，那是他彻底否定的现状。过客的“走”实在是与“虚无”相关，他既意识到自我人生的虚无，也无情地透视着其所处世界的虚无。与此同时，过客反复强调：

有声音常在前面催促我……

——第二卷《野草·过客》

这前面的声音究竟是什么？与虚无是什么关系呢？是足以“对峙—超越”虚无的一种存在？前面意味着什么？回答可谓众说纷纭。而《过客》的文本本身就有两个回答：老者说，前面是坟；小女孩说，前面是花丛。小女孩一类的形象在《野草》里有一系列，其精神隐义是相通的，大抵指向心怀美好理想，但又未经时光锻冶、自我反思的青春生命。过客虽也承认小女孩的花丛之说，但更要直面老者的坟墓说，即死亡说。前面的“坟墓—死亡”，究竟精义何在呢？它与前面的声音又是什么关系？

自从海德格尔的哲学大兴之后，这个问题就容易回答了。“向死而生”“向死而行”成为相当流行的哲学话语。那么，这类说法究竟什么意思呢？前面的坟墓所隐喻的死亡，它对人发出生的警钟：前方是终有一死的死亡，坟墓，虚无。“死亡—虚无”的存在“敲击着活人的脑袋”，启示人牵念生的意义。在终有一死、势必为无的死亡降临之前，警示人活出生的意义。海德格尔把这一生之警钟称之为“良知”（这跟一般意义上的良知是不同的）的召唤。

我们看到，《过客》里最为惊人的信息登场了，过客已经生成了自己独立的、精深的追问：

> 老丈，走完了那坟地之后呢？
>
> ——第二卷《野草·过客》

在我们看来，全部《过客》的最后关键是在这里：越过“坟—死亡—虚无”之后，是什么呢？还会有什么呢？在存在主义哲学的视野里，尤其是在海德格尔的哲学里，“死亡—虚无”之后的“别一个世界”，是穿越了“死—无”的生命否定之境后，再度升起的生存意志、自由意志所铸造的充实之境、意义家园。简言之，终有一死的人，在肉体死亡到来之前，能够自觉、自为地上下求索，寻找到某种超越“死亡—虚无”的生命意义创造路径。

《过客》里过客的前方不止于“坟—死亡”，他的目的地（如果姑且这么说的话）明确地指向“走完了那坟地之后”的某种境遇。至于那境遇究竟何谓何为，我们的确在《过客》里看不到。

二、《墓碣文》——“过客”抵达的最深渊地

没错，“走完了那坟地之后”是什么，这个问题在《过客》里是看不出来的。然而——全部的《野草》远没有写完，《过客》只是《野草》第二个主体节奏中的一段高潮。我们会真的看到，在《过客》暮落的地方，更精深的《墓碣文》悍然出场了：

> ……于浩歌狂热之际中寒；于天上看见深渊。于一切眼中看见无所有；于无所希望中得救。……
>
> ——第二卷《野草·墓碣文》

这是《野草》中最为有力的段落之一，极具生命力量，同时又鼓荡着彻底、广阔、旷远、深刻的否定剑气。这种否定，也许只有用尼采的“积极性虚无体验”来意会其精深、勇猛的内涵——否定了整个世界，但又在彻底否定的同时，

强悍地擎出了“于无所希望中得救”的生命肯定意志。

《墓碣文》绝不是消极的一篇，倒是十分积极、精深，而且勇毅：

> ……抉心自食，欲知本味。创痛酷烈，本味何能知？……
>
> ……痛定之后，徐徐食之。然其心已陈旧，本味又何由知？……
>
> ……答我。否则，离开！……
>
> ——第二卷《野草·墓碣文》

多么明显而又精深的哲学内涵啊，在“坟墓—死亡—虚无”的背后，还有生命的本味、真义需要追索。或者说，正因为“死亡—虚无”当前，警钟时时，对生之本味、真义的追索，会令人焦虑：回答不了对峙“死—无”的生命本味、真义意味着什么，那就只好离开，原路返回，或是止步不前了吧！

然而，精深如此的《墓碣文》，依然并非《野草》的终幕，“我”的终极归宿——生命的“本味”、真义，究竟在何处呢？

第二节 《野草》征程的最高归宿地

——《这样的战士》及其他

一、何谓“这样的战士”

众多研究者都认可其精深程度的《墓碣文》，也并不是《野草》的终幕，那么，《野草》的终幕究竟何在？在我们的视野里，《墓碣文》是《野草》整个纵向主体旋律中第二乐章的最后一个高潮。《野草》紧接着启动的，是它的第三段主体节奏，类似交响乐的第三乐章。真正地把《野草》当成一个整体，保持阅读的连贯性，并且对鲁迅的整个“生命—精神”之旅也留有整体感的话，在《野草》中遇到了《这样的战士》，顿时就会感到电光灼灼，此处不可放过：

> 要有这样的一种战士——
>
> ——第二卷《野草·这样的战士》

要知道，这可是开篇第一句啊！在我们的视野里，《这样的战士》从标题到这样的开篇句，正是对《墓碣文》中“抉心自食”“创痛酷烈”而未能知的“本味”、真义的严正回答。“这样的战士”又究竟是怎样的战士呢？

> 他毫无乞灵于牛皮和废铁的甲胄；他只有自己，但拿着蛮人所用的，脱手一掷的投枪。
>
> ——第二卷《野草·这样的战士》

“他只有自己”，这不仅提醒我们《野草》之中的“我”（联想至鲁迅本人）在整个《野草》文本中的孤独形象；也提醒我们再度去记忆《呐喊》《彷徨》中的诸多独异型人物；更遥远地，如果我们还能够记忆起留日鲁迅对人之“独立自我”“人各有己”的信仰式推崇的话，那么我们首先就能够领会到“这样的战士”是一个“有己者”。“有己者”是什么意思？呼应一下对鲁迅深有影响的哲学家尼采的思路：超人，不是别的，超人是人人皆可以成就的一种人的自觉、自由的境界——“成为真正的你自己”。

而我们先前讲过，在哲学意义上，尼采的“超人”（“成为真正的你自己”）是对上帝死后人类所跌落的“空落—虚无”状态的“充实—超越”。鲁迅的“这样的战士”，也正是一个崛起在虚无世界的“有己者”，他领悟并且抉择了“真正的自己”：

> 他走进无物之阵，所遇见的都对他一式点头。他知道这点头就是敌人的武器，是杀人不见血的武器，许多战士都在此灭亡，正如炮弹一般，使猛士无所用其力。
>
> 那些头上有各种旗帜，绣出各样好名称：慈善家，学者，文士，长者，青年，雅人，君子……头下有各样外套，绣出各式好花样：学问，道德，国粹，民意，逻辑，公义，东方文明……
>
> ——第二卷《野草·这样的战士》

“无物之阵”直接言及“虚无”。上述两段引文则近乎直白地告诉我们，“这样的战士”正是那位继续前行的“过客”、那位走入墓地的上下求索者，他们有一个共同的、强大的生命之敌——“无物之阵”，即虚无。在《这样的战士》里，它呈现为一种空洞的热闹华丽：“只有一件外套，其中无物。”在这个没有真实存在的热闹群落（尼采之谓庸人世界），人对人，相互之间，只管“一式点头”，各个“泯于大群”——“许多战士都在此灭亡”，“使猛士无所用其力”。

这虚无不仅是周围世界的本质，也意味着“这样的战士”对周围世界透视、否定的广度和深度。联想《墓碣文》中的“于浩歌狂热之际中寒；于天上看见深渊。于一切眼中看见无所有……”，可以说，《这样的战士》是把《墓碣文》偏于抽象的否定剑气，在人间世界、历史时代中具体化了：慈善家，学者，文士，长者，青年，雅人，君子……；学问，道德，国粹，民意，逻辑，公义，东方文明……对于这一切，“他举起了投枪”。

二、作为一种寓言——关于“战士”的命运

鲁迅经由《野草》告诉我们：“这样的战士”，还是一个预备好了失败的战士，是明知胜利无望也悍然而战于“无物之阵”，对峙、超越虚无的一个决绝的“有己者”：

> 他终于在无物之阵中老衰，寿终。他终于不是战士，但无物之物则是胜者。
> 在这样的境地里，谁也不闻战叫：太平。
> 太平……
> 但他举起了投枪！
>
> ——第二卷《野草·这样的战士》

在极精短的文本中，“但他举起了投枪！”反复出现了5次。这不是被动的绝望而战，这是主动的，明知道自己的悲剧性结局，但依旧迎难而上，对人生的虚无实施勇毅超越的战士。念及鲁迅生前、逝后的种种被扭曲、被异化，乃至被批驳，这位战士的失败俨然成了一个寓言，也是一份预言。不仅如此，我们这里是将这一位从“无物—虚无”的渊面中升起，历经了深广的否定烈焰的淬炼，而悍然、反复“举起了投枪”的战士，视为青年时代就大呼“精神界之战士者安在？”就深有战士情结的鲁迅的本我抉择、真我回归。换言之，到《这样的战士》，鲁迅的“战士真我”悍然“出世”了；《这样的战士》当之无愧

地成为《野草》征程的最高归宿地。

“战士真我”是鲁迅经由《呐喊》《彷徨》——尤其是《彷徨》后期（1925年前后），经由几乎整个《野草》（到《这样的战士》，《野草》已经接近尾声）的“锻冶—自救”才抵达的生命正果。这是鲁迅生命的第二次诞生，自觉、精深！可以说，鲁迅在自身的生命之旅中，实现了尼采的话——“成为真正的你自己”。

第十二讲　鲁迅的“杂文自觉”与“左翼文化自觉”

第一节　“战士真我”的话语实践

——鲁迅的“杂文自觉”及其生命前提

前面讲到，鲁迅在写于1925年12月的《野草·这样的战士》里出世了他的“战士真我”。那么，这个“战士真我”究竟何以成其为战士呢？战士不能只是一句宣言，得去成为一个战士。能够看到，鲁迅对自己在精神层面上已经抉择、出世的“战士真我”的生命践履。这一生命践履大抵由两个方面构成：作为话语实践的杂文写作和作为生存实践的左翼文化活动——这都是自觉意义上的战士鲁迅踏出的生命足迹。

一、鲁迅“杂文自觉”的核心发生时间——1925年

伴随着《野草》中鲁迅“战士真我”的出世，他的文体选择出现了明显的、有意识的改变。这就是大抵发生在1925年前后的鲁迅“杂文自觉”。这一杂文文体自觉，在中国新文化阵营中，只有鲁迅自己，究其根源，还是在鲁迅有其“战士真我”的自觉抉择，战士生命的自觉，内在地牵动了杂文文体的自觉。

参照王得后、钱理群合编的《鲁迅杂文全编》所收鲁迅杂文，1918年至1927年间，鲁迅杂文创作的情况如下：

> 1918年，7篇；1919年，24篇；1921年，3篇；1922年，9篇；1924年，11篇；1925年，55篇；1926年，22篇；1927年，29篇。

明显的，1925年是1918年以来鲁迅杂文写作量猛增的一年。其增幅之巨大，较之此前杂文写作颇多的1919年，超过其2倍。较之前一年的1924年，则有其5倍多。1918—1924年，鲁迅的杂文写作其实相对颇少，总计才54篇，不及1925年一年的写作量。1925年，鲁迅杂文数量的猛增是一个偶然的现象吗？这是一个问题。

继续看，虽然鲁迅从1918年就一直写作富于批判精神的短篇杂感，但是直到1925年末他才表现出跟自己笔下已经写成的诸多杂文“亲密接触”的情形：自1925年11月至1926年10月，仅仅一年的时间，鲁迅就一共着手编定了自己的三本杂文集——《热风》《华盖集》《华盖集续编》，还有一本包含不少杂文的论文及随笔集《坟》。《热风》《华盖集》的编定、出版均早于小说集《彷徨》；而《坟》《华盖集续编》的编定、出版，也都早于作为鲁迅哲学的《野草》。

可以见出，自1925年冬，在《野草》即将结尾之时及其结束之后，鲁迅对于自己的杂文作品“其实反而重视”。这也不能不令人深思，不能够简单地以为这是鲁迅的下意识行为。而我们已经知道的，1925年冬，其实就是鲁迅的“战士真我”临近最终“出炉”的时间。《这样的战士》就是写于1925年12月14日的。

那么，我们就有了一个初步的结论：约略始于1925年，鲁迅对杂文显出尤其的重视，这其中存在的一个深层精神原因是，他心中蓄积的战士生命意向到1925年末已经颇为断然决然了。

二、鲁迅“杂文自觉”的文本轨迹

还能够看到，发生在1925年鲁迅杂感文本中的一个惊人变化：集中地、明显地出现了一种对于“批判—反抗”的生存方式及其话语形式的呼唤与推崇，不少文字甚至奔涌着一股渴望“批判—反抗”式生存方式与话语形式的不羁激情。

1925年2月，《再论雷峰塔的倒掉》有：

> 无破坏即无新建设，大致是的；但有破坏却未必即有新建设。卢梭，斯蒂纳尔，尼采，托尔斯泰，伊孛生等辈，若用勃兰兑斯的话来说，乃是“轨道破坏者”。其实他们不单是破坏，而是扫除，是大呼猛进，将碍脚的旧轨道不论整条或碎片，一扫而空……
>
> ——第一卷《坟·再论雷峰塔的倒掉》

《再论雷峰塔的倒掉》写于《野草·希望》（1925年1月）之后。正是在《希望》中，鲁迅写出了自1918年以来第一次坦言“肉薄”虚无的文字。

1925年3月，《华盖集》的《通讯》中更有：

> 现在的办法，首先还得用那几年以前《新青年》上已经说过的“思想革命”。……而且还是准备“思想革命”的战士……

> 现在的各种小周刊，……却是小集团或单身的短兵战，在黑暗中，时见匕首的闪光，使同类者知道也还有谁还在袭击古老坚固的堡垒……
>
> ——第三卷《华盖集·通讯》

这是鲁迅第一次把作文、办刊与“匕首的闪光”联系起来，展露着鲁迅对批判、反抗之文的肯定。而同一时间，鲁迅已经写下了《长明灯》与《过客》。前者出现了一个不再“痊愈”、而“疯”到彻底的“精神独异者”形象，后者也让我们看到一个拒不回转、执着前行的反叛者形象。这里的“‘思想革命’的战士”，也是在1907年《摩罗诗力说》中出现“精神界之战士”19个年头之后，鲁迅再一次密集地使用“战士”一词。亦可见鲁迅杂文对“批判—反抗”的自觉，是与他内在的“战士”生命意向紧密相关的。

1925年4月至12月，鲁迅杂文对呼吁批判、反抗、抗拒、战斗等元素的召唤就更多、更明显了：

> 世上如果还有真要活下去的人们，就先该敢说，敢笑，敢哭，敢怒，敢骂，敢打，在这可诅咒的地方击退了可诅咒的时代！
>
> ——第三卷《华盖集·突然想到（五）》

> 我们的作家取下假面，真诚地，深入地，大胆地看取人生并且写出他的血和肉来的时候早到了；早就应该有一片崭新的文场，早就应该有几个凶猛的闯将！
>
> ——第一卷《坟·论睁了眼看》

> 所以中国一向就少有失败的英雄，少有韧性的反抗，少有敢单身鏖战的武人，少有敢抚哭叛徒的吊客……
>
> ——第三卷《华盖集·这个与那个》

伴随着杂文中对“批判—反抗”精神的召唤，鲁迅一方面在小说《长明灯》《孤独者》《伤逝》中，呈现着对峙、抵抗“沉沦—虚无”的战士心气；一方面在《野草》之《过客》《死火》《墓碣文》《这样的战士》中彰显坦荡、决绝的“战士”路径。

从精神活动的逻辑上看，当是先有生命中内在的“战士真我”觉悟，而后有——或者，同时才会有话语世界里“批判—反抗”的剑气，以及写作主体对这种剑气的自觉、自为！

真实的是，仅仅停留在某种自然生发意义上的批判性话语，与自觉呼唤一种富于批判、反抗精神的生命状态及其话语形式，是有着本质性区别的。这种区别是自然生发与自觉而为的区别，是一与一百零一的区别。正是这一区别要求主体生命在精神上的自觉抉择和坚守，要求主体生命本身的某种质变。我们知道这个质变，其实是正在发生中的，那就是鲁迅对其“战士真我”的自觉抉择。有鲁迅对“战士真我”的自觉抉择，就一定会有流惯批判精神的杂文的猛增以及相应的文本轨迹的蜕变，一定会有堪称绝响的文体自觉——“杂文自觉”。而鲁迅的“文脉之路”也正是这样前行的。

三、杂文写作之于鲁迅的双重意义

——“社会—文化”批评与自我人生的“自救”

先看两段相关的文字：

> 中国现今文坛……最缺少的是“文明批评”和“社会批评”，我之以《莽原》起哄，大半也就为了想由此引些新的这一种批评者来……
>
> ——第十一卷《两地书·一七》

> 也有人劝我不要做这样的短评。那好意，我是很感激的，并且也并非不知道创作之可贵。然而要做这样的东西的时候，恐怕也还要做这样的东西……
>
> ——第三卷《华盖集·题记》

首先呢，这里再次提醒大家注意，这两段话都写于1925年，其中后面的一段，是写于“一九二五年十二月三十一日之夜”的。这些信息再次提醒我们，鲁迅在1925年对杂文写作的尤为重视。其次，则是这里的讲述关键，那就是，前一段是讲杂文的“文化—社会”批判作用（这是我们多数人熟悉的），后一段呢，是讲鲁迅自己“要做这样的东西”——这是什么意思呢？这里存在两个问题。对于人间世界，鲁迅杂文践行着“社会——文化”批评的时代责任；对于自我生命，鲁迅杂文则是他的“战士真我”借以缔造生存意义的足迹。对此，鲁迅反复明言：

> 这是我转辗而生活于风沙中的瘢痕。凡有自己也觉得在风沙中转辗而生活着的，会知道这意思。
>
> ——第三卷《华盖集·题记》

> 此外，在我自己，还有一点小意义，就是这总算是生活的一部分的痕迹。
>
> ——第一卷《坟·题记》

> 如果我的过往，也可以算作生活……我的生命的一部分，就这样用去了，也就是作了这样的工作。

> 惟愿偏爱我的作品的读者……知道这小小的丘陇中无非埋着曾经活过的躯壳。
>
> ——第一卷《坟·后记》

甚至，鲁迅坦言，杂文写作乃是他自我生命的“自救”之法：

> 但我也在救助我自己，还是老法子：一是麻痹，二是忘却。一面挣扎着，还从以后淡下去的“淡淡的血痕中”看见一点东西，誊在纸片上。
>
> ——第三卷《而已集·答有恒先生》

综合本节的论述，我们不仅看到鲁迅“杂文自觉”的发生时间、文本轨迹，更深刻地，我们也能够反复体味鲁迅“杂文自觉”的生命前提：“杂文自觉”内在地联系着鲁迅对其“战士真我”的自觉回归。未能领悟这一前提，则无以谈鲁迅的“杂文自觉”。“杂文自觉”，正是鲁迅之“战士真我”对其“手中”“投抢”“匕首”的自觉！

第二节 生于虚无渊面的“自我←→人间”关怀

——“左翼鲁迅”的存在论意义

一、“左翼鲁迅”的“自救”底蕴

正如鲁迅的“战士真我”内在地牵动了他于世批判的“杂文自觉”一样，“战士真我”也内在地规约了鲁迅的左翼立场——反抗专制暴虐势力。“左翼鲁迅”的这一生命深根铸就了他尤具深度的独特品格。人们容易看见的是“左翼鲁迅”对峙世界、意欲变革历史社会的意义，难以深味的是“左翼鲁迅”对于鲁迅自我生命的价值。

正如同对于杂文写作的“自我救赎”意义，鲁迅会“自曝”一样，对他自己的左翼文化活动，鲁迅也有一种不止于人间道义、社会责任担当的自我感知——其左翼言动也事关其自身活着的意义、自我存在的命脉。往深处说，“左翼鲁迅”也呈现为鲁迅自我生命生生不息的“自救”。

于是，我们就往往看到激进的、于世批判、反抗中的“左翼鲁迅”所特有的萧瑟气韵。这气韵，集中呈现为深知自身“战于无物之阵”的悲剧性境遇，而绝无一般左翼英雄的无根豪气、胜利展望。如果“左翼”立场、现实现状批判者的立场，并不必然地与一种政党性的政治立场、政治活动联系在一起，如果“左翼”立场意味着对任何一种损害弱势者权益、屠戮弱势者生命的陈腐、野蛮之社会规则的激进式批判、反抗以及意欲变革的话，那么，“女师大事件”、“三一八”惨案中的“鲁迅言行”，可以说，都是鲁迅最初的、最早的“左翼”活动之一。而在鲁迅的相关言动里，既流惯着执着、勇毅，也饱溅着满腔的悲哀、无奈：

> 真的猛士，敢于直面惨淡的人生，敢于正视淋漓的鲜血。这是怎样的哀痛者和幸福者？然而造化又常常为庸人设计，以时间的流驶，来洗涤旧迹，仅使留下淡红的血色和微漠的悲哀。在这淡红的血色和微漠的悲哀中，又给人暂得偷生，维持着这似人非人的世界。我不知道这样的世界何时是一个尽头！
>
> 我们还在这样的世上活着；我也早觉得有写一点东西的必要了。……忘却的救主快要降临了罢，我正有写一点东西的必要了。
>
> ——第三卷《华盖集续编·记念刘和珍君》

上述文字其实足可引人深思。时间流逝，战士的血、生命会消逝于庸人的忘却，消逝在“示众世界”的混沌闻看中，沦为一团虚无。而“我”就在这样的世界活着，写出一点文字，聊以自慰、自救而外——于死去的战士究竟又意义何在？于人间世界又能够改变几丝？

写成《记念刘和珍君》8天之后，鲁迅又写《野草·淡淡的血痕中》：

> 叛逆的猛士出于人间；他屹立着，洞见一切已改和现有的废墟和荒坟，记得一切深广和久远的苦痛，正视一切重叠淤积的凝血……
>
> ——第二卷《野草·淡淡的血痕中》

这与前引《记念刘和珍君》中的段落形成明显的互文激荡。“废墟”“荒坟”指向对人间世界的本质性洞见——死寂一般，缺失意义。而出于人间的叛逆猛士，内在地指向鲁迅经由《野草》诸篇，经由对虚无的自觉征战，到《这样的战士》时已然出世的“战士真我”。那么，能够看到，鲁迅的诸般左翼言动，作为“战士真我”的不息足迹，始终与虚无比邻，直视虚无的人间相，生生于虚无渊面，自救，亦是救世，救世，亦是自救。

20世纪的中国，1927年的杀戮极其悲惨、悲剧，鲁迅对此耿耿不已，反复书写过自己的失望，绝望，悲愤。然而，他同时视自己的批判性写作为“也在救助我自己”。那“救助”之法，鲁迅谈到三种：麻痹、忘却、写作《而已集·答有恒先生》。写作，对于1925年及其以后的鲁迅而言，是自觉、执着的杂文写作。“麻痹”“忘却”正是跌入不义人生，呆躲进“淡下去”的空无人间的法门——鲁迅的此种说法，其实一边是残酷的自我解剖，一边也是无情的人间警示。

说到自己更直接的左翼行动，鲁迅更显出一种赴难般的悲剧心态，但又绝不言弃。在一封私人信件中，鲁迅著名的“梯子论”出场了：

> 梯子之论，是极确的，……倘使后起诸公，真能由此爬得较高，则我之被踏，又何足惜。……所以我十年以来，帮未名社，帮狂飙社，帮朝花社，而无不或失败，或受欺，但愿有英俊出于中国之心，终于未死，所以此次又应青年之请，除自由同盟外，又加入左翼作家连盟，于会场中，一览了荟萃于上海的革命作家，然而以我看来，皆茄花色，于是不佞势又不得不有作梯子之险，但还怕他们尚

未必能爬梯子也。哀哉！

——第十二卷《书信·19300327 致章廷谦》

鲁迅，何以能够如此自苦、自执呢？他何必呢！？

在人间道义、社会责任之外，我们认为还有一个不甘于虚无人生的切己根源，鲁迅亲身认定的超越虚无人生的路径——“战士真我”。故而，以全身心去做“未来英俊”（可能出现的“精神界之战士”）的梯子，就不仅仅是担当人间世界的道义之事；更深刻地，它同时是自己的生存命脉，是自己的生命意义所在。

二、临渊而照——“左翼鲁迅”的于世较真

于是，几乎所有人都不怎么较真的时候，直至“洋场恶少”“革命小贩”“奴隶总管”“革命工头”的时候，鲁迅还在孩子般地各种较真（竹内好所谓的纯真）。始于 20 世纪 20 年代末，延续至 30 年代，鲁迅就在跟整个中国文化界、中国人较真：盟友中各式各样的左翼革命者们；从新文化战士阵营中流散出去的教授、学者、隐士等；标榜性灵、幽默、闲适的“论语派”……观察鲁迅跟所有这些文化群落的论争，会发现一个共通的深刻地带，那就是，鲁迅每每指认他们在其自身逻辑内的先后不一、言行不符，本质上是要指认其言其人在精神上的空洞无物。

先看鲁迅在 20 世纪 20 年代后期，波波折折，好歹最后达成的左翼革命盟友们的行状。为什么鲁迅自己十足愿意做梯子，却反而忧心青年盟友们不会爬梯子呢？因为，他眼见左翼革命盟友们在搞“空城计”：“专挂招牌，不讲货色”，甚而至于“都是胡说”，是“政客和商人的杂种法术，将‘口号’‘标语’之类，贴上了杂志而已”。（第十一卷《书信·19280409 致李秉中》《书信·19280606 致章廷谦》《书信·19280530 致章廷谦》）“招牌是挂了，却只在吹嘘同伙的文章，而对于目前的暴力和黑暗不敢正视。”（第四卷《三闲集·文艺与革命》）理论上没有明白的介绍、引进，实际上也没有正视现实黑暗的勇气。

最彻底的深刻质疑，是在这里的：

但不是正因为黑暗，正因为没有出路，所以要革命的么？倘必须前面贴着

> “光明”和“出路”的包票，这才雄赳赳地去革命，那就不但不是革命者，简直连投机家都不如了。虽是投机，成败之数也不能预卜的。
>
> ——第四卷《三闲集·铲共大观》

我们不禁要问：左翼阵营如此不堪，鲁迅为什么要与之合作，结成联盟呢？其一，“每一革命部队的突起，战士大抵不过是反抗现状这一种意思，大略相同，终极的目的是极为歧义的”。鲁迅是取其“反抗现状”的一面。其二，鲁迅说，“好的青年，自然有的，我亲见他们遇害，亲见他们受苦，如果没有这些人，我真可以‘息息肩’了”（第十二卷《书信·19330801 致胡今虚》）。鲁迅写《为了忘却的记念》也反复说，“我沉重的感到我失掉了很好的朋友，中国失掉了很好的青年”。谈到“左联五烈士”之一的柔石，更说他：

> 无论从旧道德，从新道德，只要是损己利人的，他就挑选上，自己背起来。
>
> ——第四卷《南腔北调集·为了忘却的记念》

如果说“左联五烈士”柔石、殷夫等是鲁迅在中国的左翼盟军中眼见的“很好的朋友”“很好的青年”，但精神上鲁迅与这些左翼青年毕竟还是有距离的，那么，在珂勒惠支这位伟大的女性版画家的身心中，鲁迅恐怕看到了自己最真实的“救世⟷自救”型的生命同道。我们在鲁迅身心中能够感知到的关键元素：对人间苦难与往往加剧这一苦难的社会黑暗的直视；为被侮辱和被损害者批判、抗议这苦难人世、社会黑暗；乃至在与“死亡”反复照面时所升起的生存虚无感；以及奠基在这一切之上的人间大爱。凡此种种，在珂勒惠支那伟大的版画里都有。

鲁迅所眼见的诞生于中国的极好的左翼青年，以及鲁迅所遥遥望知的存在于域外的伟大艺术家（其实不止珂勒惠支一人，托尔斯泰也算）的“左翼光焰”，在相当程度上，给了鲁迅愿做中国左翼青年之梯子的生命助力。

自 20 世纪 20 年代后期到 30 年代，在“左翼鲁迅”的眼中，中国的其他“文化—文学”阵营又怎么样呢？鲁迅言说过居留在北京的新文化运动时期的故人，亦即从前的“战士”们无力、无聊的形相：

> 至于北京……据我所见，则昔之称为战士者，今已蓄意险仄，或则气息奄

奄，甚至举止言语，皆非常庸鄙可笑，与为伍则难堪，与战斗则不得，归根结底，令人如陷泥坑中。

——第十二卷《书信·19300327致章廷谦》

面对闲适、性灵、幽默等等的“论语派”，鲁迅则直指其内里的空洞、虚无，说他们“为笑笑而笑笑”的无聊绝非幽默之外，更还说：

我们虽挂孔子的门徒招牌，却是庄生的私淑弟子。……是与非不想辨……梦与觉也分不清。生活要混沌。

——第四卷《南腔北调集·论语一年》

……这真是一种极好的消遣品。然而先要读者的心里空空洞洞，混混茫茫。

——第五卷《花边文学·读书忌》

时光也绝不留情，他将终于得到一个空虚，急迫者是妄想，小康者是玩笑。主张者倘无特操，无灼见。

——第五卷《花边文学·真是时候》

这已是十分直接的虚无指认了。

第十三讲　《故事新编》的读法及“立”之尝试

第一节　《故事新编》的两种读法

《故事新编》收入的八篇作品，写作跨度很长，前后有十三年。第一篇《补天》完成于1922年11月，原题为《不周山》，系《呐喊》最末一篇。1930年《呐喊》第十三次印刷（即鲁迅在《故事新编》序言里所说的第二版）的时候，这篇被抽出，与后来陆续创作的七篇一起编入《故事新编》，在1936年1月出版。《奔月》和《铸剑》，写于1926年到1927年之间。《非攻》写于1934年8月，其余四篇《理水》《采薇》《出关》和《起死》都完成于1935年年末。1935年鲁迅由于患病，身体情况不佳，但还是坚持在相隔不到1个月的时间里写出4篇小说，完成“预备足成八则《故事新编》”的计划，可见其对《故事新编》的重视。

鲁迅在1935年1月4日写给萧军、萧红的信里说道：

> 近来文字的压迫更严，短文也几乎无处发表了。看看去年所作的东西，又有了短评和杂论各一本，想在今年内印它出来，而新的文章，就不再做，这几年真也够吃力了。近几时我想看看古书，再来做点什么书，把那些坏种的祖坟刨一下。
>
> ——第十三卷《书信・19350104致萧军萧红》

这里面提到的就是《故事新编》。鲁迅写《故事新编》是有计划的。“把那些坏种的祖坟刨一下”，意即对中国古代的几大思想流派做一个清理，延续了他一直以来从事文化批评、改造国民性的立场。从最初的“抄古碑”到最后的“看看古书”，“古”之于鲁迅，真可谓是一生缠绕的话题。

一、有根据地读

解读《故事新编》有两个绕不过去的关键词：一个是“历史”，一个是“油滑”。这两个词都和《故事新编》的写法有关系，《故事新编》和《野草》类似，都在文体的判定上存在争议。

“历史”不难理解，即《故事新编》是否是一部历史小说。鲁迅自己在《故事新编》的序言里说：

> 对于历史小说，则以为博考文献，言必有据者，纵使有人讥为‘教授小说’，其实是很难组织之作，至于只取一点因由，随意点染，铺成一篇，倒无需怎样的手腕……
>
> ——第二卷《故事新编·序言》

结合语境可知，这段并非在特意谈论历史小说的写法，而是在反驳成仿吾之说。成仿吾说《呐喊》的前九篇是自然主义手法，只知道再现人物——“他所表现的不出他所描写的以外”[①]，只有《不周山》进入了纯文艺的宫廷。鲁迅则表示自己并没有费历史小说之力，只是“随意点染，铺成一篇”而已。这种说法是自谦，不可尽信。实际上，《故事新编》在很多地方都有所依据，虽没有“言必有据”，却也称得上“博考文献”。比如《非攻》核心情节——墨子与公输般、楚王的对话和攻守演练，直取自《墨子·公输》《战国策·宋策》《淮南子·修务训》。《出关》里孔子回答老子的话，正是《庄子·天运篇》的白话文版。而《采薇》除了采取《史记·伯夷列传》《殷本纪》《周本纪》等材料，还添加了清代《古逸丛书》所收《琱玉集》残本卷十二所引西汉刘向《烈士传》佚文“天遣母鹿”的故事。

读《故事新编》，一定要注意这些“旧书上的根据”。有的“根据”是游戏性质的，为的是增强环境的逼真度；有的“根据”肩负塑造人物的功能，丰富人物性格，勾勒人物特点；有的“根据”则直入传统文化的核心，是作者所要褒贬的对象。不理解历史材料的由来，便不容易弄清鲁迅在批评什么。如《采薇》一篇，含义非常丰富。在《出关》里，他写了“孔老相争，孔胜老败”。到了《采薇》，则写出了儒家“内圣”伯夷叔齐精神虚弱行为矛盾的窘态，打破了儒家制造的道德幻觉。面对老子时，孔子的“以柔进取”更胜一筹，但伯夷叔齐的“礼让逊国”却不是“以柔进取”，而是逃避责任，这正是鲁迅所反对的。他在小说中指出了二人行为的种种矛盾：礼让不为王与“仁”矛盾，“撇下祖业”与“孝”矛盾，“不

① 成仿吾：《〈呐喊〉的评论》，转引自李何林编《鲁迅论》，上海：北新书局，1935年，第232页。

食周粟”与“忠”矛盾[①]。之所以“通体矛盾”，并非因为伯夷叔齐没有践行儒家学说，而是儒家学说本身就存在矛盾。“内圣”者矛盾纠葛，“外王”的周武王同样受到质疑。武王伐纣作为历史事件有其正义性，但武王所代表的“圣王”人格是虚幻的，“只消一个顽民，便将它弄得毫无根据了”（第六卷《且介亭杂文·关于中国的两三件事》）。不理解这些“旧根据”，就难以体会小说里的多层讽喻，从而将鲁迅对传统文化的批判浅薄化、表面化，误以为他不够了解传统，过于“偏激”。

所谓有根据地读，就是既要了解鲁迅，又要了解鲁迅批判或褒赞之物。“菲薄古书者，惟读过古书者最有力，这是的确的。”（第三卷《华盖集续编·古书与白话》）鲁迅对传统文化的批判从来不是树空靶，而是有的放矢。他注意到小说在处理历史真实和艺术虚构的关系时面临着矛盾：“据旧史即难于抒写，杂虚辞复易滋混淆”（第九卷《中国小说史略·元明传来之讲史（上）》）。所以他认为既要不受史实拘牵为人物注入生命，又不能牺牲历史性强加当代意识，“写死古人”。

如果不了解历史与传统本身，不了解鲁迅对书写历史的态度，就无法体会他将古人“写活”的精妙，也就难以深入了解《故事新编》的解构力量。当然，根据不是考据，逐字逐句考据，也会失了鲁迅讽刺的本意。

二、“油滑”地读

“油滑”也是解读《故事新编》的一个关键词。鲁迅在《序言》里提到，在做《不周山》（即《补天》）时，本来“很认真的”，后来看到胡梦华对汪静之的批评，忍不住在小说里加入古衣冠的小丈夫进行讥讽——“这就是从认真陷入了油滑的开端”（第二卷《故事新编·序言》），并说“油滑是创作的大敌，我对于自己很不满”。“油滑”一词引发很多讨论，学界多认为这是一种自谦的说法，木山英雄甚至认为，鲁迅这么说是在故意提醒，希望引起别人对这种创作方法的注意。

其实“油滑”有两个层面的意思。第一层是影射，《故事新编》影射了当时文坛、学界的人和现象。《理水》里说“禹是一条虫”的结巴学者，原型是与鲁迅交恶的顾颉刚；《奔月》里的小人逢蒙，影射的是学生辈的高长虹。从这个层面看，鲁迅说自己厌恶“油滑”未必是谦辞。但他仍坚持“油滑”不改，从《补天》一路用下去，原因在于“油滑”还有另一层更重要的意思，即讽刺

① 更多论述见高远东：《道德与事功：鲁迅对于儒家思想的批判与承担》，《鲁迅研究月刊》1991年第10期。

的手法。将今人之事、之行、之态放置于古人身上，将古人拉到现代人的语言环境中，赋予他们现代细节，又不牺牲历史感，可破除崇古之心，去除神圣性，并揭示今人的思想之源。同时也对现世之丑态形成讽刺，以证国民根性“古已有之，今尚有之”，甚至“后仍有之”。

“取一点因由”是说写人要有根有据；“随意点染”则是依靠虚构，给古人注入生命，使之与现代人生出联系，今话古说，古事今做。鲁迅的小说，常有原型，但都不为个人恩怨，而是通过放大人物身上的特点指称某一类人，这一点鲁迅曾在《我怎么做起小说来》有过论述。针对有人认为《出关》是在批判傅东华先生这种说法，鲁迅也予以回应，进一步补充了他的原型理论。他认为一味钻研人物原型是一种“爱听别人阴私”的读法，但就写作者而言拿真实人物做原型也并无不可：

> 因为世间进不了小说的人们倒多得很。然而纵使谁整个的进了小说，如果作者手腕高妙，作品久传的话，读者所见的就只是书中人，和这曾经实有的人倒不相干了。
>
> ——第六卷《且介亭杂文末编·〈出关〉的“关”》

能够这样处理人物，是不容易做到的。拿现实人物做原型，最容易惹出笔墨官司。比如冰心写《我们太太的客厅》，原为讽刺一类“太太”，最后却变成和林徽因的私人恩仇。一方面有读者不注意区分原型和小说人物之故，另一方面也是因为作者处理人物时过分用力，没有突出普遍性，反教人觉得作者过分刻薄。而鲁迅“油滑”的笔端，却只见幽默，不见刻薄，所以虽然“不免时有油滑之处”，“不过并没有将古人写得更死”。（第二卷《故事新编·序言》）

第二节 《非攻》与《理水》之“立”

《故事新编》各篇目的顺序并非按照写作时间先后，而是依照“神话、传说及史实的演义”实际发生的顺序编排而成。有学者认为这是在模仿编年史的

外观：整齐的标题加上有序的历史坐标，显示出《故事新编》的结构并非随意构筑，而是暗含了作者的机心。甚至有研究者认为，八篇小说从顺序到内涵，都与但丁《神曲·天堂篇》有所呼应，是有意味的结构，鲁迅依此来总结一生所学。先不论这种编排到底是何目的，种种迹象表明《故事新编》是系统的。所以即使是做单篇研究，也要尽量联系整体，找到它在坐标系中的位置。

一、《故事新编》的系统

八篇中最特别的两篇当属《补天》和《铸剑》。《补天》写得最早，《呐喊》的末篇，《故事新编》的首篇，特殊性不言而喻。除了描写中国传统文化精神的退化，更表现了新文化运动精神的衰落。曾经蓬勃具有创造力的“新”青年一下子变成“故”事。创造者在实行伟大的创造并以身救世后，却被自己所造之物攻击、亵渎，充满生机的创造之力也变成扭曲的野蛮之力和虚妄的求仙之术。可以说，《补天》对于《故事新编》来说，有提纲挈领之功用。而《铸剑》被认为是鲁迅最偏爱的一篇，艺术地浓缩了他的复仇主义倾向。鲁迅是主张复仇甚至赞美复仇的，曾言“损了别人的牙眼，却反对报复，主张宽容的人，万勿和他接近”（第六卷《且介亭杂文末编·死》）；“报复，谁来裁判，怎能公平呢？便又立刻自答：自己裁判，自己执行”（第一卷《坟·杂忆》）。这种复仇的精神在《铸剑》中得到了彻底的表现，宴之敖者与眉间尺慷慨复仇，与敌人共赴一死，永远报复了敌人的强暴，也惩罚了自己的怯懦。与《铸剑》写作于同一时期的《奔月》，被广泛认为是鲁迅的自况之作，羿的英雄气短、腹背受敌正是鲁迅本人的心境与处境。

《采薇》《出关》《起死》都是1935年12月写成的。《出关》《起死》表现了鲁迅对道家的拒绝。在《出关》中，这种拒绝并不十分确定，甚至出现了解读违背本意的情况——有人认为《出关》中，鲁迅是同情老子的，像《奔月》一样以老子自况。鲁迅只得写文《〈出关〉的“关”》进行解释，并在写给徐懋庸的信里直言“那《出关》，其实是我对于老子思想的批评”（第十三卷《书信·19360221致徐懋庸》）。但在《起死》中，鲁迅嘲讽庄子的态度是非常明确的。这里的庄子，并非史实中的庄子，而是以史实为依据，创造出的小说人物，《起死》的故事也做了大的变形。鲁迅将庄子漫画化、道士化，为的就是批判庄子思想世俗化后带来的负面影响，这也是运用“油滑”技巧的具体表现。

他认为道士思想对国人的根性影响很深，“中国根柢全在道教”（第十一卷《书信·19180820致许寿裳》）。《采薇》讽刺了儒家的先天矛盾性，同时也针砭了“小丙君”这种变节者和“小穷奇”这种强盗以及喜爱散布流言的“阿金”。

在此之外，便是可划为同类的两篇——《非攻》和《理水》，这两篇在《故事新编》的系统里比较独特。鲁迅在《汉文学史纲要》里曾提到周室寝衰后“足称‘显学’者，实止三家，曰道，曰儒，曰墨”（第九卷《汉文学史纲要·老庄》）。道、儒已有论述，剩下的《非攻》讲的是墨子止战。《理水》虽然说的是大禹治水的故事，但《故事新编》里的大禹被普遍认为是一位具有墨家气质的实干家，所以《非攻》和《理水》都可看作是在谈墨家。如果说早期的《补天》《奔月》《铸剑》侧重造物者和英雄的悲剧，晚期的《采薇》《出关》《起死》重点在于对小人的批判和讽刺，那么中期的《非攻》和《理水》则正面歌咏理想的英雄人格。这种直接的肯定在鲁迅的作品中是比较少见的，以致伊藤虎丸对这两部作品里存在的“某种作品上的壮观图画”[①]态度暧昧。鲁迅讲《故事新编》是“把那些坏种的祖坟刨一下”，然而倘若只是破坏，岂非又回到“娜拉走后怎样”的问题。有相当一部分人批评鲁迅不如胡适懂得“立”的艺术，只知道“破”。这两部小说，有助于破除对鲁迅“只知批判，不懂建设”的刻板印象，了解《故事新编》的“立”。

二、《非攻》《理水》之“立”

《非攻》里的墨子，需要“有根据地读”。小说里墨子大部分言行都符合历史材料的记载。开篇墨子和公孙高的对话，源自《墨子·耕柱》的转译；与阿廉的对话，源自《墨子·贵义》的记载，而主线情节完全取自《墨子·公输》。这恰可对应鲁迅在《序言》里说的“博考文献，言必有据”之历史小说写法。第一节三段对话加一段收拾行囊的情节，以速涂笔法勾勒了墨子简朴随性的外在和坚持公义主张非攻的精神。墨子的言行高度一致，做到了知行合一，这种将道德化为行动的实干精神贯穿了止战之旅。

除墨子以外，其余角色身上就显露出“油滑”的笔调来了。其中以持“民气论”的曹公子最为突出。鲁迅在此处讥嘲了这种空谈民气应对国难的态度，这种讥嘲背后也是对时局深深的忧虑。墨子以己之力阻止不义之战，“勇于振世救弊”

① ［日］伊藤虎丸：《鲁迅与日本人——亚洲的近代与“个”的思想》，李冬木译，石家庄：河北教育出版社，2000年，第156页。

的大义形象，也因此与现实产生了沟通和联系。在写完《非攻》的1934年9月，鲁迅又写了《中国人失掉自信力了吗》，文中说：

> 我们从古以来，就有埋头苦干的人，有拼命硬干的人，有为民请命的人，有舍身求法的人，……虽是等于为帝王将相作家谱的所谓“正史”，也往往掩不住他们的光耀，这就是中国的脊梁。
>
> ——第六卷《且介亭杂文·中国人失掉自信力了吗》

《故事新编》里的墨子不仅是历史中的墨子，更是鲁迅对现世“脊梁”的构想。

对英雄的歌颂并没有与鲁迅一直以来的批判精神形成矛盾，也没有牺牲掉作品的艺术性使之成为宣传品。墨子的“非战”是通过“战斗”实现的，没有墨子与公输般的沙盘演练，没有墨子及门徒的精心布置，楚王和公输般又怎么会轻易打消战争的念头？墨子有义的理念“用爱来钩，用恭来拒”，也有义的行动，他的行为是对所有空谈“立德”、逃避责任、言行不一的理念的拒绝。然而救世者经常被世人所误解损害，成功阻止战事的英雄墨子“一进宋国界，就被搜检了两回；走近都城，又遇到募捐救国队，募去了破包袱”（第二卷《故事新编·非攻》）。

而救世者本人起了变化，就更具讽刺性。《理水》里身先士卒、脚踏实地治水的大禹，在躬行治水时被不断诽谤误解仍不改其志，可取得权力后却心境有变：

> 吃喝不考究，但做起祭祀和法事来，是阔绰的；衣服很随便，但上朝和拜客时候的穿著，是要漂亮的。
>
> ——第二卷《故事新编·理水》

禹的写法和墨子非常近似，基本取材古籍，正面直笔。就连角色外表都有一致性——“面目黧黑”，“衣服破旧”。塑造二者都“有根据”，而“油滑”则全部用来书写周围丑陋不堪的大员和学者。二人精神相似，结局却非常不同，墨子依旧“倒霉”而禹则“凤凰也飞来凑热闹了”。这种差异说明鲁迅在肯定实干英雄的同时并没有丧失清醒，他敏锐地意识到权力对人的侵蚀。即便是宣扬“脊梁”之品格，鲁迅也始终与权力保持距离，坚持的还是平民的史观和立场。止战要通过“战斗精神”达成，英雄要通过“权力游戏”的考验，小说并未因正面书写英雄而取消一直以来战斗、批判的立场，而是将二者合理地结合在了一起。

《理水》里也蕴藏了鲁迅对知识启蒙的反思。看似博通古今学贯中西的人吃着从奇肱国运来的食粮，“古貌林”“好杜有图”“O.K！”说个不停，可这些“压倒涛声”的学说净是些空谈，于民众隔膜深重。在乡下人吃不饱饭的时候，还在研究如何将普通人果腹的榆叶包装成“一品当朝羹”。在他们的知识谱系里，既有他国“空运”的部分，亦有传统的“家谱学”，这些都是鲁迅所反对的。他对墨子和禹乃至墨家的肯定，并不是要人尊古、崇古，以传统文化为道德动力，只是在尽力挖掘传统里仍能与今相通的成就功业的方法。

墨家伦理经由清末学者的阐释，以其救世、牺牲、注重技术、注重实践的一面被视为易与西学相融改造的意识形态。墨家的平民意识也被本土共产主义实践者所注意，毛泽东就对墨子有着很高的评价。鲁迅同样看到了墨家思想可与现实革新相融的气质，他要树立的楷模，并不是史书里的“死物”，而是有穿透历史之力可通现实的行动者。既能做到脚踏实地，又应该有形而上超越的一面；既是“独异”的，也不可被权力侵吞。

第十四讲　仰看流云一闪烁
——芜杂的《朝花夕拾》

鲁迅的作品题目很多都成对出现:《呐喊》对《彷徨》,《三闲集》对《两地书》,《伪自由书》对《准风月谈》，依此看来，《朝花夕拾》和《故事新编》恰成一对。对新与旧、过去和现在的共同关注是两部作品建立联系的关键，自然二者亦有不同。《故事新编》取材自神话、传说和历史，终以小说自居。而《朝花夕拾》却以鲁迅的人生经历为材料，从少时的《阿长与〈山海经〉》《二十四孝图》《五猖会》《无常》《从百草园到三味书屋》《父亲的病》到青年时代的《琐记》，留日时期的《藤野先生》，再到归国后的《范爱农》《狗·猫·鼠》，前后勾连，勾勒出一条简明的成长轨迹。

第一节　朝花之野趣

鲁迅在《朝花夕拾·小引》里提到：

> 我有一时，曾经屡次忆起儿时在故乡所吃的蔬果：菱角、罗汉豆、茭白、香瓜。凡这些，都是极其鲜美可口的；都曾是使我思乡的蛊惑。后来，我在久别之后尝到了，也不过如此；惟独在记忆上，还有旧来的意味存留。他们也许要哄骗我一生，使我时时反顾。
>
> ——第二卷《朝花夕拾·小引》

之所以选择在1926年旧事重提，追寻那自己也知道可能被时间美化过的回忆，与当时的处境和心境大有关系。1925年刚经历过女师大风波，1926年又发生“三一八”惨案，鲁迅被迫离开北京前往厦门。这一时期鲁迅的心境是异常复杂的，“目前是这么离奇，心里是这么芜杂”（第二卷《朝花夕拾·小引》），“这时我不愿意想到目前；于是回忆在心里出土了”（第二卷《故事新编·序言》）。现实黑暗，《朝花夕拾》的写作动因正如钱理群所言是“从自我生命的底蕴里，寻找光明的力量，以抵御由外到内的漫漫黑暗”[①]。正是这样处境和心境，让《朝花夕拾》在回忆和现实中流动，呈现出“芜杂”的样态。

在《呐喊》里，《兔和猫》《社戏》已经隐隐有了《朝花夕拾》的影子。童年有被扼杀乐趣的一面，但也有不尽的欢乐。从《朝花夕拾》的篇目分布便可看出，写得最多的还是童年和少年时代的生活琐事，这同样也是大多数作家艺术灵感的源泉。谈到鲁迅的教育观和儿童观，《风筝》和《我们现在怎样做父亲》无疑是两篇重要作品。尤其是后者，对中国传统家庭中父母与子女“施恩—回报”的伦理模式进行了系统性批判，并提出“幼本位”儿童观。鲁迅也曾是别人的儿子，天真的孩童，《朝花夕拾》以成人鲁迅的视角回望自己的成长，野趣盎然的同时，也为观照他的儿童观提供了更为生动的角度。

一、宠物问题

鲁迅在《兔和猫》以及《狗·猫·鼠》中再三表明自己憎猫。在后一篇中显是以猫为靶，批评的是“现代评论派”。撇下这篇对现实的影射不提，憎猫“理由充足，光明正大”：一则为它好折磨猎物；二则嫌猫一副媚态；三则恶其吵闹不堪。说起来这都是成人鲁迅厌猫的原因，十岁上下的鲁迅，讨厌猫的理由相对简单——因为猫吃了他饲养的隐鼠。猫在十岁的鲁迅眼里，色彩诡秘。祖母讲述的猫与老虎斗智的故事，配合桂树上猫的暗影，狡诈小兽之形跃上纸面。猫强大又诡计多端，童年鲁迅保护娇小可爱可代“墨猴”的隐鼠，可说是一种天然的善念。且孩童的世界，爱憎较为分明，误信了阿长的话以为鼠被猫吃掉，便“充填以报仇的恶念”，追赶袭击起猫来。成人的鲁迅提及此事，不仅是怀念爱隐鼠的那份心情，恐怕更为怀念的是孩童爱憎分明、付诸行动的纯粹。

二、保姆问题

鲁迅写阿长，是从孩童的角度回忆一位亲切又缺点多多的“长妈妈”。“长妈妈”是小小孩童的第一位启蒙者。当成年鲁迅回过头评价她时，自然可以轻

① 钱理群：《文本阅读：从〈朝花夕拾〉到〈野草〉》，《江苏社会科学》2003年第4期。

易辨别出她的种种问题，但鲁迅的重点在于深切的怀念而非借此批判“长妈妈”一类人的劣根性。以年龄弥补地位差距，以经验弥补教育差距，“长妈妈”与儿童的交流很有几分平等的味道。睡觉占地方、新年讨彩头、讲故事哄睡、踩死隐鼠又嫁祸猫、记得小孩最想要的书等片段都是一种天然而不作伪的人际交往。既非被“孝”的伦理钉死的父母，亦非对幼儿搪塞敷衍的长者，“长妈妈”于知识方面的蒙昧，反成了她的长处，可以使她免受“恩威，名分，天经，地义”等“名”的限制，回归人与人的交往。鲁迅曾说“所以我现在心以为然的，便只是‘爱’”（第一卷《坟·我们现在怎样做父亲》），缺点不少的“长妈妈”给予鲁迅的，正是真挚的慈爱。她的反面，自然是搬弄是非庸俗不堪的衍太太。与纵容小孩、散布谣言，“精通礼节”的衍太太比起来，“长妈妈”的那些“切切察察”也就算不上什么大毛病了。

三、教育问题

因进入了中小学教材，《从百草园到三味书屋》拥有稳定的读者群体。这部分读者受到统一而又简单方便的引导，惯于将百草园与三味书屋对立起来。三味书屋当然不如百草园有趣味，但鲁迅对其的感情也非全然的批判和厌恶。已有学者考证出三味书屋是附近相对开明的私塾，鲁迅对寿镜吾先生也十分尊敬。从百草园到三味书屋，更多的是学前学后的过渡、经历的变更。这个过程当然有得有失，却并非一定要解作从“快乐的”百草园到“痛苦的”三味书屋。相较而言，倒是去看迎神赛会前突然让自己背书的父亲，更令小孩子讨厌。和让孩子坐船看社戏的母亲相比，故意打断快乐情绪的父亲是那样令人气闷，近似《风筝》所说的“精神虐杀”。所以《社戏》里说：“一直到现在，我实在再没有吃到那夜似的好豆，——也不再看到那夜似的好戏了。”而《五猖会》却说：“直到现在，别的完全忘却，不留一点痕迹了，只有背诵《鉴略》这一段，却还分明如昨日事。”

蒙学以后的教育，更是不如蒙学时趣味大。《琐记》里的雷电学堂（江南水师学堂），所学枯燥，校方荒唐，淹死学生后的处理办法竟是填了土建关帝庙，无怪鲁迅说它“乌烟瘴气”。矿路学堂稍好一些，也带来了很多新鲜学问，鲁迅却在毕业后觉得所学无处用武。于是去日本留学，遇到藤野先生，牵出一系列后话。求学渐渐成为一件沉重的事情，和国家的命运联系起来了。个人的求知行为与国家的“落后”相联系，促人进步的同时，也总使人无法忘记国家民族尊严的失落和个人痛苦的处境。

四、鬼神精怪问题

孩童的世界向来是不缺鬼神精怪的。中国现代童话概念诞生较晚，但有大量神话故事、民间传说可做补充。幼时的鲁迅对这些十分着迷，甚至因喜爱老鼠娶亲的年画，连原本厌恶的结婚的繁文缛节也不觉枯燥了。而心心念念的《山海经》里，“人面的兽，九头的蛇，三首的鸟”，更是充满趣味。猫和虎的故事，美女蛇和书生的故事，“怪哉”虫……这些鬼神精怪的形象，活泼拟人的行动，可以满足儿童的幻想需求和好奇心理；而优美的图画，则可以起到美育作用。对小孩子来说，鬼神精怪固然有可怖的一面，但其中的趣味和神秘未知的部分也挑动了儿童探索的本能。更不用提庙会、迎神会这类人多喜庆的场合，再肃穆的神和再恐怖的鬼，都难免带了几分热闹色彩。

幼年鲁迅心念迎神赛会，尤其是生动的鬼怪游街：

> 我和许多人——所最愿意看的，却在活无常。他不但活泼而诙谐，单是那浑身雪白这一点，在红红绿绿中就有“鹤立鸡群”之概。
>
> ——第二卷《朝花夕拾·无常》

鬼神并未对孩子们的探险造成困扰，《社戏》里夜间行船，只一心要去看戏，倒未因天黑路远心生恐惧。真正败坏了孩童灵魂，却打着“美育”旗号的，是《二十四孝图》。看完《二十四孝图》及故事，让儿童鲁迅“对于先前痴心妄想，想做孝子的计划，完全绝望了”。“老莱娱亲”和“郭巨埋儿”蕴涵的畸形伦理和恐怖精神，远胜于鬼故事。令儿童怕听到父母愁穷，觉得自己和祖母天然不能相容。这些宣扬亲情孝道的“正能量”并不适合儿童，儿童对这些虚假的说教也缺乏兴趣。反而是《文昌帝君阴骘文图说》《玉历钞传》里的雷公电母，牛头马面，虽是鬼魅，却赏罚分明，生动可爱。

第二节　夕拾之怅然

倘若《朝花夕拾》中只有成长的闲情野趣、无忧虑的快乐，那么鲁迅也就不是鲁迅，《朝花夕拾》也就只是文体芜杂，而非复杂到“不能使他即刻幻化”（第二卷《朝花夕拾·小引》）的情绪的芜杂了。旧事重提给人愉快和休息，可以写得幽默而雍容，但绝不至于过分自怜落至“小摆设”之境。回忆并非无故袭来，乃因受到现实的逼迫和挤压，在回忆往事之余，现实的问题不免时时浮现，扰乱心绪，使得笔端自然要往讽刺处迈步，闲静也就与纷扰难辨你我。

一、夕拾难免留痕

从写作《朝花夕拾》第一篇《狗·猫·鼠》的1926年2月，到写成末篇《范爱农》的1926年11月，大半年里，纷扰不断。1926年3月发生“三一八”惨案——段祺瑞政府枪击请愿队伍，导致47人死亡，女师大学生刘和珍、杨德群亦在丧生之列。刚经历过女师大风波，已是烦忧，又遇惨案，一系列变故给鲁迅造成了很大的冲击。且惨案后，鲁迅处境艰难，当局对他多有戒备，文坛也有人攻击不断。3月26日，鲁迅被迫移居北京西城，后几经辗转，于8月离开北京到厦门，之后因遭受排挤，12月即从厦门大学辞职。

现实如此，文中又怎会不露一点痕迹？首篇《狗·猫·鼠》几乎是杂文的笔法，开篇即反击论敌。因讨论猫又带出阿长，3月10日创作的《阿长与〈山海经〉》，态度平和下来，投入回忆中。接着“三一八”惨案发生，虽然与之相关的纪念与抨击的文章多收录在《华盖集续编》中，显示出鲁迅将不同类别的文章进行分类的意识，但胸中忧愤终究难平。5月写成的《二十四孝图》从内容上接续了《山海经》开启的儿童读物话题，开篇却直接诅咒反白话的人，之后才跳转回原主题。此处讽刺的是陈西滢、章士钊等人。白话文之争延续了一年，鲁迅在1926年写过《古书与白话》，对这个问题已有回应。谈到《二十四孝图》，内心强烈的爱憎情绪再次被触发。《二十四孝图》之恶，不只在于宣扬愚孝，更在于作伪：“以不情为伦纪，污蔑了古人，教坏了后人”（第二卷《朝花夕拾·二十四孝图》）。《老莱娱亲》和《郭巨埋儿》都是典型之例。在《朝花夕拾·后记》里，鲁迅进一步补充，光绪年间已有人觉得《郭巨埋儿》的故事“揆之天理人情，殊不可以训”。

愚孝可怖之行，古人未必奉为圭臬，今人却假托传统之名，附庸忠孝，宣传伪善，滑稽可悲。曹娥与父亲浮出水面姿势之争亦是如此。前人作画尚且不理会民间谣言，今人吴友如却按照传言将曹娥与父亲画成“背对背”出江，不啻是一种退化。白话实行一段时间后重又鼓吹文言，再行复古，不也是这样一种退化吗？

鲁迅曾在1926年2月的《不是信》一文中逐条回击了陈西滢对自己的种种攻击。6月作《无常》时又忍不住对其进行讽刺，直接引用《致志摩》中的句子，反话正说，句句犀利。幼年的鲁迅看活无常，是喜欢它的热闹；成人的鲁迅回忆活无常可爱，是因为与“正人君子”们相比，它常利中取大，害中取小，相对公正。信奉无常的乡民，诚实面对生存发展的需要，更是好过博通古今的“文士”，故而“伪士当去，迷信可存”（第八卷《集外集拾遗补编·破恶声论》）。又在《后记》里补充了自己考证无常形象的过程，再次讽刺“海内博雅君子”：

> 所以南京人和我之所谓活无常，是阴差而穿着死有分的衣冠，顶着真的活无常的名号，大背经典，荒谬得很的。
>
> ——第二卷《朝花夕拾·后记》

《五猖会》《从百草园到三味书屋》都以少年趣味为主，映照现实的部分较少。随着时间的推进，回忆与现实似乎愈来愈难以切割，生活经历的内容也变得沉重起来。那些乡间传说、社戏拜神、风俗风景、启蒙先生、保姆妈妈……大部分回味起来都是充满兴味的。自《父亲的病》之后，这些却变成了害人的中医、搬弄是非的妇人、荒唐无用的学校……本为从纷扰中找一点闲静排解现实忧愤，回忆却层层叠叠又堆满了纷扰。到了后四篇，尤其是最后两篇《藤野先生》和《范爱农》，童年之乐完全消失，有的只是青年求学的坎坷，革命“未亡人”的负疚和这些痛苦中流出的一点温情。

二、“旧朋云散尽，余亦等轻尘”

《藤野先生》和《范爱农》表面讲的是自己的一师一友，实际却是在回忆革命的动因、革命的理想与革命的“结局”。《藤野先生》的重点固然是正直可敬的藤野老师，但作为与《呐喊·自序》互文之作，1922年已写过的“幻灯片事件”在1926年得到复述，应非偶然。1925年是鲁迅的一个转折点。当时文学革命落潮，“复古”兴起，新文学运动被重新审视，文学的功能也被质疑。在文学革命停滞不前之时，鲁迅重又想起“幻灯片事件”，无疑是一种整理，再次回溯在日本精神觉醒的一刻，提醒自己从事文学的原初动机——重申思想革命，再造文学的革命性力量。鲁迅明知这会对艺术性造成一定的妨碍，但“要做这样的东西的时候，恐怕也还要做这样的东西，我以为如果艺术之宫里有这么麻烦的禁令，倒不如不进去”（第三卷《华盖集·题记》）。鲁迅的革命性文学与当年的胡适、当时的“左翼”都不相同，“并无喷泉一般的思想，伟大华美的文章，既没有主义要宣传，也不想发起一种什么运动”（第一卷《呐喊·自序》）。他的革命性，一方面表现为持续不断地介入社会，另一方面却是深刻的自我革命，既直面政治反对复辟，又超越政治，贯彻自身的哲学。所以 1925 到 1926 年前后写成的作品，既有迎头痛击的《华盖集》，也有深刻自剖的《野草》以及芜杂的《朝花夕拾》。

《藤野先生》回溯了辛亥革命的动因，《范爱农》展现了辛亥革命的理想与“另一个自己”的结局。好友范爱农犹如一面镜子，不仅映照着鲁迅自身，更促使他创造出吕纬甫和魏连殳这样的人物。文中回忆了与范爱农的三段交往：一段是在火车上眼见其做派而表露出不赞同之意；一段是因徐锡麟被刺后要不要发电报起了争执（据周作人言，二人其实立场一致，都不赞同发电报）；最后则是归乡后的往来。在高扬革命理想的时期，唯恐不够革命，带鞋和反对发电报自然是一种不彻底。鲁迅不惜将自己塑造得似乎与范爱农对立，正是为了还原当时的争执和革命气氛。待到归乡后，误会方解开，范爱农亦是与鲁迅知心的革命者。他不仅是革命同道，更在性格气质方面与鲁迅有相像之处：“眼球白多黑少”，“看人总象在渺视”（第二卷《朝花夕拾·范爱农》），耿直孤介，颇有魏晋风度。在故乡与鲁迅重逢时，被轻蔑排斥的境遇也与鲁迅相近。绍兴光复，范爱农来回奔走，展现了“从来没有见过的”笑容，此后一段时间“实在勤快得可以”。然而好景不长，王金发事件后，他又变成“革命前的爱农”，最后溺水而亡（一说是谋杀）。除了结局，范爱农的其他境遇都与鲁迅相仿。二人的联系非常奇妙，似乎不仅是朋友，更是承担同一命运轨迹下两个不同结局的载体。

鲁迅对辛亥革命后的局面倍感失望：

我觉得仿佛久没有所谓中华民国。我觉得革命以前，我是做奴隶；革命以后不多久，就受了奴隶的骗，变成他们的奴隶了。

——第三卷《华盖集·忽然想到》

1925—1926年，鲁迅不断回忆辛亥革命前后之事，一方面是因为对现状的痛恨，另一方面也是要借此重新认识革命。革命，从来伴随鲜血，“安徽战死的陈伯平烈士，被害的马宗汉烈士；被囚在黑狱里，到革命后才见天日而身上永带着匪刑的伤痕的也还有一两人”（第二卷《朝花夕拾·范爱农》）。近在眼前的“三一八”惨案，又牺牲了那么多人。现实的刺激，让鲁迅回想起死去的朋友，坚持革命却潦倒死亡的范爱农，是革命给出的一种结局。鲁迅面对这些，毫无幸存者之幸，只有无限的愧疚和激烈的自责。

正因为自觉“有份”，所以一定要写范爱农说“也许明天就收到一个电报，拆开来一看，是鲁迅来叫我的”（第二卷《朝花夕拾·范爱农》）；并且在别人说“只要看鲁迅至今还活着，就足见不是一个什么好人”时表示“这是真的”（第四卷《南腔北调集·祝〈涛声〉》）。

第十五讲　鲁迅视阈中的日本

扶桑正是秋光好，
枫叶如丹照嫩寒。
却折垂杨送归客，
心随东棹忆华年。

这是1931年12月鲁迅创作的《送增田涉君归国》，诗中以“扶桑”称谓日本。这首诗既表达了鲁迅对学生增田涉的美好祝愿，也流露出他对自己当年留学日本岁月的深挚怀念。此时距他留日归国已二十多年，距“九一八”事变发生才两个多月。作为鲁迅一生中唯一到过的异国，七年多的日本经历既给他留下美好印象，亦不乏随处游弋的灰色暗影。

第一节　离“自由”“真实”“真的人”更近的日本

在鲁迅笔下，日本之美好主要不是体现在山水风光和衣食住行，而是因为这个国家离自由、真实、“真的人”更近。

一、对日本“社会—文化”自由、自立一面的看取

鲁迅敏锐地意识到日本社会、文化相对而言是更趋“自由”的：

> 日本固然也禁止，删削书籍杂志，但在被删削之处，是可以留下空白的，使读者一看就明白这地方是受了删削，而中国却不准留空白，必须连起来，在读者眼前好像还是一篇完整的文章，只是作者在说着意思不明的昏话。
>
> ——第六卷《且介亭杂文·中国文坛上的鬼魅》

在他看来，与中国同一时期的出版制度相比，日本的出版毕竟是自由的，虽然这种出版的自由是“微微的”（第四卷《三闲集·文坛的掌故》）。

与对自由的看取相关联，鲁迅对日本在对外开放、创造性的模拟并最终求得自新、自立一面，也留下深刻的印象：

> 这一层，日本比中国幸福得多了，他们常有外客将日本的好的东西宣扬出去，一面又将外国的好的东西，循循善诱地输运进来。
>
> ——第七卷《集外集·〈奔流〉编校后记》

相类的话语，鲁迅还有：“他们的介绍之速而且多实在可骇。”（第三卷《华盖集续编·马上日记之二》）“日本的翻译界，是很丰富的，他们适宜的人才多，读者也不少，所以著名的作品，几乎都找得到译本，我想，除德国外，肯绍介别国作品的，恐怕要算日本了。”（第十二卷《书信·19340727 致唐弢》）

对于日本富于创造性的模仿，鲁迅很欣赏：“他们的遣唐使似乎稍不同，别择得颇有些和我们异趣。所以日本虽然采取了许多中国文明，刑法上却不用凌迟，宫庭中仍无太监，妇女们也终于不缠足。”（第十卷《译文序跋集·〈出了象牙之塔〉后记》）“和我们中国一样，一向用毛笔的，还有一个日本。然而在日本，毛笔几乎绝迹了，代用的是铅笔和墨水笔，连用这些笔的习字帖也很多。……他们自己来制造，而且还要运到中国来。优良而非国货的时候，中国禁用，日本仿造，这是两国截然不同的地方。”（第五卷《准风月谈·禁用和自造》）

二、离真实更近的日本学术和日本人

在对日本“社会—文化”中自由开放、善模仿而不乏创造、自立自新颇为敏感的同时，鲁迅还看到了日本“学术—文化”领域更接近真实的一面——换言之，鲁迅意识到了日本“学术—文化”离真理更近一步。他多次谈到日本学术著作的“明确”“简洁”：

> 我自己，是因为懂一点日本文，在用日译本《世界史教程》和新出的《中国社会史》应应急的，都比我历来所见的历史书类说得明确。
>
> ——第六卷《且介亭杂文·随便翻翻》

在《奔流》编校后记中，鲁迅数次提及日本著作的“简洁明了”：“第一篇通论托尔斯泰的一生和著作的，是我所见的一切中最简洁明了的文章”“这回译了一篇野口米次郎的《爱尔兰文学之回顾》……也很简明扼要”，又在《论文集〈二十年间〉第三版序》译者附记中，谈到对普列汉诺夫《艺术论》的翻译时说：“这一篇是从日本藏原惟人所译的《阶级社会的艺术》里重译出来的，虽然长不到一万字，内容却充实而明白。”

真的学术，联系着真实的目标与动力，鲁迅曾谈过自己决意学医的原因：

> 我确知道了新的医学对于日本维新有很大的助力。
>
> ——第七卷《集外集·俄文译文〈阿Q正传〉序及著者自叙传略》

而时代、社会的“维新”，本身并不足以是目的本身，最终，人才是目的，人的美好、幸福、自由，个性的丰富多样，构成社会、时代的终极目的。而人的改变与社会的维新是相互作用，互为推动，也是互为牵制的。我们知道，在相关思路上，人的问题，精神之新的问题，是鲁迅意识中的关键，也是鲁迅独特的文化贡献。

与上述思路相关，鲁迅的生活及其文字之间多有对日本师友们美好精神元素的记取：好学、勤勉、认真、诚实……这其中尤以藤野先生最为我们熟知。鲁迅对藤野先生的解读，绝不止于一般意义上的“他对我很好”，而是：

> 有时我常常想：他的对于我的热心的希望，不倦的教诲，小而言之是为中国，就是希望中国有新的医学；大而言之是为学术，就是希望新的医学传到中国去。他的性格，在我的眼里是伟大的，虽然他的姓氏并不为许多人所知道。
>
> ——第二卷《朝花夕拾·藤野先生》

前面的课程里谈到过，留日时期的鲁迅（1902—1909）已经生成了一种“立人”的核心思想，到1926年鲁迅作文如此称颂藤野先生的时候，可以说，藤野先生在他心目中已成为一个理想的、站立着的“人”的美好形象。“希望新的医学传到中国去”；换言之，是希望“新的医学”可以造福更多的人，期望人世更加美好吧。

存在理想，才会存在发自内心的对于各种现状的批判。作为“战士”的鲁迅，绝不会错过对于日本文化中批判精神的凝视和萃取。他激赏厨川白村对于日本现实、文化的深刻剖析，并感同身受地“称快”：

> 但从这本书，尤其是最紧要的前三篇看来，却确已现了战士身而出世，于本国的微温，中道，妥协，虚假，小气，自大，保守等世态，一一加以辛辣的攻击和无所假借的批评。就是从我们外国人的眼睛看，也往往觉得有“快刀断乱麻”似的爽利，至于禁不住称快。
>
> ——第十卷《译文序跋集·〈出了象牙之塔〉后记》

紧接着就反思中国：

> 可见在日本还有几个结集的同志和许多阅看的人们和容纳这样的批评的雅量；这和敢于这样地自己省察，攻击，鞭策的批评家，在中国是都不大容易存在的。
>
> ——第十卷《译文序跋集·〈出了象牙之塔〉后记》

如果说，记忆藤野先生的伟大是鲁迅在日本国民、文化中萃取的人之理想；那么，激赏辛辣批判日本现实、文化的厨川白村则是鲁迅对如何促成理想之人、光明之社会的战士路径的认同。从中见出的文化抉择，是尤具鲁迅独特的风骨气韵的。

第二节 亦非完美的日本
——鲁迅对东亚“社会—文化”的现代性反思

批判精神引出的话题是：鲁迅有没有对于日本“文化—国民”的反思、批判？

基于东亚的视阈，日本与中国在历史文化上具有某种一体性。近现代以来，这种一体性以变形的形式呈现——日本对中国的侵略史正是这一变形的极端表征。在这个意义上，鲁迅的日本批判，也是东亚知识分子文化反思力量中的一部分。

一、日本传统文化中的陈腐和酷虐

20 世纪初，革新、开放的日本社会，中国的留学生居然会遭遇“拜孔子”之类的事件，这对于一心来日本求新知、以谋故国之变的鲁迅们来说，是感到惊异的：

> 这是有一天的事情。学监大久保先生集合起大家来，说：因为你们都是孔子之徒，今天到御茶之水的孔庙里去行礼罢！我大吃了一惊。现在还记得那时心里想，正因为绝望于孔夫子和他的之徒，所以到日本来的，然而又是拜么？一时觉得很奇怪。
>
> ——第六卷《且介亭杂文二集·在现代中国的孔夫子》

日本的讲迷信，也让鲁迅觉着悲哀，他在《运命》一文中谈道：

> 日本的丙午年生，今年二十九岁的女性，是一群十分不幸的人。大家相信丙午年生的女人要克夫，即使再嫁，也还要克，而且可以多至五六个，所以想结婚是很困难的。这自然是一种迷信，但日本社会上的迷信也还是真不少。
>
> ——第六卷《且介亭杂文·运命》

在这种迷信里，祥林嫂式的悲剧也就极有可能发生。前现代的日本社会，女性的社会化谋生路径是极其狭窄的，嫁人是当时日本女性最基本的生路，而不得嫁人则几近死路，生活的不幸可以想见。

对于广为世人关注的武士道，鲁迅虽然觉得日本的武士“是先蔑视了自己的生命，于是也蔑视他人的生命的，与自己贪生而杀人的人们，的确有一些区别”，但他认为“武士道之在日本，其力有甚于我国的名教”，因此他称赞《三浦右卫门的最后》的作者：“只因为要争回人间性，在这一篇里便断然的加了斧钺，这又可以看出作者的勇猛来。”在另外的场合，他又特别指出：

> 现代强盗恶棍之流的不把女人当人，其实是大有酋长式武士道的遗风的。
>
> ——第五卷《准风月谈·男人的进化》

鲁迅还特别注意到了，日本传统历史上剿灭异文化群落尤为残暴。在 1934 年给杨霁云的信中，谈到日本杀基督徒的惨烈情景：

> 五六年前考虐杀法，见日本书记彼国杀基督徒时，火刑之法，与别国不同，乃远远以火焙之，已大叹其苛酷。
>
> ——第十二卷《书信·19340524 致杨霁云》

又在公开发表的文字里，再次写道：

> 日本幕府时代，曾大杀基督教徒，刑罚很凶，但不准发表，世无知者。到近几年，乃出版当时的文献不少。曾见《切利支丹殉教记》，其中记有拷问教徒的情形，或牵到温泉旁边，用热汤浇身；或周围生火，慢慢的烤炙，这本是“火刑”，但主管者却将火移远，改死刑为虐杀了。
>
> ——第五卷《伪自由书·电的利弊》

二、日本现代社会的歧视，不自由，乃至崇侵略

日本社会虽然迈进现代，但依旧遍布种种歧视，相关表达最著名的就在《藤野先生》里：

> 中国是弱国，所以中国人当然是低能儿，分数在六十分以上，便不是自己的能力了：也无怪他们疑惑。
>
> ——第二卷《朝花夕拾·藤野先生》

对于国族以及人之间的平等问题，鲁迅一直是敏感的，我们在讲授“留日鲁迅”的“相互主体性”议题时也重点谈到过。留日期间，鲁迅在私人书信中称来访的日本同学为“阿利安人”（1904 年给蒋抑卮的信），把自以为高等民族的部分日本人形象刻画得入木三分。近现代中国人所遭遇的不平等境地，在鲁迅心里是刻骨的，归国多年，他随时都会意识到落后国族的“被歧视”。

> 我在租界边上买了一个，和孩子摇着在路上走，文明的西洋人和胜利的日

本人看见了，大抵投给我们一个鄙夷或悲悯的苦笑。

——第五卷《花边文学·玩具》

歧视的孪生兄弟是自大，鲁迅也尖锐批判过日本文化中的自大气：

日本耶教会主教最近宣言日本人是圣经上说的天使："上帝要用日本征服向来屠杀犹太人的白人……（省略号为原文所有——笔者）以武力解放犹太人，实现《旧约》上的豫言。"这也显然不征求白人的同意的，正和屠杀犹太人的白人并未征求过犹太人的同意一样。

——第五卷《准风月谈·同意和解释》

这一段里，鲁迅对平等、人道、自由的敏感都一一呈现了。

鲁迅更多次谈及日本言论上依然不十分自由的情状。1932 年在给曹靖华的信中，谈到日本当时的"文字狱"：

日译《铁流》，已写信往日本去买两本，一到即寄上，该书的译者，已于本月被捕了，他们那里也正在兴文字之狱。

——第十二卷《书信·19320423 致曹靖华》

1932 年给内山完造的信中则说："依我看，日本还不是可以讲真话的地方，一不小心，说不定还会连累你们。"1933 年给山本初枝的信也说："快到樱花盛开的季节了，不过东京也很紧张罢。这个世界似乎难以安宁。"

歧视、自大，压制自由，再下去，就是这一切的极端形式——崇侵略。在日本侵略中国之时，一部分为虎作伥的日本学者和作家鼓吹侵略中国的政策。对于这一部分助纣为虐的知识分子，鲁迅毫不留情地给予揭露、讽刺、批判。他讽刺日本人中里介山氏，不理解现代中国人对于日本侵略的强烈愤慨情绪，揭露其背后的野蛮逻辑。

这位中里介山氏不能理解，20 世纪的中国人不会接受中世纪僵尸般的野蛮侵略，而后王道了，中国人渴望的是自主自立、自由自为，自身有能力管理好自己的国家。1932 年，鲁迅也曾致信增田涉，讽刺某些日本人的其实"不懂中国”：“日本的学者或文学家，来中国之前大抵抱有成见，来到中国后，害怕遇到和他的成见相抵触的事实，就回避。这样等于不来，于是一辈子以乱写告终。”揭露日本侵略势力自欺欺人将公然的侵略名之曰“事变”。（第十三卷《书信·19320116致增田涉》）

鲁迅还有直接怒斥日本侵华行径的言论，最著名的如：

> 好个“友邦人士”！日本帝国主义的兵队强占了辽吉，炮轰机关，他们不惊诧；阻断铁路，追炸客车，捕禁官吏，枪毙人民，他们不惊诧。
>
> ——第四卷《二心集·友邦惊诧论》

> 日本的大人老爷在中国制造国难，也没有征求中国人民的同意。
>
> ——第五卷《准风月谈·同意和解释》

日本、中国都存在漫长的中古时代，某种程度上，两国开放的国门都有西欧列强的“武功”，都可以说是被迫踏上了现代化之路，同为东亚国家，同被欺凌过，本该珍惜国族之间的平等、自由、人道。可悲的是，现代日本以崛起的东亚强国凌辱同属东亚的诸多国族，此中暴露的国族歧视，压制自由，漠视平等，崇尚侵略等等，随处游弋的灰色暗影，都未能逃过鲁迅的批判之眼。在此，我们不禁感叹，以《破恶声论》为核心呈现的“相互主体性意识”在鲁迅视阈中稳定、长期的存在，也不得不折服于鲁迅在社会历史长河中异常犀利的目光。

结　语　作为现代信仰者的鲁迅

回顾这一期的课程，可以用一句话来统摄我们看到的鲁迅形象：一个行进在“苦难—陈腐—虚无”的人间大地、历史时代，“对峙—超越”虚无，心系人间苦难，解剖、批判历史时代的陈腐、黑色，人间世界的虚无形相的生命战士和文化战士。那么，这样的一句话又意味着什么呢？也还可以用一句话来继续探讨一下：这意味着鲁迅生命的现代信仰者特质。进而——何谓“现代信仰者”呢？这就来到了鲁迅世界的另一个关键问题上，鲁迅一生有两句话，是非常独到并且意味深长的：

> 惟黑暗与虚无乃是实有。
>
> ——第十一卷《两地书·四》
>
> 我至少将得到虚无。
>
> ——第二卷《野草·求乞者》

新文化阵营里，李大钊、陈独秀、胡适、周作人等等都不会这样说话，这样谈论虚无（即一种没有意义价值，没有方向、目标的人生状态）。这究竟意味着什么呢？有一个哲学家叫萨特，他写有一本书《存在与虚无》。这位存在主义哲学家的书名，坦荡地昭明了存在主义哲学的核心问题。美国学者威廉·巴雷特（W.Barret）的名著《非理性的人——存在主义哲学研究》的第二章标题即为“与虚无遭遇”，正是看到了存在主义哲学对人的生存境遇——虚无的重新发现。正是在“虚无”这一根本问题上，存在主义哲学家中的优秀分子，数代跋涉，反复言说，不断探析，相关思想汇成了自19世纪以来，延续近200年的存在主义哲学，而应对虚无的不同方式，超越虚无的不同路径，也成为存在主义哲学在世代演变中明显的蜕变痕迹。①

---

① 本书结语部分有关存在主义哲学的陈述，请参阅拙著《存在主义视野下的鲁迅》，北京：北京大学出版社，2007年，第1—73页。下不另注。

在存在主义哲学先驱克尔凯郭尔那里，虚无，意味着作为神圣意义的上帝已成为人类世界的利禄工具、人类手中的傻瓜。在接下来的尼采那里，对神圣意义的崩溃，表达得更加直截了当：上帝死了！这是出现在19世纪的存在主义哲学先驱们的虚无体验、认知，虚无的降临，都与传统的基督教信仰出了问题有关。

在体认虚无之后，他们也各自提出了超越虚无的不同路径。在克尔凯郭尔看来，是要成为真正的基督信徒，即成为个体性的基督信仰者。他的意思是，不能随波逐流、未经任何反思地去信上帝，而是要经由个体生命对自我虚无境遇的切身体验、认知，而后走向意味神圣意义的上帝，进而经由生存实践去成为一个个体性的基督徒，真正的基督徒。那么，尼采呢，尼采的思路是，上帝已经死了，超越虚无的路径是——“超人”生！这点我们论述过，超人，不是别的，超人是——成为真正的你自己，是每个个人都有可能抵达的秉有一己真我的人生境界。

时间走到20世纪，存在主义哲学的影响渐大，海德格尔、雅斯贝尔斯等挖掘了他们在19世纪大抵孤独的前辈如克尔凯郭尔、尼采的思想，在体认虚无、超越虚无的核心精神线上继续跋涉。海德格尔试图深挖虚无的本质，即存在的被遗忘，来推进尼采对虚无的价值论理解，将人类对虚无的认知推进到认识论领域——是人类认识世界的起点出了问题：在柏拉图及其之后的哲学中，人们眼里只见到存在者，而意识不到存在了。虚无的本质乃是存在被隐没了，而且这个精神性的事件由来已久。存在，是什么？海德格尔对存在的言说，神秘难懂。姑且言之，存在，是让所有存在者“是其所是”的一个“场”。如果存在隐没，那么，一切的存在者都会变样，沉沦，虚无就成为常态。

然而，在超越虚无的路上，海德格尔并没有比他的哲学前辈尼采走得更远——或许，已经没有更远的地方好走了吧。海德格尔的超越虚无之路或可表述为：人的诗性生存、本真生存、神性生存。这些词都很靓，但它们核心的意思是一体的，就是置入或彰显人的本真生存状态。其法门，则是存在的启动，天地万物（也包括神）的本真形相显现、涌动；人的本真生存也就随之显现、涌动。这跟尼采的“成为真正的你自己”是一脉贯通的。

存在主义哲学的大家，在海德格尔、雅斯贝尔斯之后，就是萨特了，他直接写书《存在与虚无》，俨然海德格尔（写有《存在与时间》）的追慕者。如果说，克尔凯郭尔、尼采，下意识地将虚无视为人所遭遇的一种有害境遇，发现虚无是令人惊恐的，那么，海德格尔，尤其是萨特，已经不这么认为。在萨特看来，人的出生、活着，纯属偶然，本来就没有必然的依凭，人生来就是虚无的——即使一张上帝的照片，也改变不了人与生俱来的虚无宿命。进而，萨特认为，意识到自身的虚无并将之承担起来，正是人之为人的高贵所在。人如何承担，即超越自己的虚无呢？萨特说：自由选择，勇担责任，用行动去践履自己的选择，是谓行动哲学。

在我们提到的四位存在主义哲学家中，萨特最明显、最自觉地推崇人的生存实践，人的一生不仅仅要参悟理论，同时要去——成为！真实的是，对生存实践的推崇，在克尔凯郭尔、尼采、海德格尔那里也都是明显存在的，不过他们还没有像萨特这样直接、断然地提出所谓“行动哲学”。如此，我们看到，从19世纪延续到20世纪，前后相继，四位哲学家都有着各自的虚无体验、认知，以及随之而来的对虚无的超越之思，并且经由生命的实践（行动）去践履自身超越虚无的精神之路。

在这样的视野里，经由《野草》，或通过书信，直面虚无，坦然言说虚无的鲁迅，终于不再那么孤独、孤单了。日本学者山田敬三写过一本书《鲁迅——无意识的存在主义》，已经把鲁迅视为东亚世界的存在主义资源了。不过，鲁迅是否存在主义，这并不是我们在意的。我们的切实问题是：现代信仰者是什么意思？

体验、认知虚无以及对虚无的超越，本质上是一个意识到没有意义，然后追问终极意义的问题。这个终极意义问题，在人类的古典时代，各大文明是分别用儒教、神（上帝）、佛、真主等等解决的。我们可以看到，在欧洲文化的框架内，从克尔凯郭尔、尼采、海德格尔到萨特，对虚无的体认，以及超越虚无、再塑终极意义，一直就跟传统的基督教信仰紧密纠葛。因为其中应对的本来就是同一个问题，只是这个问题现在到了重新思考、再一次出发的时候了。始于尼采的“上帝死了”和“超人”生，可以说，人类历史上的现代信仰就相对完整地出场了。到萨特，就更彻底了，直接认为上帝的死活都已经没有关系；关键是，人生本来就没有先定的、必然的意义。存在先于本质，人生如果要有意义，就得自己在“虚无—自由”中去抉择，并且勇担责任，借行动去创造自我生存的意义。

我们在19世纪的尼采、20世纪的萨特的身心中，都明显地看见鲁迅的身影：对虚无的意识、直面和超越，甚至对“于世批判”的抉择，对生存实践的执爱，都明显地存在于尼采、萨特和鲁迅的身心中。在这个意义上，鲁迅可能是20世纪上半期东亚世界里唯一一位参与了这场重大的人类信仰重塑征程的思想者，是

20 世纪东亚世界的一位现代信仰者。他不是任何意义上的传统宗教信徒，却是一位真正的现代信仰者！竹内好在《鲁迅》中说：

> 鲁迅在社会习俗形式上所理解的，与其说是非宗教的，毋宁说是反宗教的；不过，那种行为的方式却是宗教性的。……与其说鲁迅从没有把自己看作一个殉教者，不如说他很讨厌被人看成是殉教者。……他也不是一个殉教者。可是，在其表现方式上，我认为是属于殉教者性质的。[①]

诚哉斯言！竹内好其实点明了鲁迅与传统宗教信徒相异的现代信仰者特质。

回顾我们的课程，也许鲁迅世界在社会历史层面上的意义，终会随着社会历史的进步而渐趋淡化，但是，鲁迅作为人类生命中的一位“勘破—超越”虚无、收获一己真我的现代信仰者的意义，作为置身于至高生命境界的一个现代人的意义，恐怕难以消逝。

---

① ［日］竹内好：《鲁迅》，李心峰译，杭州：浙江文艺出版社，1986 年，第 5 页。

"鲁迅研究"阅读笔记

彭小燕

《鲁迅前期小说与俄罗斯文学》中"人道主义元素"的复杂况味

——兼及"王富仁鲁迅"的可能内涵

摘　要：《鲁迅前期小说与俄罗斯文学》的核心内涵是人道主义。此人道主义意蕴丰富、完整、复杂，既涵括着古典人道主义对人生苦境的同情，对作为人生苦境之因的"时代—社会"的暴露、批判，又蕴含着现代人道主义对人本身的精神痼疾的凝视、针砭，对人的自我觉悟、生存自救的期待、召唤。前者十分明显地集中在果戈理、契诃夫，直至安特莱夫和鲁迅之间。后者则或隐或显、或多或少地在果戈理、契诃夫与鲁迅之间存在，又尤为浓烈地呈现于安特莱夫、阿尔志跋绥夫与鲁迅的关联或非关联之处，表现为复杂而不乏矛盾的纠葛情境。20世纪80年代之初，即使在鲁迅及其俄罗斯文学之间瞩目古典人道主义意识也是要承受相当的时代压力的，真实地涉险（即使仅仅是相当程度的复显，以及某种程度的辩驳）现代人道主义的气性则是更需要思想者之深沉勇力的学术破冰。《鲁迅前期小说与俄罗斯文学》之为一代学术经典绝非偶然，其内蕴或瞩目或涉及的，乃是人类文学史上不得不留存、记忆的精神意向及其珍贵足迹。

引论：古典人道主义与现代人道主义的共在

《鲁迅前期小说与俄罗斯文学》初版于1983年，是王富仁先生的第一本专著，亦是其最初的"惊世之作"，结集了王先生发表于1981—1983年的相关成果，大抵可说这是王先生在20世纪70年代末至1983年这一时段酝酿、完成的分量最重的"鲁迅研究"成果之一。[①] 反顾那个如今已成缅怀对象的时代，《鲁迅前期小说与俄罗斯文学》一则实现了那个时代的强烈渴望之一：真实、真正地"在广泛的世界性联系"中研究鲁迅、求索民族学术，二则它足以呈现为这样一种"人

① 在此期间，王先生还有不少以"鲁迅研究"为核心的成果，其中相当重要的就有《论〈怀旧〉》（1980发表）、《试论鲁迅中国短篇小说艺术的革新》（王富仁、高尔纯合著，1981发表）、《中国反封建思想革命的镜子——论〈呐喊〉〈彷徨〉的思想意义》（1983年发表，1982年8月写成）等，从中可见，"王富仁鲁迅"中"反封建思想"议题的"出世"其实颇早，初显于1980年发表的《论〈怀旧〉》，更直接、敞亮的"宣言"也早在1982年就已在酝酿。另外，1980年，王富仁先生发表了小说《长祥嫂子》，其中就有："解放后，广大农民走上了幸福的道路，但是，仍然有两个鬼，一个是像三孬这样的坏蛋们，这是一种有形的鬼。一个是几千年封建制度造成的农民的一些封建落后意识，这是一个无形的鬼。这两个鬼虽然不像解放前那么为所欲为了，但还有，还伏在农民的身边，一有气候，便出来伤人，吃人。当这两个鬼结合起来的时候，便更加可怕。"（《上海文学》1980年8月号）

文学术范例”：一个研究主体如何在不得不受制于时代的“时之际遇”间，实现对“时代沉渣”的超拔、对时代紧要命题的凝视，并尽可能自由地实现对“人”及其时代、社会命题的完整记忆、召唤。这里的其一是显而易见的，也是学界广泛认同的，其二则需要深思以揭示其更完整、深层的内涵。王富仁先生在《鲁迅前期小说与俄罗斯文学》的“第一章总论：鲁迅前期小说与俄罗斯文学”中提出了“鲁迅前期小说与俄国文学”的三种共同元素：

> 清醒的现实主义精神、广阔的社会内容、社会暴露的主题是鲁迅前期小说与俄国文学的共同特征之一，也是二者相互联系的主要表现之一。①（8）

> 强烈爱国主义激情的贯注、与社会解放运动的紧密联系、执著而痛苦的追求精神是鲁迅前期小说与俄罗斯现实主义文学的又一共同特征，也是它们相互联系的又一反映。（19）

> 博大的人道主义感情、深厚诚挚的人民爱、农民和其他“小人物”的艺术题材是鲁迅前期小说与俄罗斯现实主义文学的另一个共同特征，也是二者相联系的又一表现。（28—29）

如果立足“社会—文学—文化”乃是为了“人”，而非“人”被“缚”于“社会—文学—文化”这一“人学”视野的话，人们就并不难达成一点共识：在上述三种共同“素”之间“博大的人道主义感情、深厚诚挚的人民爱”是更为基础、更为核心的，是前二者的方向、目的和动力源所在，而正是在这里，人们不仅能够感知到“王富仁鲁迅”抓住时代“咽喉”的那一步，还能够感知到他可能越过时代精神的边际线而不可抑制地伸至更远、更深的生命时空。《鲁迅前期小说与俄罗斯文学》讨论鲁迅与果戈里、契诃夫，以及安特莱夫、阿尔志跋绥夫之间精神的和艺术的联系，这其中的巨大精神挑战估计是当年的王富仁先生本人亦未及完全自觉到的——这里涉及世界文学史上的古典文学传统（其中批判现实主义是其大成）与现代主义格局（象征主义、表现主义、未来主义，

---

① 若无特殊说明，本文中的《鲁迅前期小说与俄罗斯文学》专指该书的初版本，陕西人民出版社，1983年，后文仅夹注页码，不另注。

直至荒诞派、存在主义文学等是其主要成员，隐喻、暗示、象征、意识流等是其主要艺术手法）的并置，涉及古典人道主义与现代人道主义的并置，这里也足可见证鲁迅精神世界的博大、深刻和完整，亦足可见证中国现代文化复杂而不乏有机性的精神元素。

一、古典的与现代的人道主义在鲁迅与果戈里、契诃夫之间的并置性呈现

在书的第二章"鲁迅前期小说与果戈里"中，王先生就说："果戈里对俄国文学的主要贡献，在于确立了俄国批判现实主义的创作方向，为它树立了新的艺术原则，新的典型化方法。果戈里对鲁迅的影响，也应该主要从这方面来理解。"（46）我们知道，现实主义所能够指称的文学在欧洲源远流长，在十九世纪的俄国方兴未艾，其精神核心是人道主义、社会批判，其基本方法为写实、典型化。而大成于十九世纪的批判现实主义继续以"人道主义"为核心元素，不过，其时的人道主义仍然普遍偏向于关注"人"的物质生活苦境及其引发的痛苦，暴露、批判现实生活中导致此类悲苦人生的各种黑色力量，直至到达对整个社会的"制度—文化"的否定——凡此，可称为古典人道主义。王先生在鲁迅和果戈里的小说中都见出了这一"古典现实主义"（王先生语，见162）的文学特质：

> 我认为，果戈里的影响，对鲁迅小说的创作，具有一定程度的决定性意义，不仅影响到它的部分特点，而且更重要的是影响到它的全貌、它的方向和它的总体性特色。（40）

> 《外套》中的巴施马奇金，他安分到了近于愚蠢的程度，对上司忠实到了近于奴隶的程度，对职守尽责到了刻板的程度，但就是这样他也没有摆脱掉悲苦的命运。他悲惨地死去了，但谁又是杀害他的凶手呢？是"某一位要人"吗？是"抢劫犯"吗？是嘲弄他的同僚吗？都不是，又都是，是他们综合起来的整个社会。（49）

> 鲁迅对封建制度的认识比起果戈里来，要明确得多和深刻得多了，他已经不把"社会"当做一个笼统的概念了，他更明确地认识到罪恶的根源在于封建

> 制度及其全部伦理道德观念。鲁迅也已经不止于揭露封建制度的腐败和没落，而是更尖锐地直接揭示它的“吃人”本质。（49—50）

那么，在讨论到鲁迅与契诃夫更具体的“现实主义”共性时，王先生会说什么呢？我们发现，他其实更集中地、更多地是从两位短篇小说大师的“形式”方面说起的，诸如高度的客观性、“冷静”，平凡的小说题材、对“小人物”题材的独到挖掘，情节、结构以及艺术风格（朴素、简练、含蓄）上的相似性。没错，这看上去是在讨论小说的各式形式问题，但是，王富仁先生其实是一个根深蒂固的“内容决定形式”派，他谈的形式或者是如何让内容得以实现的写小说的路子，或者是小说内在的精神内涵如何恰到好处地渗透、定格小说的形式风格，所以，从中发现他对鲁迅和契诃夫在小说精神内涵上的“古典现实主义”特性、“古典人道主义”气质的提炼并不难：

> 如果说，《孔乙己》在表现社会对弱者漠不关心的残酷奚落、嘲笑及小知识分子的悲惨命运的主题命意上，显然是受到果戈里《外套》的启发的，那么在表现手法上，则正如巴金所说，更接近契诃夫的笔法。（74）

这里说的就是，鲁迅用了近似契诃夫的笔法来实现其实为果戈里、契诃夫以及鲁迅三人所共处的古典人道主义意识的传递。

19世纪新起的俄国批判现实主义文学与欧洲老派的批判现实主义文学也是存在一种“质地”性差异的，在雨果、狄更斯、巴尔扎克、司汤达等经典现实主义大师的手下能够广泛见出其所写时代社会的种种悲苦、黑暗，但很少见出他们对人自身之“庸俗”“空虚”“无聊”等精神痼疾或曰精神黑色态的刻画，而后者几乎一开始就是俄国批判现实主义文学独标一枝且普遍存在的严正内涵之一，也是在欧洲后起的俄罗斯批判现实主义文学在不觉间浓重浸透的“现代主义文学元素”①——即往往主观性颇强地凝视“人”之为“人”自身的精神痼

---

① ［荷兰］D. 佛克马表达过这样的意思：“象征主义这一术语，通常用于诗歌。根据勒内·韦勒克的建议，（原注为：见《区别：批评观点续篇》，耶鲁大学出版社，1970年，第90—122页——笔者。）后来也用于19世纪后期及20世纪初期的小说。契诃夫的短篇小说否定了现实主义的某些标准。这一否定在阿尔志跋绥夫、安特莱夫及迦尔洵的作品中更为明显。”（见乐黛云主编：《国外鲁迅研究论集》，北京：北京大学出版社，1981年，第283页）这里，佛克马其实是见出了在契诃夫那里呈现的俄罗斯文学现象，即19世纪后期、20世纪初俄国小说中日益浓厚的现代主义趋势。

疾、往往具有普遍性地审视人类精神生活中的种种黑色，而不止于对某一时代、社会的有形之恶进行写实性批判。王先生对此是有所领会的，他在讨论鲁迅与果戈里之间的关联时就谈到过（可参阅 P63—64），而在谈到契诃夫与鲁迅的联系时予以了更多篇幅的涉及——毕竟，契诃夫先生是擅长暴露、揭示人的"庸俗—空虚—无聊"等"精神痼疾"的圣手啊：

> 契诃夫不但怀着深刻的同情描写了他们的痛苦生活，同时也以痛切之感反映了他们暂时的愚昧、落后，乃至庸俗的生活。（78）

> 他（《文学教师》中的男主人公——笔者注）在日记中写道："天哪，我是在什么地方啊，我给庸俗，庸俗，团团围住了。乏味而渺小的女人、一罐罐的酸奶酪、一坛坛的牛奶、蟑螂、蠢女人……再也没有比庸俗更可怕、更使人屈辱、更使人愁闷的东西了。我得从这儿逃掉，我今天就得逃，要不然我就要发疯啦！"鲁迅的小说《伤逝》中的涓生，几乎像是与契诃夫小说中的人物相呼应一样，发出了深沉的感叹："人们真是可笑的动物，一点极微末的小事情，便会受着很深的影响。"涓生和子君的具体经历虽然与契诃夫小说中的主人公不同，但同样是在生活琐事的重压下被毁灭、被消蚀了的典型。（81—82）

这里，值得深思的是，各式人生悲剧的原因大抵是有社会原因，亦有人之为人自身的人性弱点和精神盲区的吧，然而，批判现实主义——往往批判的是一时代的社会，这可以说，也是曾经的中国在几十年间流行的文学解读思路，在写作《鲁迅前期小说与俄罗斯文学》的 20 世纪 80 年代初，王富仁先生也在尽力兼取文学对腐蚀于日常琐事、被吞于"庸俗—无聊"之境遇的"人"之悲剧的展示，对某种（陈腐）"社会（制度）—文化"吞噬人的"时代—社会"悲剧的批判：

> 鲁迅和契诃夫，所以都异常注意琐事的力量，正因为它是直接对社会每个具体人都起着决定性作用的因素。任何巨大的东西，也只有通过日常的、平凡的实际生活的中介，才能和最广大阶层中的具体人发生作用。在鲁迅的前期小说中，封建制度正是通过这个中介，向子君、涓生、吕纬甫、魏连殳等人施加

了沉重的压力，向闰土、祥林嫂等人施行了严酷的刑罚。也正是由于这个中介，封建制度的黑手被巧妙地隐蔽了起来。鲁迅深刻地解剖了它，揭示了它的内在含义，使我们看到了弥漫在其中的封建势力的阴影，这是鲁迅前期小说深刻有力的重要原因之一，也是鲁迅成功地、创造性地坚持契诃夫在文学题材问题上的美学原则的结果。（82）

针砭“人”的种种精神痼疾，同时地甚或是必然地要与批判某一时代、社会制度及其强势文化力量紧密相伴——这自是“社会历史学派”① 的文学研究的应有之义。更何况，封建“制度—势力”其所指究竟如何，在酷虐、野蛮的“文革”十年刚刚过去的岁月里也不禁令人想象纷纷，而更直接、更自觉、更逼近时代咽喉命义的“反封建思想革命”的话语也早在酝酿之间，直至就要宣言式出场。时代氛围是多么微妙地期待着人在生存感觉上的精准啊！而 1982 年，国人也仍有如此这般的话语展演：

对于近几年来文学创作所触及的人性、人道主义问题，究竟应该以什么观点去认识和评价它，才有利于社会主义文学的发展和社会主义新人的培养？应当说，这是我们探讨这个新课题时首先必须明确的。过去那种把人性、人道主义一概斥之为“资产阶级、修正主义思潮”的简单粗暴的态度，固然是错误的、有害的；但当我们冲破了人性、人道主义问题的禁区后，如果不能以马列主义的观点，科学地揭示我们时代的人性和人道主义的社会阶级本质，正确表现无产阶级和人民大众的人性美及其崭新个性，只是空泛而抽象地论述和表现人性，甚至以共同人性否定或抹煞无产阶级所独具的思想性格特征，也同样是错误的、有害的。②

---

① 王富仁先生在《中国鲁迅研究的历史与现状》（杭州：浙江人民出版社，1999 年）里是把自己归属为鲁迅研究中的“启蒙派”的，但在笔者的认知里，将李何林、王富仁、钱理群、王得后等人的鲁迅研究称为“社会历史学派”的鲁迅研究的话，也能够诞生出在这一概念之下独到的观察意义：他们的学术言动中融透着挥之不去的真正的社会关注情结、现实人生关注情结，他们即使讨论鲁迅世界的哲学议题也还是在整个的社会历史体系内的讨论。而“启蒙”，不仅有社会历史意义上的带有很强的政治性的“现代社会人启蒙”——其核心为：对他人、对自己，都意欲促其意识到一个现代人的种种社会权利、义务及责任；也还有生命哲学意义上的“现代自我启蒙”——其核心为：对他人、对自己都意欲促其对自我的觉悟：发现自我，塑成自我。2017 年以来，钱理群先生则在多个场合谈到了他独到的“生命学派的鲁迅研究”的思路。

② 陈传才、杜元明：《也论文学创作的人道主义问题——与〈论当代文学创作的人道主义潮流〉一文商榷》，《文学评论》1982 年 1 期。

1983年初的学界话语则有：

> 马克思主义的美学的历史的批评，不能不考虑每一个作家的实际的政治意义，他在现实斗争中的作用。

> 问题在于你用什么观点观察生活，你是否也有被阴暗面吸引你的全部注意，是否也有把阴暗面看得超过了光明和希望，是否做到在我们生活的"积极的背景"上去表现这个阴暗面？——问题主要在这里。

> 但这样的作品还有待于将来，有待于更高的思想修养和艺术修养的作家。这样的作品，才是更高的现实主义的作品，才是以它的巨大的历史内容，耸立于现实之上的震撼读者心灵的作品，而不只是眼界和境界都比较地狭小的伤痕累累、阴风惨惨的伤痕文学。[①]

这几段引文在20世纪80年代之初恐怕也是再正常不过的文字了，它们与王富仁先生的鲁迅研究似无直接的、紧密的关联，但显然，这类的话语真实地呈现着20世纪80年代初期的"学术生态"、学术现场——在通往"自由"的路上，路径和路径上的阻滞始终是并存的，20世纪80年代的美好也绝不轻松。

二、现代人道主义在鲁迅、安特莱夫、阿尔志跋绥夫之间的复杂存在

但更真实的学术足迹则是，王富仁先生毕竟在鲁迅与契诃夫以及果戈里之间领会过文学与"日常琐事"、与"庸俗—无聊—空虚"之间的"博弈"。这在笔者看来，其实质是领会过从雨果、巴尔扎克，经果戈里、契诃夫，而到安特莱夫、阿尔志跋绥夫的某种过渡；领会过人的生存从物质生活的悲苦及其所引发的痛苦，到日常精神境状的"庸俗—无聊"（其实质可谓整个人在精神上的茫漠）、抑或苦闷，直至人的"绝望—虚无"之间（这种种精神性境遇可能与物质生存的难度有关，也可能与物质生存的难度并没有多大的关联。）的过渡。而鲁迅，不仅明显持有"雨果"式的同情人生苦境的传统人道主义；也深具果戈里、契诃夫在其最深处才抵达的往往照见、悲悯——其实也是批判——人之精神境况之

① 陈涌：《马克思、恩格斯的美学和历史的批评》，《文学评论》1983年第1期。

低俗无趣、蒙昧茫漠，而并不仅仅是对人之生活苦境给予同情的“俄式人道主义”。更广远的，鲁迅的的确确地，进入过安特莱夫、阿尔志跋绥夫式的现代主义人道意识的深处，这是王富仁先生在《鲁迅前期小说与俄罗斯文学》中触及过的，完全可以归属于文学现代主义的精神内涵，不过，王先生于此处的论证就更为坚苦了——直至不得不显现出不乏矛盾的“一时代学术之跋涉足迹”。

安特莱夫、阿尔志跋绥夫的文学现代主义归属是十分明显的，“象征主义”“颓废派”“厌世主义”“唯我主义”“享乐主义”，直至“虚无主义”这些与传统现实主义文学较难关联起来的词都能够与他们的文学相关联。王富仁先生在讨论鲁迅与安特莱夫的联系时就注意到了一段出自鲁迅的极关键的文字：

> 鲁迅高度概括而又透辟地解剖了安特莱夫的悲观主义思想。他写道：“安特莱夫，全然是一个绝望厌世的作家。他那思想的根柢是：一，人生是可怕的（对于人生的悲观）；二，理性是虚妄的（对于思想的悲观）；三，黑暗是有大威力的（对于道德的悲观）。”（原注为：《鲁迅书信集上·78致许钦文》——笔者）（104）

在20世纪80年代初期而能够展现这段文字，是需要相当勇气的吧。更难的是，如何既能够将仍然涂抹着厚重的“积极”“希望”油彩的鲁迅与如此这般“悲观”“绝望厌世”的安特莱夫联系起来，又能够于其间继续展现为时代所能够容融的有意义的学术命题呢。应该承认王富仁先生于此呈现的思想力度是极为巨大的：

> 单从鲁迅和安特莱夫作品的基本主题，两者似乎是很不相同的。依我看来，鲁迅前期小说的基本主题是对封建制度、封建伦理观念“吃人”本质的揭示以及对摧毁它们的社会力量的艰苦探索；安特莱夫作品的基本主题是对人生意义的痛苦叩问和对生活出路的绝望追求。但在他们的作品中，有一个重要的从属主题是相同的，那就是他们都反复地着力描写了当时社会中人与人之间淡漠、冷酷的社会关系。（108）

一方面，王富仁先生自是注重鲁迅前期小说对人之外在环境（社会时代的封建式黑暗、道德文化的封建式陈腐等）的批判性审视的，但同时他也能够直面安特莱夫文学中扑面而来的对人自身的消极性精神境况的残酷暴露（小说主人公时常处乎没有意义，找不到生之希望、光亮的茫漠状态），而这正是现代主义文学的特质之一。更深的、更紧要的追问在于，时为20世纪80年代的中国，注重鲁迅前期小说对“时代—社会”的批判深度和深挖鲁迅小说中“更类乎安特莱夫式的现代主义文学主题”（必须承认这样的主题在鲁迅的小说中其实是大量存在的）究竟哪一个“更高贵”？哪一个更能够摁住时代的“咽喉式”命题？哪一个又更能于深处暴露人与生命的本质性困惑？有没有足够的人间心胸足以整合这两个层次的命题于一炉，从而实现对原本足够丰富、完整、深刻的“鲁迅世界”的更完整的认知？无论如何，20世纪80年代初期的王富仁先生是独辟蹊径与时代旧识纠葛着、博弈着，悍然厘出了“鲁迅式的‘时代—社会’批判”与“安特莱夫式的人类境遇阴冷凝视”的精神共点：暴露“人与人之间淡漠、冷酷的社会关系”。一旦置身在这样的共点里，就不难见出二者共同的古典人道主义意向，不难见出其对于人之生存苦境及其相应痛苦的同情了：

> 安特莱夫的用意非常明显，他企图用人们看救火时的旁观态度说明战争所以能够存在下去的社会思想根源，他认为战争是人与人不相了解、不相同情、互相隔膜的产物，看做是没有人道主义精神的产物。（111）

> 对当时社会中人与人淡漠关系的描写，在鲁迅前期小说中占有一个何等重要的地位。在这些描写里，显示了鲁迅前期深刻的人道主义思想。这是他与俄罗斯19世纪批判现实主义文学发生联系的重要纽带之一，也是与安特莱夫作品发生关系的一个主要原因。而在如何体现这一思想上，鲁迅前期小说与安特莱夫的作品更为接近一些。郑振铎说：安特莱夫“是从惨酷的人生悲剧里见到人道之光的，是从反对消极一方面写出人道之声的，所以见得最为真切，写得最为沉痛，且能感人深远”（原注为郑振铎：《俄国文学史略》，商务印书馆1933年版，第132页——笔者）鲁迅也是如此，并且较之安特莱夫表现得更为明确、更为深刻、战斗力也更强。（117）

而最坚苦的跋涉一步是在“鲁迅与阿尔志跋绥夫”这里，王富仁先生面对的问题更为复杂难言了。

安特莱夫虽则"悲观主义""绝望厌世"，说他与"虚无之境"有所涉也是没有问题的，但他关涉的议题大抵是在对普遍的人之生存境遇、精神境状，离具体的社会问题尤其是更具体、尖锐的社会革命议题较远，所以，面对安特莱夫与鲁迅这个学术难关时，即使有所涉险，但于时代旧识也不至于激起颇多的、颇尖锐的异议。但是，鲁迅与阿尔志跋绥夫的议题就不同了，不仅直接关涉到先行的革命者（社会改革者）的虚无主义表现，更兼及革命者与革命时代的"人民"之间的关系这类在20世纪80年代之初还尤其敏感的话题。这里的问题甚至可以直接变成：一个满身虚无主义气息的革命者有什么资格对民众仇仇不满呢？从这里看，阿尔志跋绥夫可谓双重的"反动"：他笔下不乏虚无主义的人物如沙宁；他笔下的革命者绥惠略夫则因爱生恨、因恨生仇，向民众开枪，心兼绝望、悲观、憎、恐怖等等——这些都是与古典人道主义相反的义项。如何厘清80年代初期国人身心中绝对正面、积极的鲁迅形象与这样一位"怪异"作家的关联实在是一个挑战性的议题。

1962年并不是那个时代里最坏的一年，像韩长经的文章《鲁迅前期是否有过虚无主义思想——从鲁迅与阿尔志跋绥夫的关系谈起》不仅可以发表，还能谈及鲁迅的局限种种，但对于阿尔志跋绥夫，则断然而谓："一个十足反动颓废的作家，他的作品反映了在革命风暴前夕所引起的统治阶级的绝望没落的精神状态，最后逃亡国外，反对苏维埃政权。就是这样一位作家，鲁迅竟翻译过他的一些作品，并且在自己的杂文小说中，又不止一次地评论过它，引证过它，这也无怪有些人以此作为鲁迅有虚无主义思想的'力证'之一了。"[①]1979年，陈涌先生对阿尔志跋绥夫被目为"反动作家"提出异议："我们过去往往采取一种僵硬的简单化的观点，甚至在为鲁迅的著作作注释的时候，在鲁迅明明对阿尔志跋绥夫有肯定的评价的地方，也只是把阿尔志跋绥夫简单地称为反苏维埃的反动作家，而加以否定。但我们却忘记了，我们这样做的时候，会把鲁迅本人放在什么位置上。"[②]两年之后，李恺玲《论鲁迅前期译介俄苏文学的意义》[③]，全文无涉阿尔志跋绥夫等人反动与否的问题，径直肯定鲁迅前期对俄苏文学的种种

① 韩长经：《鲁迅前期是否有过虚无主义思想——从鲁迅与阿尔志跋绥夫的关系谈起》，《山东大学学报》（语言文学版）1962年第7期。

② 陈涌：《鲁迅与五四文学运动的现实主义问题》，《文学评论》1979年第3期。

③ 李恺玲：《论鲁迅前期译介俄苏文学的意义》，《中国现代文学研究丛刊》1981年第3期。

翻译、评介，视为典范，对韩长经言及的"鲁迅局限"种种，几乎尽数反驳了回去，但二文最明显的共点之一是在：都力证鲁迅没有虚无主义思想——虽然，其论证的说服力在笔者看来显得不够。王富仁先生完成于1982年11月，发表于《鲁迅研究》1983年3期的《鲁迅前期小说与阿尔志跋绥夫》初刊版，与李恺玲文一样无涉阿尔志跋绥夫的"反动作家"问题，却近乎认可关于阿尔志跋绥夫文学中存在"虚无主义"的观点：

> 荷兰学者D.佛克马在谈到阿尔志跋绥夫时说："色情、肉欲及虚无主义是他的小说的几大特征。一方面，他表现出摈弃一切价值标准的倾向；另一方面，他似乎又深信社会革命的必然性。"（原注为：D.佛克马：《俄国文学对鲁迅的影响》，《国外鲁迅研究论集》，283页——笔者）很显然，鲁迅对他的消极特征是坚决摈弃了的。

构成问题的是，《鲁迅前期小说与阿尔志跋绥夫》的书籍初版不同于初刊版的地方颇多。比如，书籍初版不仅增加了近9页的篇幅大力度为阿尔志跋绥被目为"反动作家"而辩，并把上引D.佛克马指认阿尔志跋绥夫小说"色情、肉欲及虚无主义"的一整段话都删去了。那么，王富仁先生究竟会如何看待阿尔志跋绥夫、鲁迅都可能相遇（是"相遇"，不是"相拥"，很可能"相遇相抗"。）过的"虚无"以及"虚无主义"的？书籍初版在删去D.佛克马言及阿尔志跋绥夫虚无主义的话语之后，基本不涉对该问题的讨论。但在论及鲁迅前期小说与阿尔志跋绥夫文学在"本质意义"上的差别时，王先生基本上否定了后者在古典"人道主义"意义上的内涵：

> 假若说在俄罗斯古典现实主义作家的作品里，或多或少地都能听到一种类似牛羊般的怨诉声。那么，在阿尔志跋绥夫的作品里，我们听到的更多的是一个受伤的野兽的嗥叫声。在他的作品里，愤怒的巨浪淹没了爱的呓语，复仇的火焰扫荡了人道主义的温情。（160—161）

沿此一线，王先生进而把阿尔志跋绥夫与"整个俄罗斯现实主义文学"作了某种区隔：

> 从果戈里到安特莱夫的整个俄罗斯现实主义文学（这里是把阿尔志跋绥夫撇开的——笔者），其作品尽管是纷繁多样的，但从总体上却都呈现着一个共同特色，即：他们的作品几乎都以深厚的人道主义同情为基本格调，以对“小人物”的温厚的爱情为主要底色。（159）

书籍初版中，王富仁先生不再用“虚无主义”一词来论及阿尔志跋绥夫，他对阿尔志跋绥夫文学最富批判分量的指称当属“极端个人主义”，诸如“鲁迅和阿尔志跋绥夫的极端个人主义思想和傲视群众的老爷态度是根本绝缘的。”（162）但当他略显紧张地执意区隔鲁迅与阿尔志跋绥夫时，试图力证的是“鲁迅对他的消极特征是坚决摈弃了的。”阿尔志跋绥夫文学中的“消极特征”究竟包括什么？极端个人主义？享乐主义？“色情、肉欲”？颓废？悲观主义？虚无主义？不难辨出，在这些词汇里最富概括力、堪做其他种种词汇之精神奠基的是“虚无主义”，即一无所信、为所欲为的精神状态。要力避鲁迅的虚无主义之嫌、极端个人主义之嫌，势必得在或一意义上区隔鲁迅与阿尔志跋绥夫。就在此处，从王先生所引的鲁迅后期谈到阿尔志跋绥夫的话里，不仅能够见出鲁迅是如何认知阿尔志跋绥夫文学中的虚无及其虚无主义（耽于虚无，无意作任何的抵抗或超越）的，也能够推知王富仁先生可能是如何感知这一问题的：

> 但对于阿尔志跋绥夫所宣扬的极端个人主义的反动思想，鲁迅却是拒斥的。关于这，鲁迅也有过明确说明：
>
> 然而绥惠略夫临末的思想却太可怕。他先是为社会做事，社会倒迫害他，甚至于要杀害他，他于是一变而为向社会复仇了，一切是仇仇，一切都破坏。中国这样破坏一切的人还不见有，大约也不会有的，我也并不希望其有。（原注为：《华盖集续编·记谈话》——笔者）（158）

书籍初版中的此段，强调鲁迅对阿尔志跋绥夫“极端个人主义”的摒弃。不过，如果有人说鲁迅在此处的原话其实也是对“虚无主义”言行的描述及态度（描述而已，并不认同）也是完全可以的。而在单篇论文的初刊版中，王先生的相关论述则有：

他不再像前期一样，把阿尔志跋绥夫笔下的沙宁与屠格涅夫《父与子》中的巴札罗夫当作同等的人物，他指出：“巴札罗夫（Bazarov）是相信科学的；他为医术而死，一到所蔑视的并非科学的权威而是科学本身，那就成为沙宁（Sanin）之徒，只好以一无所信为名，无所不为为实了。”（原注为：《且介亭杂文二集·〈中国新文学大系〉小说二集序》——笔者）[①]

引人留心的是，书籍初版删去了初刊版中的此段，而这一段引号内鲁迅更有几句原话恰恰是对“虚无主义者”作了精准的诗意化描述的——就在此处引号内容的紧前面的数句中，这几句王富仁先生在初刊版中也没有引出：

尼采教人们准备着“超人”的出现，倘不出现，那准备便是空虚。但尼采却自有其下场之法的：发狂和死。否则，就不免安于空虚，或者反抗这空虚，即使在孤独中毫无“末人”的希求温暖之心，也不过蔑视一切权威，收缩而为虚无主义者（Nihilist）。（第六卷《且介亭杂文二集·〈中国新文学大系〉小说二集序》）

没错，这说的正是有关“虚无主义者”的话题。综合起来看，有意无意地，王富仁先生都在避开“虚无主义”这个词。

而在笔者的意识里，这几段关涉虚无主义话题的文字涉及鲁迅世界的最凶险之地，但也是其最深刻、动人的处所，往下是精神生命的沉沦、死亡——是耽于虚无，往上则是生命深处最勇毅、深刻的“反抗、超越这虚无”！而这上、下求索之路，在鲁迅世界里是明晰的——因为此上、下求索的路，乃是他亲身跋涉、一路走出过的，恍如“过客”的征跋之路。[②]阿尔志跋绥夫也在这条凶险、深刻之路上走着，他与鲁迅的交织是生命最深处、最危险、最动人的交织。明晰的是，鲁迅经由《野草》超拔出了生的渊薮，迈向了“杂文自觉—战士生命”的自救、上升之路，持续实现着生命对虚无的超越，反观阿尔志跋绥夫，似并不见这样明晰的精神生命上升之路——至少，笔者还不敢对阿尔志跋绥夫的人

① 此段仅见于《鲁迅研究》1983年第3期论文初刊版。
② 可参阅拙著《存在主义视野下的鲁迅》，北京：北京大学出版社，2007年。

生之旅作相关判断。

回到本文的正题，我们看到，一方面，王富仁先生为力避鲁迅与阿尔志跋绥夫之间麻烦不已，其时注定难以有力地说清楚的“虚无主义”纠葛，在鲁、阿之间力作“本质意义”之区分，他的学术直觉对头、审美分析精湛。但是，王先生也留下了不觉间已经越界的痕迹：如前所述，当他力证鲁迅对阿尔志跋绥夫“极端个人主义”（而非虚无主义）的摒弃时，他把其实为鲁迅所肯定、也为他自己一度认同的阿尔志跋绥夫式的人道主义（现代人道主义）也扬弃了。

那么，阿尔志跋绥夫式的现代人道主义究竟意味如何呢？试看王富仁先生当年引录的，并且为他所一度辩护、认同的鲁迅文字吧：

> 在它的《译者附记》中[①]，鲁迅称这篇小说是“出色的纯艺术品，毫不多费笔墨，而将‘爱憎不相离，不但不离而且相争的无意识的本能’，浑然写出”。（138）

> 一九二一年，鲁迅又翻译了阿尔志跋绥夫的短篇小说《医生》，在其《译者附记》中，鲁迅说它“虽然算不得杰作，却是对于他同胞的非人类行为的一个极猛烈的抗争”并且结合这篇小说，分析了阿尔志跋绥夫世界观中爱憎的纠缠和个人主义与人道主义的对立统一。（139）

> 但正如鲁迅所说，“这憎，或根于更广大的爱”（原注为：《〈医生〉译者附记》——笔者），从而把“异常的残忍性”与“异常的慈悲性”融为一体，把“极冷”与“极热”熔于一炉，以“憎”和“冷”的形式，直接而又强烈地表现着“爱”和“热”。（154）

数段文字的核心，可以说都在“憎”“爱”之间，而经阿尔志跋绥夫文学所能够明显昭示的现代人道主义跟古典人道主义的本质区别也正在这里：不仅仅是对往往深处物质性困境中的弱者的怜悯，更同时对处乎各式精神蒙昧、茫漠中的“苦人—末人”的急切期待、召唤，表现为对他们的种种不悟不惰不堪状态的“憎”与“怒”——这既是鲁迅“哀其不幸，怒其不争”式的人道主义；

---

① 即《〈幸福〉译者附记》，见《鲁迅全集》第十卷，北京：人民文学出版社，1981 年，第 173 页。

也是尼采呼唤"超人"，呼唤人之自我觉悟，成为真正的"你自己"的现代人道主义；也是萨特"存在主义是一种人道主义"的人道主义："是英雄使自己成为英雄，是懦夫使自己成为懦夫"，而一个人在明天的"自觉、自主、自由"之抉择、之担当，则完全可能令他在英雄与懦夫之间整个儿翻过身。

至此，可结论的是，《鲁迅前期小说与俄罗斯文学》的核心内涵人道主义呈现出丰富、完整、复杂的精神意向：相当自觉的古典人道主义意识（集中在果戈理、契诃夫，直至安特莱夫和鲁迅之间）和自觉不自觉的现代人道主义精神（或隐或显、或多或少地在果戈理、契诃夫与鲁迅之间存在，又尤为浓烈地呈现在于安特莱夫、阿尔志跋绥夫与鲁迅的关联或非关联之处，呈现出复杂而不乏矛盾的纠葛情境）的共在。在20世纪80年代之初，即使在鲁迅及其俄罗斯文学之间瞩目古典人道主义意识也是要承受相当的时代压力的，至于真实地涉险（即使仅仅是相当程度的复显，以及某种程度的辩驳）现代人道主义的气性则是更需要思想者之深沉勇力的学术破冰。《鲁迅前期小说与俄罗斯文学》之为一代学术经典绝非偶然，其内蕴或瞩目或涉及的乃是人类文学史上不得不留存、记忆的精神意向及其珍贵足迹。

2018年3月初稿，10月改定。

原刊《山东社会科学》2019年第7期

“文学鲁迅”与“启蒙鲁迅”

——“竹内鲁迅”的原型意义及其限度

摘　要：在一定程度上，竹内逻辑内的“文学鲁迅”与“启蒙鲁迅”能够构成某种原型性的“鲁迅像”。竹内的“文学鲁迅”既不是一般意义上创作了文学作品的鲁迅，也不是一般意义上对鲁迅文学作品的泛指，他的“文学鲁迅”根深蒂固地联系着鲁迅自我生命内部的某种生成机密，指向某种深隐难见的“使鲁迅成为鲁迅的原理”，指向鲁迅与其“虚无境遇”的遭际、纠葛，直至决绝反抗。而对于生成于“文学鲁迅”，看上去显而易见的“启蒙鲁迅”，竹内虽然极为敬仰，却缺乏深度探究的兴味。尽管如此，在其《鲁迅》之中，还是能够见出“启蒙鲁迅”屹立、作为于悲苦人间的“思想—实践”秉性：身携积极酣然的“战士人格”，实施着执着改造中国文化、中国人、中国社会的思想创造与生存实践。

一、“竹内鲁迅”原型意义概述

“原型意义”大致是“基础性意义”、“基本意义构成”的意思。在某种意义上“竹内鲁迅”就像一个不乏混沌、模糊的“生长源”，虽则混沌、模糊，却毕竟具有可生长的基础性能量；虽则具有可生长的基础性能量，但也难掩其混沌、模糊的魅惑色彩。

先看竹内好自己的话：

> 这个混沌，把一个中心形象从中浮托上来，这就是启蒙者鲁迅，和纯真得近似于孩子的相信文学的鲁迅。这是个矛盾的统一，二律背反，同时存在。我把这看作他的本质。正像他那不仅不宽恕自己，也不宽恕别人的激烈现实生活，如果不与他对绝对静止的希求结合起来考虑就将难以理解一样，我愿意认为，这位近代中国杰出的启蒙者，有着一颗和他形影相伴的几乎令人难以置信的朴素之心。恐怕连鲁迅自己也没有意识到，启蒙者和文学者，这两者在他那里一直互不和谐，却又彼此无伤[①]

---

① ［日］竹内好：《近代的超克》，孙歌编，李冬木、赵京华、孙歌译，北京：生活·读书·新知三联书店，2005年，第14页。下文对引自该书的文字不再注释出处，只在文后标示其所在页码。

这里的“启蒙者和文学者”能够提示我们什么呢？不妨接着看下面的评论：

> 事实上，“竹内鲁迅”这笔遗产在竹内好的日本继承者那里早有好的表现，竹内好的一些问题早已得到有效的修正。比如，丸山昇的鲁迅研究以历史主义的方法纠正了“竹内鲁迅”过于强烈的玄学性格，还原了鲁迅“革命人”的一面，就政治和文学的关系有着较竹内好更切近历史实际的理解；伊藤虎丸则执着于竹内好近代批判的思维，将其玄学主题历史化，他对鲁迅留日时期思想的形成跟当时日本流行的西欧思想和文学之关系的探讨，所谓“原鲁迅”命题的提出，都可以纠正竹内好玄学主义的想当然，即使是关于“罪的自觉”的探讨，似乎也因其基督教信仰更具亲切感和可信性；木山英雄则立足知识者个人阅读的立场，进入鲁迅思想和作品的深处，探讨鲁迅之为鲁迅的那些元素、方法、逻辑、风格，对鲁迅的思想和文学深有了悟，别有会心，可谓发掘鲁迅文学价值方面的竹内好的最佳继承者，其感性、知性、理性并用的方法，有力地消除了“竹内鲁迅”的神秘性，在竹内好开创的鲁迅研究格局中把鲁迅研究带入了另一种胜境。①

虽然，这段文字的本意是要指出“竹内鲁迅”的诸多有限以及后来者的相关业绩，所悟甚深。但若将其与竹内好的《鲁迅》结合起来思考，问题的另一面也较为清晰地、部分地呈现出来，不妨大胆设定而后去小心求证好了：早在20世纪40年代“竹内鲁迅”指涉的诸多“命题”，至少存在两个颇为重大的“分命题”。其一，“文学者”鲁迅，跟“罪的自觉”、“无”、“黑暗”以及“沉默”有关的，宗教的、殉教的、救赎的、自觉的、正觉的，无法说明的，使鲁迅成为鲁迅的“鲁迅”；其二，“启蒙者”鲁迅，近乎历史主题中的鲁迅，启蒙的、政治的、爱国的、民族主义的、革命的、实践的，甚至学者的鲁迅……如果暂且承认这一设定的话，就日本鲁迅研究界而言，于其一，人们不仅可以在伊藤虎丸的研究中部分地看到，更能在木山英雄关于《野草》的长篇讨论中戚戚然地体察到——或许正是在这个意义上，高远东断言木山英雄“可谓发掘鲁迅文学价值方面的竹内好的最佳继承者”；于其二，人们不仅可以在“丸山鲁迅”中更丰富、更具体、更清晰地看到，也能在伊藤虎丸的鲁迅研究中相当丰富地

① 高远东：《现代如何“拿来”——鲁迅的思想和文学论集》，上海：复旦大学出版社，2009年，第263页。

见出。果真如此，“竹内鲁迅”就像一棵硕大的树干一样在半个多世纪里枝叶繁茂地分枝开叉起来，引人注目的是，就上述两个“分命题”而言，对它们的持续考察都诞生了不止一支的学术“巨木”。沿此逻辑，用一种显得学理化的表述方式的话，我想说“竹内鲁迅”似乎确有某种原型性的、寓言式的意义。当然，“竹内鲁迅”也远不是没有问题，毋宁说，“竹内鲁迅”在其指涉的两个重大“分命题”处都留下了有待澄清、大可以再度阐释的空间。

简言之，“竹内鲁迅”的原型性内涵，是由“文学者”鲁迅与“启蒙者”鲁迅共同构建的。

原型性意义之一：“文学鲁迅”——深陷，直至崛起于“虚无境遇”的鲁迅自我生命机密。

竹内好的《鲁迅》存在一个“注意力”异常集中的言说对象：“文学的鲁迅”或曰“鲁迅的文学”——为求行文的简便本文拟用“文学鲁迅”取代之。竹内逻辑内的“文学鲁迅”既不是一般意义上的创作了文学作品的鲁迅，也不是一般意义上的对鲁迅文学作品的泛指，他的“文学鲁迅”根深蒂固地联系着鲁迅自我生命内部的某种生长机密，是一个“深隐难见的鲁迅”。换句话说，竹内好其实是要借“文学鲁迅”这类词语及其相关思路试图弄清楚鲁迅自我生命内在的某种精神机密的。他是否真的弄清楚了，可以另论，但他试图这样做的意图却非常明显。

在竹内好的感悟里，鲁迅首先显现为一个“顽强地恪守着自己”（3）的人。

> 鲁迅度过的十八年文坛生活，就时间而言并不算长，但对中国文学来说，却是近代文学的全史……每个时期都有一大批先觉者在混沌的内部斗争之后纷纷落伍。……从“文学革命”之前一直存活到最后的，只剩下鲁迅一个人。鲁迅的死，不是历史人物的死，而是现役文学者的死。……这两种情形（指与“创造社”和“太阳社”的“恶战苦斗”和与“文艺家协会”的“针锋相对”——笔者），都在外观上呈现为他要在文学的政治主义偏向中恪守文学的纯粹。但另一方面，他……又显示了对有闲文学进行激烈讨伐的战斗者姿态。于是，鲁迅的崇拜者在他身上看到了中庸，鲁迅的论敌在他身上看到了机会主义，极端的赞美和极端的嘲骂便由此而生。然而不论是谁，都没有以此来揭示鲁迅生命的秘密。（10—11）

那么，所谓“鲁迅生命的秘密”究竟会是什么呢？竹内好继续发问：

作为一个独立的文学者能在有生之年贯穿其全史（指中国的近现代文学史——笔者），一般是很难想像的。几乎可以说是不可能的。然而鲁迅却实现了这个近乎不可能的难题。在鲁迅那里，这为什么会成为可能呢？（11）

在现实世界里，他强韧的战斗生活，从作为思想家的鲁迅这一侧面是解释不了的。（12）

对我来说，鲁迅是一个强烈的生活者，是一个彻底到骨髓的文学者。鲁迅文学的严峻打动了我。……现在我越发觉得鲁迅的严峻并非简单的严峻。我想知道这种严峻是怎么来的。我想拿我自身来比较，并想学他是怎样才成为文学者的。（39）

不难看到，竹内好对于“文学者鲁迅”的“别有情意”。在他看来，“文学鲁迅”那里似乎深藏着“鲁迅之为鲁迅”的“生命的秘密”，他并断言这秘密是“从作为思想家的鲁迅”那里解释不了的。这真足以令人困惑。我感到，要理解“竹内鲁迅”，需要首先弄明白竹内好所谓的“文学鲁迅”究竟意味着什么。对此，他有时候的表达是相当明确的：

但我眼下的目标，却不是作为思想家的鲁迅，而是作为文学家的鲁迅。我是站在要把鲁迅的文学放在某种本源的自觉之上这一立场上的。……如果勉强说的话，就是要把鲁迅的文学置于近似于宗教的原罪意识之上。……“宗教的”这个词很暧昧，我要说的意思是，鲁迅在他的性格气质上所把握到的东西，是非宗教的，甚至是反宗教的，但他把握的方式却是宗教的。……他的表达方式却是殉教者式的。……他是作为一个文学者以殉教的方式去活着的。我想像，在活着的过程中某一个时机里，他想到了因为人得要生存，所以人才得死。这是文学的正觉，而非宗教的谛念，但苦难的激情走到这一步的表现方式，却是宗教的。也就是说，是无法被说明的。正如前面所说，我对鲁迅是否把死看作终极的行为类型是有疑问的。他喜欢使用的“挣扎”这个词所表现的强烈而凄

怆的活法，如果从中抛开自由意志的死，我是很难理解的。（8—9）

道路无限，他不过是走在这无限之路上的一个过客。然而，这个过客却不知在什么时候把无限幻化为自己一身之上极小的点，并以此使自己成为无限。他不断地从自我生成之深处喷涌而出，喷涌而出的他却总是他。就是说，这是本源性的他。我是把这个他叫作文学者的。（108）

在他，是有着一种除了称为文学者以外无可称呼的根本态度的。他似乎连小说都抛弃了。他的痛苦之深，以至于深到无法把对象世界构筑到小说和批评当中。（108）

这说得其实很清楚啊，竹内好逻辑内的"文学鲁迅"并不是一般意义上的文学写作者鲁迅，毋宁说，它其实指向了某一独特、精深的意义领域，有着竹内式语汇的特别内涵，关乎人的某种本源性、根本性的生存态度，[①]而这种态度又涉及颇为彻底的否定意志、关乎自我内心的痛苦："宗教的原罪意识"、"自由意志的死"、"挣扎"、"抛弃"等等；但是，又涉及一系列俨然正面、积极的词语："某种本源的自觉"、"以殉教的方式去活着"、"文学的正觉"、"本源性的他"，等等。能够看到，竹内逻辑内的"文学鲁迅"其实联系着鲁迅生命历程中最幽昧不明、又最为切身、最为本己的内在领地。而从文本的角度上看，

① 如果不能意识到这一点的话，竹内好的许多话听上去就是匪夷所思、不可理喻的"疯话"。譬如，他经常说鲁迅的作品失败了："《肥皂》是愚蠢之作，《药》是失败之作"（77），"《故事新编》全部都是失败的作品"（101）。甚而说"鲁迅的小说写得并不漂亮。然而，这只是因为我认为对于作为文学者的鲁迅来说，这不漂亮很重要……"（80）"如果说这种完美，这种经过了《孔乙己》、《药》、《故乡》、《孤独者》之后的完美，就是这两篇作品（指《兄弟》和《离婚》——笔者）表现出来的东西，那么也只能说鲁迅是不能写小说的。也就是说，他只能把小说的世界构筑在自己之外，其完美是走向枯竭的完美。"（87—88）"也就是说，这反证出他不是个作家。他没把自己放在作品里。"（94）更诡异的是他关于《狂人日记》的说法："《狂人日记》之所以开辟了近代文学的道路，并不是因为这篇作品为白话争得了自由，也并不是因为它使作品世界成为可能，更不是因为它具有打破封建思想的意义。我认为，这篇稚拙作品的价值就在于，作者通过它把握到了某种根柢上的态度。由于这个缘故，《狂人日记》的作者不仅没发展成小说家，毋宁说他不得不通过疏远小说而抵偿自己的作品。'路漫漫其修远兮'也。""《狂人日记》成就了一个文学者。同时也成就了一个'吾将上下而求索'的文学者。中国近代文学的第一块纪念碑，对于鲁迅来说，正和古代楚国诗人一样，意味着悲剧的诞生。"（79）难以想象，一个人一方面极其看重"文学者"鲁迅，一方面又如此孟浪不羁地评说着鲁迅的文学作品，假如他不是确有所悟的话，那就只能说他也许真的疯了。竹内好当然不疯，他言说的重心本不在鲁迅作品的好坏，而在鲁迅作品与鲁迅自我生命之间的深层关联。这一点读者从上引的部分文字中可以初步看出，在谈及《野草》时，他就说得更明确了："在鲁迅的作品中，我很看重《野草》，以为作为解释鲁迅的参考资料，再没有比《野草》更恰当的了。……它在说明着作家与作品之间的关系。"（93）居然要以言词玄妙、内涵精深、象征意味极浓的《野草》来做解释鲁迅的参证资料，竹内好究竟想干什么呢？他如此这般的思路、言语的内在逻辑、真实终点究竟何在？下文会尝试做出分析。

竹内意义上的"文学鲁迅"恐怕最紧密、最内在、最纯粹地联系着《野草》和《彷徨》中的部分文本，[①] 而竹内好正是把意味精深、复杂，话语往往玄妙的《野草》作为其"解释鲁迅的"最"恰当"的"参考资料"的。（93）

我以为，竹内好写作《鲁迅》的动力其实紧紧地萦系在他所谓的"文学鲁迅"之中，而在他对"文学鲁迅"迂回包抄式的讨论中，竹内好的确（或许是不自觉地）触及到了在现代生命哲学尤其是存在主义哲学那里被感知、被认识、被阐释得异常清楚的关键话题。当然，竹内好使用的不是普遍意义上的哲学词汇——毋宁说，他并没有找到合适的、明晰的哲学逻辑内的话语来表达他所领悟到的，或者，当年就连他的领悟本身也的确还处在一片混沌之中。尽管如此，竹内好逻辑内的"文学鲁迅"颇富启示，他言说的有限性往往是与他的启发意义同时在场的。对此，不妨分三个方面细说。

二、"文学鲁迅"与鲁迅的"虚无体味"

竹内好不乏艰难地用他那套晦涩难懂，但其实又稀松平常的话语（至少，既不是哲学行话，也不是什么专门的文学术语）言说了"文学鲁迅"精深的意义。我试着把他的相关话语排列如下：

> 对传记的兴趣也不是他经历了哪些发展阶段，而是他什么时候获得了这样一个时机——一个他一生中只有一次的时机，一个他获得了文学自觉的时机，换句话说，一个他获得了死的自觉的时机——的问题。（40）

这说得也很清楚，鲁迅的"文学自觉"（这正是他所谓"文学者鲁迅"的核心意味所在）是与某种"死的自觉"具有同一的意义指向的。关键是，什么是"死的自觉"呢？这问题，到了今天，已经有现成的哲学思路、哲学话语可以应对（比如"向死而生"，比如海德格尔哲学关于"死亡"意义的深刻讨论，比如列夫·托尔斯泰生命中的"死亡—虚无"体验以及他那惊世骇俗的中篇小说《伊凡·伊里奇之死》所启示的思路，等等）。但是，不必心急，先把竹内好当年的相关

① 明确言及"竹内鲁迅"曲解"鲁迅文学"的高远东也有这样的领会："竹内好对鲁迅文学属性的上述理解，以重构鲁迅自述的'仙台经验'为中心，试图在根本上颠覆鲁迅的自述，但它又与鲁迅创作中——尤其是如《野草》《彷徨》等作品体现的某些精神深刻相连，与鲁迅文学最深处——涉及自我的部分——有着强烈的共鸣。这就造成了复杂性。"（高远东：《现代如何"拿来"——鲁迅的思想和文学论集》，上海：复旦大学出版社，2009 年，第 258 页。）

言论细看一番再说不迟。

> 读他的文章，肯定会碰到影子般的东西。这影子总是在同一个地方。虽然影子本身并不存在，但光在那里产生，也消失在那里，因此也就有那么一点黑暗通过这产生与消失暗示着它的存在。倘若漫不经心，一读而过，注意不到也就罢了，然而一旦发现，就会难以忘怀。就像骷髅舞动在华丽的舞场，到了最后骷髅会比其他一切更被认作是实体。鲁迅就背负这样一个影子，度过了他的一生。我把他叫做赎罪的文学就是这个意思。而他获得罪的自觉的时机，似乎也只能认为是这个在他的生平传记里的不明了的时期。（46）

> 那种被称作“悲哀”和“寂寞”的东西，换句话说，就是孤独的自觉，是通过什么在他身上实现的呢？他是如何形成思想的呢？……鲁迅对自己的回心之轴，没有做出言语上的说明。……鲁迅获得的自觉是什么呢？如果勉强可以用我的话来表述的话，那么我认为就是通过与政治的对决而获得的文学的自觉。（53）

> 如果再附加一句的话，那么鲁迅使这段文章包含了象征意义，即医学代表着实学、维新、光复这些当时的风潮，而文学则命运般地连接着他的发现孤独之路。（55）

> 鲁迅是诚实的生活者，热烈的民族主义者和爱国者，但他并不以此来支撑他的文学，倒是把这些都拔净了以后，才有他的文学。鲁迅的文学，在其根源上是应该被称作“无”的某种东西。（58）

> 鲁迅是在终极的意义上形成了他的文学自觉的。（58）

很清晰地，我们看到，竹内的“文学鲁迅”同时与“一个影子”“赎罪的文学”“罪的自觉”“回心之轴”这些话语的意义指向有着内在关联，而关键是“一个影子”、“赎罪的文学”、“罪的自觉”、“回心之轴”以及上文中的“死的自觉”究竟具有一种什么意义——这意义应该是可“通约”的，也就是大家一看就都明白的，而不是像竹内好弄的这样：可以用很多内在意义并不明朗的语词、句子反反复复地去言说。但这就是竹内《鲁迅》奇怪的行文，几近"独语"，顽固地把一个个读者排斥在清晰意义的把捉之外。但是，如果读者自身持有某种现代哲学思维的敏感的话，也还是可以越过竹内好不乏生硬的"话语藩篱"直抵其背后的隐秘中轴的。可以看到，在竹内好关于"文学鲁迅"的一系列"混沌"词语中，也有渐渐明朗起来的某个瞬间。上文"鲁迅的文学，在其根源上是应该被称作'无'的某种东西。"这个"无"离存在主义哲学思潮中的核心词汇"虚无"就很近[①]，二者在意义上是否可以"通约"——也就是其实质意义是否是同一的呢？我感觉，这种可能性很大。不妨继续看竹内好自己的说法：

> 我以为，鲁迅受梁启超的影响，后来又摆脱它，不是应该解释为他在梁启超身上破却了自己的影子，涤荡了自己吗？……鲁迅是否和由于怀疑文学的功用而成为文学者的二叶亭有着更为深刻的本质上的类似呢？（70）

> 从根本上来说，鲁迅是个文学者。没有谁更能像鲁迅那样让我来痛切地思考文学者这个词的意义。在鲁迅身上我认识到，为成为文学者总要丢掉什么。（81）

> "绝望之为虚妄，正与希望相同。"这是言语。然而，就说明了鲁迅文学这一点而言，它却具有着言语以上的内涵。作为言语，是象征性的言语，可以称作态度或行为。我所思考的鲁迅的回心，如果表述为言语的话，似乎也只能是这么种东西。绝望之为虚妄，正与希望相同。人可以说明"绝望"和"希望"，却无法说明获得了自觉的人。因为这是一种态度的缘故。（79）

> 如果绝望也是虚妄，那么人该做什么才好呢？对绝望感到绝望的人，只能成为文学者。不靠天不靠地不以任何东西来支撑自己，因此也就不得不把一切归于自己一身。于是，文学者鲁迅在现时的意义上诞生了。（107）

> 鲁迅是文学者。而且是第一义的文学者。这就是说，他的文学不靠其他东西来支撑，一直不松懈地走在一条摆脱一切规范、摆脱过去的权威的道路上，

① 竹内好也多次直接地用"虚无"（12，150），"虚无主义"（149—150）来言说鲁迅。遗憾的是，他并没有厘清这样的消极性词语与他自己对鲁迅截然不同的积极感觉之间的内在关联，当然也就不能自觉地克服他自身话语间的剧烈矛盾了。

从而否定地形成了他自身。……鲁迅的文学，是质询文学本源的文学，所以，人总是大于作品。（146）

它们（指《野草》中的诸篇——笔者）所传递的鲁迅，比起传记和小说来远为逼真。描写得仿佛可以使人看到鲁迅作为文学者形成的过程，或者是相反地散发出去的经过。它们虽然包含着各种倾向，但是作为一个整体却突升到一个统一的方向上去。小说里所呈现的两个中心，在这里最大限度地获得了接近，从中会使人感受到全体作品仿佛是浑然一体的。如果换句话说，那么就是这里的所有运动都是朝着一个中心的运动。……就像一块磁石，集约性地指向一点。这是什么呢？靠语言是表达不出来的。如果勉强而言的话，那么便只能说是“无”。（99）

能够看到，在竹内好的思路、语汇中，在与他所谓“文学者”鲁迅紧相联系的地方出现了一系列具有极强的否定性意义的词：“破却”、“涤荡”、“怀疑”、“丢掉”、“绝望”、“虚妄”、“摆脱一切规范、摆脱过去的权威”、“否定地形成了他自身”、“无”。并且，在他关于《野草》的仍然难免令人困惑的言论中我们又一次看到了他对于“无”的指认，进而人们能够看到，他的笔下也出现了颇为朴素、易于辨识的解释性话语：“不靠天不靠地不以任何东西来支撑自己，因此也就不得不把一切归于自己一身。”“摆脱一切规范、摆脱过去的权威”。连贯起来看，可以大致知道，竹内好笔下的否定性词语究竟可以否定哪些东西，又否定到何种程度。不仅仅是否定梁启超式的“文学功利论调”，更兼有某种彻底的否定世间一切既有价值规则的决绝意志，到达的是连“绝望”也还可以进行怀疑的生命极境——这正是一种亲身体验虚无的境地啊，[①]所谓“不靠天不靠地不以任何东西来支撑自己”，摆脱规范、权威等等就是了——这不是离尼采“上帝之死”式的虚无体味很近了吗？联系前文的话，所谓“向死而生”、“死的自觉”，在哲学的意义上，不也正是从终有一死、终归虚无的生存警示中升华出奋然而生、创造生存意义的积极意志吗？所以，在竹内好不乏

① 竹内好在谈到《伤逝》时有过惊世骇俗而又让人难以捉摸的说法：“‘四围是广大的空虚，还有死的寂静。死于无爱的人们的眼前的黑暗，我仿佛一一看见，还听得一切苦闷和绝望的挣扎的声音。’是否可以判断，他就是为了倾吐这段话才写这篇小说的？这是我的疑问。”（30）竹内好为什么可以这样说？如果想到竹内好之所以尤为看重“文学者鲁迅”，归根结底，在他的逻辑内“文学者鲁迅”联结的其实正是鲁迅生命中堪称“虚无境遇”、“虚无体验”的精深地带的话，竹内好的这一说法庶几能够得到读者的理解，否则，真会觉得竹内好所说有点匪夷所思。

晦涩、艰难的语汇中（我不清楚，究竟是竹内好有意避开了对哲学行话的借用呢，还是40年代的日本文化界对于如今已经显得相当明晰的存在主义哲学思路，比如"遭遇虚无"、"体验虚无"、"向死而生"等等的认知的确处乎混沌之中。或许，后者的可能性也不是不存在？），他其实是真实地触及到了近现代人类精神中的重大问题的。应该承认，他对这类问题的触及虽然不乏晦涩、混沌之处，但也的确堪称鲁迅研究界的一种最早、最深刻的参悟。

因此，可以结论说，竹内好围绕"文学鲁迅"不断抛出的种种词语、言说在其最深处正是指向鲁迅自我生命内部的"虚无境遇"、"虚无体验"的。在这个意义上，再去领会"鲁迅的文学，是质询文学本源的文学"似乎就可以悟到，当竹内好反反复复地围绕"文学鲁迅"而言说的时候，他对于鲁迅一生的诸多可见之事兴趣不大，他集中精力探寻的乃是鲁迅自我生命生长过程中的某种难得寻见的内在机密，而竹内好对这一机密的个性化命名却是"文学者鲁迅""鲁迅的文学""文学自觉""文学的正觉""本源的自觉""第一义的文学""质询文学本源的文学"等等的语词——这的确是令人费解而易生歧义的。与其说，当年的竹内好似乎找不到更具通约能力的词语来言说他朦胧把捉到的鲁迅秘密——这秘密其实正是鲁迅与虚无的相识、相遇和相抗——毋宁说，他反反复复地使用的数个相关的关键词是最不具备话语交流的通约机能的词汇，这些词汇的某种精深意义的被赋予简直可以说纯属"竹内式的强行植入"，让人很难得其门径而悟。

三、"文学鲁迅"与鲁迅的"反击—超越"虚无

竹内好逻辑内的"文学鲁迅"不仅仅具有上述的"体味虚无"的意向，更同时指涉着某种积极的"孕育——崛起"机能——细心的读者在笔者上引的竹内文本中可能已经隐隐感到了。竹内好也更为明确地说过：

> 倘若只是走到绝望便止步不前，那么他就只是个虚无思想家了。事实上，也正有批评家专在他身上挑出"虚无"来。当把思想从人那里抽离出来，在静止体中看待时，情形便会如此。但人是不会居住在"思想"的贝壳里的。鲁迅不在绝望之中。他背弃了绝望。不仅走向杨朱、老子和安特莱夫，也从杨朱、老子和安特莱夫走向墨子，孔子和尼采。在这彷徨的路途上，作为天涯孤独的

文学者，他与《离骚》诗人同在。（107）

在这里，人们不得不再次确认“竹内鲁迅”的真实和深刻，竹内好触到了鲁迅对“绝望”的“背弃”，更精当、深刻的说法，我以为——无论竹内好本人是否自觉——他在这里谈论的正是鲁迅生命历程中真实发生过的“相遇虚无”而又“超越虚无”的精神蜕变。可以指向竹内“文学鲁迅”“背弃绝望——超越虚无”的“孕育——崛起”机能的话语，在竹内好的《鲁迅》中当然还有：

……惟有绝望才生发自身当中的希望。死孕育生，生又不过是走向死。（10）

他晚年反悔早期作品中的虚无倾向。这些都被人解释为鲁迅的思想进步。但相对于他顽强的恪守自我来说，思想进步实在仅仅是第二义的。在现实世界里，他强韧的战斗生活，从作为思想家的鲁迅这一侧面是解释不了的。……我认为，把他推向激烈的战斗生活的，是他内心存在的本质的矛盾。（12）

文学者鲁迅也是一个混沌。（12）

这个混沌，把一个中心形象从中浮托上来，这就是启蒙者鲁迅，和纯真得近似于孩子的相信文学的鲁迅。（14）

呈现在人们面前的鲁迅，是个彻头彻尾的启蒙主义者。我认为，能有像鲁迅这样的启蒙者，足以是中国近代文化的骄傲。然而，我的疑问是，一个文学者鲁迅、一个反叛作为启蒙者自己的鲁迅，是否更加伟大呢？是否正因为如此，才成全了现在的这个启蒙者鲁迅呢？因此，把鲁迅冰固在启蒙者的位置上，是否把他以死相抵的惟一的东西埋没了呢？（16）

对我来说，鲁迅是一个强烈的生活者，是一个彻底到骨髓的文学者。鲁迅文学的严峻打动了我。……现在我越发觉得鲁迅的严峻并非简单的严峻。（39）

需要首先说明一下，竹内好在上面的一处引文中直接谈到了晚年鲁迅与所谓“虚无倾向”之间的对立关系。在笔者的逻辑内，这当然很值得注意，但是竹内式深刻之语的含糊不明也是非常明显的：一是“晚年”究竟所指如何；一是“早期作品的虚无倾向”其意也有待澄清。但这个问题要留待下文再谈。

细味此处的诸多引文，沿着竹内好的逻辑，不难看出，他所谓“启蒙者”鲁迅是处乎积极奋进的人生境地的：这一“鲁迅”是“生”，是“激烈的战斗”者、“彻头彻尾”的“启蒙者”“强烈的生活者”，等等。相应地，上述引文中的“绝望”“死”“内心存在的本质的矛盾”“混沌”“以死相抵的惟一的东西”等等是指向消极、否定意味的，回顾“一”中的讨论，说这种消极、否定之意味正如所谓“死的自觉”“罪的自觉”等等一样足以通达到人生的“虚无境遇”“虚无体味”，应该并不突兀了吧。而竹内好不厌其烦地表示着——积极奋进之境中的“启蒙者鲁迅”正是从这一消极、否定的虚无渊面中（在竹内的逻辑中“文学者”鲁迅直接、紧密容融着这一渊面）诞生、升起的：

> 鲁迅是诚实的生活者，热烈的民族主义者和爱国者，但他并不以此来支撑他的文学，倒是把这些都拔净了以后，才有他的文学。鲁迅的文学，在其根源上是应该被称作“无”的某种东西。因为是获得了根本上的自觉，才使他成为文学者的，所以如果没有了这根柢上的东西，民族主义者鲁迅，爱国主义者鲁迅，也就成了空话。（58）

> 对绝望感到绝望的人，只能成为文学者。不靠天不靠地不以任何东西来支撑自己，因此也就不得不把一切归于自己一身。于是，文学者鲁迅在现时性的意义上诞生了。致使启蒙者鲁迅得以色彩纷呈地显现出来的那个要素，也因此成为可能。我所称之为他的回心，他的文学的正觉，就像影子产生光那样被产生出来。（107）

> 鲁迅是文学者。首先是个文学者。他是启蒙者，是学者，是政治家，但正因为他是文学者……（108）

> 无使有成为可能，但在有当中，无自身也成为可能。这就是源初的混沌，是孕育出把“永远的革命者”藏在影子里的现在的行动者的根源，是文学者鲁

迅无限地生成出启蒙者鲁迅的终极之场。（142）

在今天，一种清晰的存在主义哲学视野完全可以把竹内好曲折而令人困惑的话语和思路凸现为："启蒙者"鲁迅作为一个顽韧、热烈的生活者、战斗者（民族英雄、民主主义者、爱国者、永远的革命者，等等，等等），作为具有某种信仰者气息的真正的人，正是源自鲁迅对于生存虚无的痛切体验和悍然穿越的，而竹内好曲折、晦涩的话语路径一旦被明晰起来，却大体是这样的："文学鲁迅"既精深地联系着"无"（体验生存虚无）之鲁迅，又无限生成着"有"（创造生存价值）的鲁迅——一个"彻头彻尾的启蒙主义者"。

在《鲁迅》之《结束语——启蒙者鲁迅》中，竹内好表示："关于'文学者鲁迅无限地生成出启蒙者鲁迅的终极之场'，我不准备再多啰嗦些什么了"。（143）似乎一旦说完"文学者鲁迅无限地生成出启蒙者鲁迅"之后，其《鲁迅》一书就算写完了，他孜孜关注的问题似乎已经被"解决"了。

1949年竹内好写《作为思想家的鲁迅》（《鲁迅》再版时的附录文章），其中却又出来了以下的文字：

鲁迅不能相信善能对抗恶。世界上或许有善，但那是另一回事，他自身却不是。他的与恶的战斗，是与自己的战斗，他是要以自毁来灭恶。在鲁迅那里，这便是生的意义，因此他惟一的希望，就是下一代不要像自己。……鲁迅的这种虚无主义，当然是以一个后进的、封闭的社会为条件的，但是应该注意到，它在鲁迅那里却孕育着一个诚实的生活者的实践，同时，它也显示着现今中国文学的自律性的本源。（149）

后来，鲁迅因接受了马克思主义世界观，摆脱了早期的尼采主义的影响，但他虚无主义的本质却并没改变。和其他新思想一样，马克思主义也并没带给他解放的幻想。（150）

鲁迅是近代中国的最大的启蒙家，这是众口一词的评价。孤独的精神把虚无的深渊包藏在内面，又是怎样得以外化出一个启蒙家来的呢？表面上看去，这似乎是不可理解的，但正是这种二重性格，才是解决问题的关键，可以由此把鲁迅

的位置确定在传统与革命纠葛在一起的近代中国的二重性格中。（150—151）

很有必要对上引的三段做一点细读性的分析。

第一段，首先，这都是竹内好的“不证之辞”——其玄学主义的招数真是用到极点了。因为其“不证”，所以人也就没法子“反驳其证”了。然而，其“不证之辞”本身确是一个矛盾体。一方面，竹内好不曾界定“虚无主义”的内涵，却又断言“鲁迅的这种虚无主义”如何如何。联系其前后语境，可以推论其“虚无主义”一词是在颇为消极的意义上使用的，譬如“不能相信善能对抗恶”之类。另一方面，竹内好又断言鲁迅自有其“生的意义”和“唯一的希望”。竹内好真的没有想过：一个有意义、有希望地生活着、战斗着的人是不可能被消极性的“虚无主义”所框定的；同样，一种能够“孕育着一个诚实的生活者的实践”的“虚无主义”是无论如何不能仅仅在消极性的意义上予以估价的。在这里，人们再次见证到竹内好之思路、之行文的紊乱与矛盾。与其把“鲁迅的这种虚无主义”与一个人“不能相信善能对抗恶”的消极性命题相联系，远不如清晰地意识到，此一“虚无主义”（请联系笔者前文所谓的“虚无境遇”、“虚无体味”以及竹内好不止一次表述过的“文学鲁迅”的积极性机能）正是那种赋予一个人颠覆既有的善恶秩序、意义原则而创建新一轮善恶秩序、意义原则的强有力的生命意志！正是尼采所谓富于价值的“积极的虚无主义”。

第二段，竹内好继续不知不觉地在消极的意义上断言，鲁迅“虚无主义的本质”并没改变。甚至断言“鲁迅因接受了马克思主义世界观，摆脱了早期的尼采主义的影响”。这观点笔者不能认同。在笔者看来，尼采的思想激发过青年鲁迅昂扬不羁的“虚无涉险”，其在鲁迅身心中启示过的“体验虚无——走向信仰”的精神轨迹的确是鲁迅生命深处最不会变的东西，它不会因为日后的鲁迅接触到的任何一种理论意义上的思想、主义而发生所谓“摆脱”式的大变异。竹内好一方面继续肯定鲁迅在消极意义上的“虚无主义的本质”（如前所述，这并非没有问题）并未改变，一方面又说出鲁迅“摆脱了早期的尼采主义的影响”的话，这显然是矛盾了。正是在尼采那里，“虚无体验”或者“虚无主义”得到了相当深刻的厘定，有其异常明晰的意义指向——它是被当作一个现代人毅然走向现代信仰（不得不走出古典的“上帝—基督”信仰）的精神基础而得到凸现的。而况，对于所谓马克思主义世界观，鲁迅并非全盘接受，他只是有所别择、有所认同。但马克思主义力求改变现实世界的实践意志与尼采惊呼“上帝死了”，呼吁人们走向“超人”之境，重塑自我生命信仰，因而同样富于革命精神、实践意志的哲学思路并不是没有其深层的相通之处，这两者都可能正是鲁迅所愿意肯定的生存方式。20世纪30年代的鲁迅根本不需要“马克思主义”带给他什么解放的幻想。自由、独立之个人的觉醒；人的生存、温饱、发展是鲁迅早已深有所悟的人之目标。而“战取”“理想人境”的“战士”生命路径也早已是他勇毅抉择过的根本生存方式，是他穿越虚无境遇的自救救人之路，鲁迅早已不必等待任何主义的从天而降式的拯救或者解放了。可以说，“战取理想人境”的实践意志，既是他本已持有的，与一个真正的马克思主义者的更真实、更深层的相似之处，也是他深有领会的尼采哲学在其思维的深处予以积极肯定的一种生存方式。①

第三段，竹内好似乎难以理解：深陷虚无深渊的孤独鲁迅如何可能成了一个“中国最大的启蒙家”。最终，竹内好是把这一似乎无解的矛盾交给了中国近代社会现实的“新”与“旧”、“革命”与“传统”。②看来，直到1949年，竹内好的确还没有这种自觉的、清晰的思路：正因为一度深陷于生存虚无的沉渊，鲁迅才能够诞生跃出虚无沉渊的强力意志，并借此成为现代中国最深刻、最勇毅、最彻底，但又是最低调的启蒙家：一个拥有着跃出虚无渊面、实施自我救赎的生命原驱力的“自救救世者”，他可不是一个仅仅沾染了一点道德意识、社会责任之类的豪语就不可一世、不懂得“回心”、不懂得“返身向己”的，单知道“济世救民”的正角儿！

看来，真实的是，在竹内好《鲁迅》一书中存在的——我以为完全可以被明晰起来、被自觉予以归纳的“文学鲁迅”所启示的“体味虚无”的意向，所指涉的“反抗—超越”虚无的“孕育—崛起”机能，虽然不断地被竹内好本人所反复言说，然而，当年的竹内好对于他自身的言说所触及的某种内在的哲学思路，的确是并不自知的。一方面，这造成了“竹内鲁迅”闪烁摇曳的魅惑之气，另一方面，也成就了竹内式“文学论文”的独特魅力——或许，这也正是哲学

① 此段关于鲁迅的诸多论述，有兴趣的读者可参阅拙著《存在主义视野下的鲁迅》，北京：北京大学出版社，2007年。

② 无独有偶，中国学者汪晖在面对他自身逻辑意义上的“鲁迅矛盾体”时，也使用了类似的思路：把他之谓鲁迅式的“矛盾”、“悖论”归结为20世纪中国社会现实、文化现实本身的矛盾、复杂。参阅汪晖：《反抗绝望》，石家庄：河北教育出版社，2000年，第39—41页。

与文学的区别所在：哲学要在阳光下指名道姓地推演，而文学其实更需要在幽昧不明中尽情地表现？这也正是《野草》式“文学—哲学”文本的独特光焰所在？果真如此，竹内好并不清晰、自觉的《鲁迅》文本也就歪打正着地成就了“文学论文”的独特之美，其思路、其门径是可资参悟，却难以仿制的。

如果视野开阔一点，如果作为一个思想后辈的话语还可以说得彻底一点，我还想在这里指出，竹内好虽然十分深刻，也是朦朦胧胧地临近了鲁迅精神生命的深处，并因此而对鲁迅别有一番敬意，然而，他却始终没有指出过（甚至连这样的意图都似乎没有过）：发生在鲁迅世界的这种他本人用“文学者鲁迅”、“文学的自觉”、“罪的自觉”、“赎罪的文学”、“回心”、“无”、“不靠天不靠地”等等词语来表达的精神事件究竟能够如何被置放在人类精神生活的历史时空中，其意义的重大究竟具有怎样的世界范围内的可记忆性。他激发人们对这一问题的充分想象的话语是诸如此类的：“‘宗教的’这个词很暧昧，我要说的意思是，鲁迅在他的性格气质上所把握到的东西，是非宗教的，甚至是反宗教的，但他把握的方式却是宗教的。……他的表达方式却是殉教者式的。……他是作为一个文学者以殉教的方式去活着的。”（8—9）我所以认为竹内好这样说能够激发人们对问题的想象，是因为人们对于“宗教的”、“殉教者式的”、“殉教的方式”这类的说法是能够有大体上的意义共识的。我们知道一个人要真正地走向宗教，到达真正“宗教的”境界往往要经过的大体心路，像释迦牟尼要“悟空”（参透世间生老病死的大限）之后，进而才得悟救赎自我、普度众生的真道；像列夫·托尔斯泰要历经“死亡的反复惊悚”、“虚无的不断击打”之后，又再度回归其自小就濡染其中、成年后却不以为意的基督真理之中；像克尔凯郭尔之谓“一个人不到变得非常不幸，或者说，不到能深深领会到生活的悲哀而感慨万端地说：生活对我真是毫无价值的时候，他是不会企图得到基督教的。”① 可以看到，当竹内好把鲁迅与“宗教的”、“殉教者式的”、“殉教的方式”这类话语联系起来时其实是大有奥妙的。遗憾的是，竹内好满足于点到为止（是否，他真的以为这样一点就已经够了？还是 20 世纪 40 年代的他其实已经没有能力说得更透彻了呢？）作为读者，我觉得他说得很不够。尤其是竹内好在这里既把鲁迅与“宗教的”等等相联系，但又是把他与

① ［丹麦］克尔凯戈尔：《克尔凯戈尔日记选》，宴可德、姚蓓琴译，上海：上海社会科学院出版社，1995 年，第 152 页。

（传统）“宗教的”相区别的，一方面明确地指认鲁迅的“非宗教”、“反宗教”气息，又同时深信鲁迅“是作为一个文学者以殉教的方式去活着的。”如此说话就的确给人留下了矛盾、困惑。在笔者看来，今天也完全可以明确说出的是，一方面，竹内好足够敏锐，他感觉到了鲁迅身心中具有的信仰者气质，另一方面，他又同时意识到鲁迅并非像一个传统的佛教信仰者、基督教信仰者那样的。那么，究竟应该怎么说呢？笔者以为，完全可以把鲁迅称为一个现代信仰者而非传统的宗教人，更关键的是，不仅仅能够从鲁迅的部分生活实践中（在笔者看来，是 1925 年之后的鲁迅）感到他那殉教般的活法，更可以从鲁迅的精神历程中确认到他作为一个现代信仰者的精神内核、生命历程。简言之，一个鲁迅式的现代信仰者的精神内核、生命历程正是，他历经“遭遇虚无——重建意义”的精神鏖战；通俗一点说的话，他历经“不靠天不靠地不以任何东西来支撑自己，因此也就不得不把一切归于自己一身”的精神锻冶，而且，有了这样的精神锻冶之后才会有实际生活中的殉教般的活法，[①] 才会出现如此这般的生命奇迹：

> 使文学者成为可能的，是某种正觉。正像使宗教者成为可能的是对于罪的自觉一样……。正像通过这种自觉，宗教者看到了神一样，他使语言找到了自由。不再被语言所支配，而反过来处在支配语言的位置上。可以说，他创造了自身的神。（107—108）

大体说来，从古典到现代的人类精神史上存在着这样一种精神衍生趋势，即从传统的有神、有上帝、有佛陀、有真主等等的宗教信仰时代走到了上帝、佛陀等等各式神灵日益远去，而人自身不得不勇而承担己身之虚无、之自由，勇而抉择、创造自我之价值、之意义的现代信仰建构时代，正是在这样宏阔、绵长的精神衍生时空中，鲁迅的生命存在有着他难以漠视的现代性意义、世界性价值，而当年（20 世纪 40 年代）的竹内好可以说朦朦胧胧地感受到了鲁迅生命中非同小可的深刻、顽韧、严峻，但是却未能明晰地言说出其背后的精神秘密，亦未能充分、完整地意识到鲁迅式生命的精神史意义、世界性价值（不仅仅是所谓东亚之近代化，且又往往是东亚社会性文化的近代化价值）。

当然，竹内好完全有理由、有权利守住自己的问题、自己的立场——40 年

---

① 此处关于鲁迅的诸多论述，请参阅拙著《存在主义视野下的鲁迅》，北京：北京大学出版社，2007 年。

代上半期的日本究竟怎么了：曾经前景辉煌，几乎万众一心，以为光明正义的“东亚战争”、“太平洋战争”，事实上日益陷入窘局，一度似乎并不存在的日本知识人的厌战情绪至少已经在地底下生根发芽了吧。深刻、敏锐、自强（作为生命个体的自强，同时也紧密地联系着日本民族、国家的自强）如竹内好者究竟该何去何从呢！在奋力自强与日渐明朗的暴力“戕他”之间，乃至在不得不落入失败结局的剧烈悲剧感之中，可以想象，竹内好的内心一定有过绝望的、无所适从的挣扎。鲁迅式的带着绝望的挣扎（更明晰地说，应该是鲁迅式的“征战虚无”的境遇）这才深深地吸引了其实深陷在历史世界与自我生命的共同困惑之中的竹内好的吧。而我以为，在竹内好那里，更多的还是属于社会历史层面的困境所导致的生命困惑。

竹内好有自己铭心刻骨的问题症结，这份诚实是属于他的。然而，他的问题毕竟首先是20世纪40年代的一个日本思想者的问题。竹内好既没有面对某种人类生命，抑或日本国民是否已经迫不得已地踏上了“上帝死了”、“佛陀已去”的重塑信仰的时代，乃至必得要面临这一时代的“历史—文化—生命”诸问题；也没有面对鲁迅的生命之路与这一人类精神史进程的内在关系问题。当然，今天的人们可以思考，21世纪的人类生存跟所谓“上帝死了”、“佛陀已去”之类的问题构成的究竟是一种什么关系？这样的问题当然也并不是当年的鲁迅自觉意识到的问题。这问题在本质上生发于19世纪早期的克尔凯郭尔、尼采，并且被20世纪早期的海德格尔、雅斯贝尔斯高高地擎起，可以说，大体在20世纪后半期的萨特那里修成一份富于现代意义的“生命——精神”正果。它在鲁迅生命历程中的真实意味在于，鲁迅远不是以自觉的哲学文本参与此一问题的，鲁迅是以他生命本身的生存律动为这一问题的真实性作了一次活生生的属于中国、属于东亚的确证，[①] 并因此而铸就了他自我生命的深度、力度和亮度。在这个意义上，“竹内鲁迅”的意义之一或者正在于，即使早在20世纪40年代，“鲁迅世界”中某种富于现代人类精神史意义、世界性价值的生命行迹也并不是绝对地没有“解人”，尽管这个“解人”的所悟所思是与“混沌”（借用竹内好本人爱用的一个词语吧）不明紧密相邻的。

---

① 20世纪40年代的竹内好有过这样的惊人直觉：“鲁迅不是所谓的思想家。……他没有成体系的东西。倘若做勉强之言，那么他这个人的存在本身便是一个思想。”（146）竹内好的这一判断虽然非关我这里谈及的具体问题，但他对鲁迅以生命本身的存在铸就思想的特质的把握则与我这里的思路是一致的。

四、“文学鲁迅”获得“自觉”的时机

在某种角度上，这个问题最能凸显“竹内式”的思维特点。我们知道，竹内《鲁迅》的一个最著名的论点是把写作《狂人日记》之前的“沉默鲁迅”提到极其重要的位置。对此，一方面，不得不承认竹内好的确把捉到了“沉默鲁迅”的一种隐秘机能；另一方面，在与之相关的关键地带，竹内好也更其明显地露出了他自身思路上的紊乱与矛盾。

前文已经讨论过，竹内好意义上的“文学鲁迅”内在地联系着鲁迅自我生命“体味虚无——超越虚无”的深根地带。然而，鲁迅的一生究竟是如何体味并且超越虚无的呢？这其实是竹内好极力想探明而又并未真正探明的问题——所谓“强韧的战斗”者、启蒙者鲁迅究竟是如何具体地生成的呢？竹内好留给我们的遗憾在于，即使是对于他自身逻辑范围内的“文学鲁迅”，他其实既不明了“文学鲁迅”的“来龙”，亦未看清“文学鲁迅”的“去脉”；但竹内好也给了我们又一个启示：他真实地感悟到了鲁迅自我生命路径上的一个关键的发酵期“沉默鲁迅”的独特价值。

鲁迅在留日期间写出数篇文言论文之后，自1909年回国到1918年《狂人日记》的“出世”，这段时间他大体上可以说处乎沉默，这是共识。关键是，此番“沉默”在鲁迅的生命历程中究竟有着什么样的作用。很长时间里，几乎所有的鲁迅研究者都认可“沉默”就是“沉默而已”，隐含的意思至多也是鲁迅曾经消极、悲观、观望过，再或者基本上忽略之，可以说，唯有20世纪40年代的竹内好不知道从哪里得到了天启，竟敢于这样宣称：

> 我的想像是，如果允许说得夸张一点儿的话，鲁迅在晚年已超越了死，或者说和死做了场游戏。他决意去死的时机，是在以前，剩下的事情只是收拾残骸而已。（7）

那么，所谓鲁迅“决意去死的时机”究竟是什么时候？纵观竹内的《鲁迅》，应该可以落实在此处吧：

> 最弄不懂的部分是他发表《狂人日记》以前在北京的生活，即林语堂称为

> 第一个"蛰伏的时期"。这是什么意思呢？我认为对鲁迅来说，这个时期是最重要的时期。他还没开始文学生活。……我想像，鲁迅是否在这沉默中抓到了对他的一生来说都具有决定意义，可以叫做回心的那种东西。我想像不出鲁迅的骨骼会在别的时期里形成。他此后的思想趋向，都是有迹可寻的，但成为其根干的鲁迅本身，一种生命的、原理的鲁迅，却只能认为是形成在这个时期的黑暗里。所谓黑暗，意思是我解释不了。（45—46）

这里，关键的是"叫做回心的那种东西"究竟意味着什么？它还是与"一种生命的、原理的鲁迅"紧密相关的。在接下来的文字里，竹内好继续他最关心的话题："我把他叫做赎罪的文学就是这个意思。而他获得罪的自觉的时机，似乎也只能认为是这个在他的生平传记里的不明了的时期。"（46）"鲁迅的文学，在其根源上是应该称作'无'的某种东西。因为是获得了根本上的自觉，才使他成为文学者的……我是站在把鲁迅称为赎罪文学的体系上发出自己的抗议的。"（58）至此，联系前文的论述，不难得出结论：在某种程度上，当竹内好强调"沉默鲁迅"的意义时，他强调的其实是"沉默鲁迅"与他所谓"文学鲁迅"所共同触及的鲁迅自我生命历程中的"虚无境遇"、"虚无体味"。我以为，正是在这里，竹内好又一次悟得了真实。在笔者看来，鲁迅一生与虚无的交锋呈现出三种各个不同但又有内在联系的状态：留日时代积极昂扬的"虚无涉险"⟶沉默时期消极性的"虚无遭际"，亲历、深陷虚无之境⟶《狂人日记》之后的"反击虚无—自我锻冶"（1918—1925）、"超越虚无—自我救赎"（1925—1936）。[①]"竹内鲁迅"虽然未曾涉及留日时期鲁迅积极的"虚无涉险"；对于《狂人日记》之后，鲁迅"反击虚无—自我锻冶"，直至"超越虚无—自我救赎"的"心路——生存"历程也缺乏自觉的感悟和认知，话语间虽偶有天才式的深刻点击，但也是语焉不详、矛盾辈出；但唯独对于"沉默鲁迅"的"遭遇虚无"、"体味虚无"，乃至"自觉自悟于虚无"却有过正面、强势的强调，其功劳我以为是不可轻视的。

今天，在一定的哲学思维的启示下，完全可以颇为明晰地看到，鲁迅自我生命中的一处最为深刻的精神体验（无论是朝向中国现实社会的"'无路—绝望'体验"，还是直指自我人生的"'绝望—虚无'咀嚼"，还是放眼混沌国人的"'蒙

---

① 参阅拙著《存在主义视野下的鲁迅》，北京：北京大学出版社，2007年。

昧—虚无’透视”）都可以说是非常真实地发生在鲁迅的“沉默十年”之间的。“沉默鲁迅”与虚无的此番交锋，当然与他留日时期有过的诸多亲身经历、吸纳过的诸多精神资源大有关联，但毕竟也呈现出一种根本意义上的新质：那就是从留日时期的尚有希望、尚有可为（《新生》虽则失败，但文章总还可以写、可以发表；也更不需要活生生地面对那场无爱、无性的婚姻。）到归国之后的哑然沉默、无所作为：不仅深陷自我人生的无望、虚无之中，也身处周围人众的混沌、蒙昧、虚无之间。可以说，此中的鲁迅思虑深广，但却不得文字，其所思之深（其最深刻之处也正在于鲁迅不仅在透视生存世界、周围人众的虚无境况，同时也不得不正视自我的生存状况，返身向己——此之谓“回心”？——觉悟到自我生存的虚无不义。）在他此间的日记里、在小说《怀旧》之中均可以见出，在日后（自 1918 年开始）的文字里也是可以反顾得到的。[①] 鲁迅的生命轨迹有他富于内在逻辑、曲折丰富的生命起点、精神巅峰以及相对平稳、但也令人唏嘘感叹的实践时期，而“沉默鲁迅”（1909—1918）作为鲁迅自我生命路途中所遇最坚苦，所思也最艰难、最深刻的一段却因为其“沉默”而长时间里被绝大多数人所忽视。但竹内好不是这样，他早早地就强调了这一段，而且正是强调其中意味深厚、启示性很强的鲁迅自我生命与其自我生存虚无的“裸身交锋”，不能不说，这是一份惊人的发现。在他这样宣称之后，在他的书已经译成汉语之后的多年里，中国鲁迅研究界正视这个问题、这一思路的人也为数不多。2000 年，吴晓东写出了《S 会馆时期的鲁迅》（见《21 世纪：鲁迅和我们》，人民文学出版社，2001 年）。2001 年前后，钱理群在北京大学主持的课堂上列出专讲：“十年沉默的鲁迅”，认为“这十年，却是鲁迅一生中最重要的时期。”[②] 他们对竹内好尤为关注“沉默鲁迅”的思路都表示了肯定的态度，而另一位可以说颇不认可竹内好如此思路的则是高远东，他直截了当的结论是：

> 《域外小说集》是鲁迅小说的媒介之一，也是鲁迅文学骨骼成长史的重要一环。在与古今中外思想文学的学习和超越中，在对自己民族和个人生命的自觉和反省中，鲁迅的文学骨骼慢慢长成了。这一过程虽然有波折起伏，有挫折创伤，不乏戏剧性，但它确实与竹内好笔下绍兴会馆那个神秘诡异的玄渺意境

---

① 参阅拙著《存在主义视野下的鲁迅》，北京：北京大学出版社，2007 年，第二章。

② 钱理群：《与鲁迅相遇——北大演讲录之二》，北京：生活·读书·新知三联书店，2003 年，第 94 页。

关系不大。[①]

我以为，止乎"接棒"竹内好关于"沉默鲁迅"的解读当然是不够的，而断言"鲁迅的文学"与"绍兴会馆那个神秘诡异的玄渺意境关系不大"恐怕也会留下未曾实现"相互理解"的遗憾吧？鲁迅的文学连接着鲁迅的生命，而鲁迅的生命里的确是有他极其关键的一步，是存在于、反复地酝酿于他的"沉默十年"之中的。

接下来，我打算清理"竹内鲁迅"在此处的议题上所留下的遗憾。

首先，我想径直、简单地指出的是，在精神实质上，竹内好的《鲁迅》对于"留日鲁迅"其实是无所关注的，诚然，他说到了鲁迅留日期间的诸多生活化事件，但却恰恰缺失了对鲁迅精神生命中最初的、最精深的"独立构成元素"的关注。这里暂不涉及竹内好如此这般的原因，仅从事实上看，竹内好对"留日鲁迅"的数篇文言论文、《域外小说集》没有多少关注，这使得他的"鲁迅论"注定了没有整体感——明显地缺少了开端啊！诚然"沉默鲁迅"所遇坚苦、所思深刻，但是"沉默鲁迅"对其所遇（包括其自我人生的遭际以及他自身所不得不面对的环境律例）的自悟自省之所以独具深度、浓度，难道不是与他当时所拥有的主体精神深度、浓度息息相关的么？而"沉默鲁迅"的主体精神世界显然不能够局限于沉默之际的鲁迅精神状态，而是必然地联系着他之前的精神生命积淀的。我以为，竹内好并不怎么明晰地指认到的"沉默鲁迅"的意义（如前所述，可明晰化为鲁迅亲身遭遇虚无、体味虚无的意义指向。）其实是在"留日鲁迅"的精神积淀中以一种想象性的方式呈现过的。尤为警惕"竹内鲁迅"的"陷阱性"的高远东就指出过《域外小说集》之于鲁迅的"原点"性意义。透过《域外小说集》中鲁迅的翻译选择，高远东指出了这一事实："留日鲁迅"其实更受"表现现代人内面生活本质的'神秘幽深'之作"的吸引。[②]而在笔者看来，沿着这一事实指认有心者完全可以悟到：至少，"神秘幽深"的具体指向之一是足以通达到"留日鲁迅"与"虚无境遇"的想象性相遇的。这里没有篇幅对此进行具体

① 高远东：《现代如何"拿来"——鲁迅的思想和文学论集》，上海：复旦大学出版社，2009年，第267页。

② 参阅高远东：《现代如何"拿来"——鲁迅的思想和文学论集》，上海：复旦大学出版社，2009年，第266页。

的论证，但是，笔者曾经以“留日鲁迅”的文言文本为对象论证过类似的议题。[①]而对于这一与“沉默鲁迅”的生命机密内有联系的深度精神密码，“竹内鲁迅”恰恰令人遗憾地失察了。

其次，我想说明的是，在竹内好那里，鲁迅最根本的“生命—文化”特质“战士人格”的生成道路也是并不明晰的。

诚然，竹内好反反复复地陈述过鲁迅的积极、强韧和独立不依，但这不过是他对鲁迅的一个方面的直观，竹内好并未能实现对这一直观的切实论证。也就是说，对于竹内好本人其实最想说清楚的问题：“彻底到骨髓的文学者”“强烈的生活者”“彻头彻尾的启蒙主义者”“近代中国的最大的启蒙家”的鲁迅究竟是如何生成的，他并未能够在他自己的话语逻辑间明晰地予以完成。恰恰相反，竹内好完全不以为意、不自觉地展露着他在这一问题上的矛盾和不明。竹内好的《鲁迅》模糊、玄妙地走完了这样一个陈述过程：“文学鲁迅”无限地生成出“启蒙者鲁迅”；如前文所述，这过程可换言之曰：深味虚无境遇的“文学鲁迅”无限地生成了一个“强韧的战斗者”鲁迅、“启蒙者”鲁迅；而生成的关键时机是鲁迅的“沉默”之时。对于这一过程，竹内好所艰难展示的，基本上是基于现象层面的直观性并置，远没有深层次地体悟到数种状态之间的有机联系，而且，他重点关注的更是“深味虚无”的“文学鲁迅”及其特定时机。于此，竹内好在他大体上说得过去的陈述中留下的问题是——他对于鲁迅的上述直观性陈述并没有得到他自身建基于鲁迅文本解读上的确认，而是相反，竹内好自己对鲁迅文本的解读甚至完全悖逆了他极为认可的作为“顽韧的战斗者”、启蒙者的“鲁迅生成过程”。

> 和李长之相反，我看重这两篇作品（指《在酒楼上》和《孤独者》——笔者）。不论作为作品他们是怎样的不成熟，不及《孔乙己》系统的浑然一体，甚至比不上《药》也未可知……他在这里所力图创造的人格，的确是值得称之为创造的。然而，这个系统只有近似习作的两篇而此后不再，其人格结果并未通过作品行为创造出来。（87）

应该首先承认，竹内好在这里触到的真实：《在酒楼上》和《孤独者》这

① 有兴趣的读者请参看拙著《存在主义视野下的鲁迅》，北京：北京大学出版社，2007年，第一章第二节。

两部小说的确隐隐约约地意欲呈现出某种为鲁迅自身所期待的"战士人格"。尽管竹内好十分武断地把这两部小说与鲁迅的一系列同类小说(《狂人日记》《祝福》《长明灯》等等)进行了割裂,发现的仅仅是部分的真实。尤其是,他断言小说力图创造的"人格结果并未通过作品行为创造出来",更呈现出一种面对颇富有机性的"鲁迅作品世界"尚缺乏一种整体性观察视野的解读状态。的确,鲁迅力图创造的某种"人格"在《在酒楼上》和《孤独者》之中未能清晰、断然地出场,但是,这一"人格"在鲁迅日后写成的作品中是否清晰、断然地出场了呢?竹内好似乎不这样提问题。他继续说:

> 同样一种东西,使小说归于败笔,却在这里成就了诗。或者说,在使诗成功的过程中,使诗获得了成立。而且,当按照年代顺序考虑到他紧接着又展开了独特的"杂文"形式时,至少在表现形式上,把《野草》看作了一座过渡的桥梁不是也没错吗?(93)

令人吃惊的是,竹内好对鲁迅文体的某种根本性转换路径:小说→《野草》→杂文,也有着极富洞察力的敏锐把握,尤为可贵地指出了《野草》作为鲁迅文体的过渡性特点,尽管他并没有说出其中的所以然。

> 它们(指《野草》中的部分作品——笔者)所传递的鲁迅,比起传记和小说来远为逼真。描写得仿佛可以使人看到鲁迅作为文学者形成的过程,或者相反地散发出去的经过。它们虽然包含各种倾向,但是作为一个整体却突升到一个统一的方向上去。(98)

> 就像一块磁石,集约性地指向一点。这是什么呢?靠语言是表达不出来的。如果勉强而言的话,那么便只能说是"无"。……
>
> 打个比方说,如果把《野草》明示出来的内容塑造成人物形象的话,那么我想像,与之最近似的恐怕要表现为鲁迅想创造而又未曾创造成的"孤独者"的人格;或者反过来,认为"孤独者"的母胎就在其中也是可以的。但这终归是比喻,实际上,哪怕是想要近似地表现它也是办不到的。如果硬要表现的话,那么除了以生命的残骸来代替生命别无他法。(99)

紧接着，竹内好抄引了《墓碣文》全文，而后，就说：

> 很显然，这是没被创造出来的“超人”的遗骸，如果说得夸张一些，那么便是鲁迅的自画像。（100）

以上数段中，竹内好的陈述既极其深刻，又充满了悖论。显然，联系前文，不难意识到竹内好意义上的“文学鲁迅”（“体味——反击”虚无的鲁迅）是在《野草》中更集中、更显然地存在的。这是其一。其二，面对其实极富内在逻辑的《野草》，竹内好仍然错失良机未能把握到《野草》的整体结构与功能。一方面，他惊人地悟到了《野草》之中运行着一种鲁迅在《在酒楼上》和《孤独者》之中“想创造而又未曾创造成的‘孤独者’的人格。”另一方面，竹内好考察《野草》的目光似乎是在《墓碣文》那里止住了[①]，并且令人遗憾地得出了并不适当的结论：《野草》最终未能创造出鲁迅试图创造的某种“孤独者人格”或是“超人”形象。在笔者看来，这是“竹内鲁迅”的最大误区——他完全没有看到《这样的战士》在《野草》中的归宿性、总结性地位。《野草》之中，《这样的战士》宣示了鲁迅自归国沉默以来“遭遇虚无—体味虚无”，直至“反击虚无”所取得的精神硕果：那位直入“无物之阵”，反复举起“投枪”的战士，无论是作为一种独立人格，还是作为一种基本临世方式、生存方式，都是鲁迅在“反击虚无”的自觉自悟之中做出的勇毅抉择，都是一种完全、断然地“出世”了的“鲁迅人格”或者说“鲁迅的自画像”，而并非什么“没被创造出来的‘超人’的遗骸”。是否正是由于竹内好对鲁迅作品的这种关键性误读使得他的“鲁迅解读”在关注了“沉默鲁迅”的时间界定之后，就再也没有获得对于鲁迅生命流变的时间意识了？面对他的那个最终结论：“无使有成为可能，但在有当中，无自身也成为可能。这就是源初的混沌，是孕育出把‘永远的革命者’藏在影子里的现在的行动者的根源，是文学者鲁迅无限地生成出启蒙者鲁迅的终极之场。”（P142）但在竹内好的《鲁迅》中，我们却没有办法清晰地看到在沉默之际遭遇（虚）“无”、体味（虚）“无”的“文学鲁迅”究竟是在何种空间、

---

① 多年之后，木山英雄先生论《野草》，也类似地认可了《墓碣文》的某种“终结”性地位：“不管鲁迅的孤独和怀疑是怎样地深刻，在《墓碣文》达到顶点时，仍然含有足以在《死后》之间摆动出一大振幅的反弹力……”（［日］木山英雄：《文学复古与文学革命——木山英雄中国现代文学思想论集》，赵京华编译，北京：北京大学出版社，2004年，第261页。）

什么时间，以何种方式酝酿、实施了对于（虚）"无"的"反击——超越"，直至能够"无限地生成出启蒙者鲁迅"。当鲁迅最内在的生命流变行迹被取消了其应有的、更完整的时空刻度之后，摆在人们眼前的"竹内鲁迅"不能不是混沌难明、矛盾悖论的。

> 文坛无战士，可孙文却是战士。那么，孙文所象征的是什么呢？所谓"永远的革命"又是什么呢？对我来说，这些都是难以解开的问题。我想，这些问题和他那没创造成的"孤独者"以及用来做注释的《野草》有关，而这想像也大抵不会是不着边际的。（115）

这之后，竹内好又在大量地征引鲁迅各个时期的文本之后，发问了：

> 我说过，鲁迅在孙文身上看到了"永远的革命者"，而又在"永远的革命者"那里看到了他自己。但我的目的是从鲁迅那里找出我在这份研究笔记里作为主题处理的那些疑问——即所谓"永远的革命者"是什么？和鲁迅具有怎样的关系？鲁迅通过这种关系表现了什么？使其能够表现出来的根本原因是什么？如果换句话说，那么就是鲁迅作为文学者，他的自我形成意味着什么？——是怎样表现出来的？（126）

而他自己的总结是"这是他时隔多年又一次重复了在梁启超身上所做的自我破却，不是间接地说明了他自己在黑暗中是如何形成的吗？若进而言之，那么鲁迅在孙文身上看到了'永远的革命者'，不就是他借助'永远的革命者'而使自己站在了和孙文同一的对立关系中吗？……是否可以这样说呢？在危急的状态下，他一方面以死的决心来不断生成自己，而另一方面又把这一矛盾最终一直带到了自然的死。"（126）可以清晰地看到，竹内好一方面继续言说着鲁迅"那没创造成"的"孤独者"人格，一方面又真切地意识到鲁迅自我生命的生生不息与"永远的革命者"（也正是所谓"战士"人格）之间的血肉关联。此中的矛盾，以及此间无法厘定的时空刻度真实地构筑了"竹内鲁迅"的难以辨认。

五、原型性意义之二："启蒙鲁迅"

——屹立、作为于悲苦人间的"思想—实践"性鲁迅

竹内好对于他所谓"文学鲁迅"不止深挖、穷追不舍，而对于同样是他自己贯称的，并且反复使用的"启蒙者鲁迅"（为行文的简便，下文以"启蒙鲁迅"称之。）则兴趣不大。他不止一次表示"启蒙者鲁迅是既知的"，那意思是：启蒙者鲁迅是清楚浮现的，是人们都看得见的，不需要怎样去参悟。所以，他的《鲁迅》一俟把竹内意义上的"文学鲁迅"言说得差不多了，一俟把"文学者鲁迅无限地生成出启蒙者鲁迅"之类的话题言说得差不多了，就预备收笔。竹内《鲁迅》的最后文字《结束语——启蒙者鲁迅》译成中文仅 2 页多一点点。不得不承认，"竹内鲁迅"诚然依据他自身的逻辑看到了鲁迅世界的原型性构成，但是，他本人对于鲁迅身心中的两种原型性构成素的态度却是很不一样的，给予的关注度也迥然有别，这应该跟他的思维取向相关，跟他自己的问题偏好有关。因此，本文能够给予竹内逻辑上的"启蒙鲁迅"的探讨也只能是非常有限的，但是，一些富有意味的讨论还是可以稍作展开。这是一方面，另一方面，如果说，竹内意义上的"文学鲁迅"意味精深，却不乏晦涩莫名之处的话，那么，他的"启蒙鲁迅"则往往止乎点到，几乎是仅有一指方向而欠缺具体状貌的——与此相关，在这个地带上，做出比竹内好更出色的学术业绩的后来者也是比较多的。

我们能够首先见出竹内"启蒙鲁迅"积极有为的"战士人格"。

即使在竹内好的逻辑内，"启蒙鲁迅""文学鲁迅"也本是一个浑然整体中的两种相对独立的构成素，如前所述，竹内好的此种区别，凸现的意义之一就是，在一个相当超前的时刻，他以"文学鲁迅"为关键词根连、挖掘了鲁迅自我生命内部足够精深的某种机密。如果说，竹内意义上的"文学鲁迅"指涉着"鲁迅之为鲁迅"的"心因"，那么，他所谓的"启蒙鲁迅"则大致呈现着"鲁迅之为鲁迅"的"外象"。当然，此"心因"与"外象"本是共存于"一体"之中的，它们之间首先就会存在一个毗邻区或者共栖地。对于"启蒙鲁迅"而言，他与"文学鲁迅"的"毗邻"区在于"启蒙鲁迅"也同样会呈现出一种积极有为、勇毅抗战的人生状态。正如，笔者在关于竹内好"文学鲁迅"的第二种义项中所指出的，"文学鲁迅"能够意味鲁迅"反击—超越"虚无的"孕育—

崛起"机能，与此紧密相连，实质上正是经此"孕育"而"崛起"的"启蒙鲁迅"就必定首先显示为一个积极决绝、顽韧不屈的鲁迅像。反复阅读之下，竹内好晦涩难懂的《鲁迅》给笔者留下的深刻印象慢慢地浓缩为三处：一、其全书孜孜以求的是要"揭示鲁迅生命"的某种内在"秘密"（参阅 10—11）；二、正是对这一内在秘密的穷追不舍让竹内好来到了"沉默鲁迅"的面前，并且极为正视其隐含的意味，同时也导致了竹内好对鲁迅作品的一系列不乏意味的误读；三、全书之中，竹内好不断地惊异于鲁迅生命的"顽强"、"强韧"、"激烈"、"强烈"、"彻底"等等，真实的是，他要追问和解释的"秘密"正是——"在鲁迅那里"，这一切"为什么会成为可能呢？"（参阅 11）前两处更直接地联系着竹内意义上的"文学鲁迅"，第三处就是笔者所谓的竹内"文学鲁迅"与"启蒙鲁迅"的共栖之地。这块共栖地，从竹内"文学鲁迅"的角度上看，它呼唤人们去探寻顽韧、强劲之鲁迅得以生成的生命深根、生命机密，从"启蒙鲁迅"的角度上看，它似乎仅仅是直截了当地呈示鲁迅那令人无法漠视"毅然决然""横刀立马"的"战士人格"。对于鲁迅的这一"战士人格"，鲁迅研究者都不会感到陌生的吧，借竹内好的话就是这一"启蒙者鲁迅是既知的"，而人们往往陌生、忽略的（也是竹内好借"文学鲁迅"的思路意欲弄清楚的）是：为什么唯有鲁迅能够这样——其他人则并不如此呢？

其次，能够看到竹内意义上的"启蒙鲁迅"也正是一个执着于改造中国文化、中国人、中国社会的"思想——实践"者。

虽然竹内在其《鲁迅》一书中没有给予他所谓"启蒙者"鲁迅更多的关注，但是，在他的语义里，"启蒙者"鲁迅之于鲁迅世界的重要性却又是被其所孜孜强调的。

> 鲁迅在死的同时成为民族英雄……但在这七年里，却没有一部像样的关于鲁迅的传记。……和文学方面相比，是否更为政治方面所利用？而且和我所理解的鲁迅精神有着遥远的距离？呈现在人们面前的鲁迅，是个彻头彻尾的启蒙主义者。我认为，能有像鲁迅这样的启蒙者，足以是中国近代文化的骄傲。（16）

> 为什么说是好懂呢？根据在于他处理事实的态度不同。……他不再为自己现在所背负的"影子"所烦恼。事实就是事实，所以处理事实的启蒙者鲁迅，就

只是一个纯粹的启蒙者鲁迅。他由父亲的病和在南京所受到的新学的影响而立志医学，以救助国民；又由于知道了精神比肉体的重要，便弃医从文。（54—55）

在本质上，我并不把鲁迅的文学看作功利主义，看作是为人生，为民族或是为爱国的。鲁迅是诚实的生活者，热烈的民族主义者和爱国者，但他并不以此来支撑他的文学，倒是把这些都拔净了以后，才有他的文学。（58）

这封致许广平的信写于民国十四年，与《战士和苍蝇》同年。“改造国民性”的提法可以直接解释为永远革命，……“改造国民性”并不直接是他的文学，而是“不用之用”把自己破却在那里的影子，这也是无需再重复的。（136—137）

可以说，他是在一边和死较量一边持续着生的。这使他在某一时刻超越了死，成了民众的英雄。（135）

他的批评态度，最清晰地表现在两个方面，一是小说史研究，一是他晚年所致力的对版画家的培养。后者与文学不同，最能体现鲁迅启蒙者的一面。（78）

鲁迅是文学者。首先是个文学者。他是启蒙者，是学者，是政治家，但正因为他是文学者……他是教育者，宗教者，亦是因此之故。（108）

细读之下，不难见出，在竹内的逻辑内，“启蒙鲁迅”是紧紧联系着作为“民族英雄”的“表象”鲁迅的。这位“民族英雄”具有很强的政治性、实践性，爱国，有志于“救助国民”（从肉体而至精神），“改造国民性”，“永远革命”，致力于帮助青年（集中表现为帮助投身于文学、艺术的青年），有强烈的救世意志。在竹内好看来，这位“民族英雄”的“文学”在一般人眼里也正是“为人生，为民族或是为爱国的”的，但在竹内好眼里，他提取的“文学鲁迅”绝不是止乎这些“表象”的。为“改造国民性”“为人生，为民族或是为爱国的”创作者鲁迅与做学问，作为教育者，甚至作为宗教者的鲁迅更为类似，虽与竹内意义上的“文学鲁迅”有内在联系，却远未揭示“文学鲁迅”的精深内蕴，因而只能归属于他所谓“启蒙鲁迅”的意义与作为之中。

我尽力在《鲁迅》一书中找寻竹内好涉及他其实并不轻视的“启蒙鲁迅”的文本,但所得实在无几,上面的几处引文就占了一多半。在竹内好的逻辑内,“启蒙鲁迅”的确因其是“既见”的,而不再予以更多、更富兴味的关注,但这丝毫也不意味着其他人也会这样认为。至少,在日本,最典型的反例就是“丸山鲁迅”的有力出现,从关心的问题到论证的方法,“丸山鲁迅”都与“竹内鲁迅”相去甚远,甚至可以说屹然对峙,“丸山鲁迅”全力凸现的正是竹内好基本上点到即止的“启蒙鲁迅”的某些极为重要的方面。相关议题竹内好是这样说的:

> 我在序幕中假称的文学者鲁迅和启蒙者鲁迅的对立,或者是和回心之轴相关的政治与文学的对立,便是这奇妙的纠结的核心。(109)

> “文章不用之用”的提法,看上去很有老庄的味道,但和接下来的期待自己的国家也能出现“精神界之战士”的内容结合起来读,那么就不会怀疑,他并没安居于老庄,而是处在由老庄而走向孔墨的途中,即处在我所说的政治与文学的交锋之地。(136)

> 只有相信“永远革命”的人,只有“永远的革命者”,才能不把革命的普及看作革命的成功,而看作革命的堕落,加以破却。
>
> ……这就是所谓原初的混沌,是孕育出把“永远的革命者”藏在影子里的现在的行动者的根源,是文学者鲁迅无限地生成出启蒙者鲁迅的终极之场。(142)

而熟悉“丸山鲁迅”的人们知道,“丸山鲁迅”正面关注的正是鲁迅生命中最富政治意义、实践意义的内涵,涉及的关键词正是竹内好在上述文本中提及的“革命”“革命人”“政治”“文学与革命”“政治与文学”等等,其严格实证的研究方法,丰富、精深的研究成果已经成为鲁迅研究界里程碑式的成果。就此而言,不得不承认,所谓“竹内鲁迅”的原型性意义看来是一种结构有所失衡的存在:竹内好对他自身逻辑内的“文学鲁迅”深有论说,他那止乎点到的“启蒙鲁迅”则只能有待其他学者的阐释了。

我想以竹内好对于“启蒙鲁迅”不多的、但又异常肯定的“竹内式文字”[①]来结束此文：

> 作为表象的鲁迅，始终是一个启蒙者。首先是个启蒙者，而且是个优秀的启蒙者。正像人们把孙文叫作革命之父一样，鲁迅是现代中国国民文化之母。他留下的足迹是巨大的。……作为表象的鲁迅，只是个彻头彻尾的启蒙者，除此之外什么都不是。（143）

> 我不是无视作为伟大启蒙者的鲁迅。不仅不是无视，甚至深感尊敬。我想，有些东西不是我所能评价到位的。……因为那庞大的重量感使我不可能把它们一一道来；是因为我惧怕千言万语也对它们汲取不尽。所以，我只把我的努力集中指向一个问题，那就是力图以我自己的语言，去为他那惟一的时机，去为在这时机当中鲁迅之所以成为鲁迅的原理，去为使启蒙者鲁迅在现在的意义上得以成立的某种本源的东西，做一个造型。对我来说，启蒙者鲁迅是既知的。我以既知为线索，总算抵达了我所确信的终极之场。如果我的计划按照事先的预想获得了成功，那么也就无须我再说什么，启蒙者鲁迅会自己从那个终极之场跃然而出，神采奕奕地出现在读者面前。（143—144）

2010 年 8 月初稿，2011 年 4 月二稿，
原刊《汉语言文学研究》2011 年第 3 期，
2019—2020 年间，多有修订。此次出版有修订。

① 此处的“竹内式文字”，最明显的特质是在仅仅两页多的《结束语——启蒙者鲁迅》一节里，竹内好仍然重申了一遍他全力以赴、孜孜实现的写作意图，展示出他对“启蒙鲁迅”的确兴趣不浓，而对其“文学鲁迅”则始终念念不忘。可详见下文中的第二段引文。

左翼丛林中的"鲁迅传统"
——"丸山鲁迅"及其他

摘要 何谓"左翼"？"左翼性"的理想化定义存在吗？"左翼性"需要一种理想化的定义吗？作为体现人之价值观，意味人之生存方式、立场的"左翼性"也罢、"右翼性"也罢，都需要一种理想化的定义——我以为，否则这些名词没必要被知识人特别地突出出来。"左翼性"的理想化定义可以是："不惜以'批判—反抗'的方式，去改变现实生存的状况，其'批判—反抗'，以求改变现实的激进限度，又自觉地限定在与他的追求目标即人的物质生存安全和精神生存自由相违背的边际处。"在这样的思路上，可以看到，"丸山鲁迅"以"革命人"鲁迅的系列思路所呈现的"鲁迅左翼"像，能够完整地承载上述的"左翼性"定义，"丸山鲁迅—鲁迅左翼"堪称世界性的左翼精神的典范之一。

如果说在丸山先生的研究体系里存在一个在他看来相当理想、值得铭记的"人"的形象——"革命人鲁迅"的话，那么，在他的诸多或直接或间接相关的研究中，则可以看到他文本深处的对于所有人（各式各样的，他并不怎样尊敬，或是他还能够尊敬的人）的同情、爱、理解，或许，他也并不能得出怎样完美的一种理论，但他朝向"人之爱"的不息努力令人不禁敬畏。

一、关于"左翼（性）"的一种定义

有时候，写一种文字，其实是想还债。2012年6月下旬，从小谷一郎老师手里接过《左翼文学的时代——日本"中国三十年代文学研究会"论文选》的时候，不知为什么就想到要为这书写一个书评。于是就读那书，于是重读丸山昇先生的《鲁迅·革命·历史》，以及其他种种，最终写书评的感觉越来越远了，被丸山先生的文字抓住的状态愈来愈明显——就想直截了当地写一点关于"鲁迅左翼""丸山鲁迅""丸山左派"之类的文字。这就是本文的缘起了。

鲁迅与存在主义、鲁迅与左翼文化、鲁迅与马克思主义，实在都是大题目，有谁敢说，这些题目都已经做完了呢？笔者也没有能力一一地作为所谓学术去完成，无奈地，这里只能借助"丸山鲁迅"① 这座桥梁，辅以一己自我的领会，

① 用"丸山鲁迅"这个词，是斗胆借用了已经存在的说法，其实，因我所能够阅读到的相关文献的有限（限于中文文献），

冒昧地一探有可能堪作左翼精神之典范的“鲁迅左翼”的内涵。隐约记得这类问题也并不是新近被人谈起了。2006年，汕头大学弄了一个“中国左翼文学国际学术研讨会”，收到的会议论文里就有王得后先生的《鲁迅文学与左翼文学异同论》，他的结论是如此断然：“左翼文学已经终结；而鲁迅文学期待发扬。”① 对于王得后先生的此文，丸山昇先生阅后，曾经有言：“拜读‘异同观’，我在心的深部里感到同感了。老实说，当乍看题目时我不禁有点奇异之感，因为那时单纯地以为鲁迅文学也是左翼文学的一部分。但读完了就知道了您说的‘左翼文学’的概念和我报告里用的‘二〇世纪左翼文学’的概念一致的。”② 而王得后先生在文中说：“中国的左翼文学是在国民党和共产党合作进行的第一次国内革命取得胜利的中途，国民党背叛盟友，实行‘清党’，血腥屠杀共产党人和工农群众，共产党奋起武装反抗这一政治背景下产生的文学，是直接和这一政治相联系的文学，是中国共产党领导的文学。”③ 王富仁先生这样讨论20世纪中国左翼文学的构成：

> 左翼文学本身也不是一个统一的文学。是没法用一个人、一种倾向、一种理论对它做出一个确定无疑的界定的文学。左翼文学自然包含四个层次：第一个是鲁迅作为一个个体的人所体现的。④

相关话题的另一种论述来自钱理群先生《构建无产阶级文学的两种想象与实践》：“这显然是关于建构‘无产阶级文学’的两种想象：只有无产阶级自身掌握了文化，有了觉醒，发出自己的声音，才会有真正的无产阶级文学；只要革命知识分子接受了马克思主义，党的意识形态与工农实践相结合，就能创造无产阶级文学。”⑤ 在钱理群先生的上下文里，与前一种构建、想象相联系的是鲁迅、郁达夫等，而与后一种构建、想象相联系的则是“其重要的代表人物李初梨”。那么，先不谈这诸种讨论中关于20世纪中国左翼文学的差异性论说

用这个词是让我感到很不安的。

① 王得后:《鲁迅与左翼文学异同论》,《中国左翼文学国际学术研讨会论文集》,汕头：汕头大学出版社,2006年，第154页。

② 丸山先生致王得后先生书信，见王得后：《哀悼丸山昇先生》，《鲁迅研究月刊》2007年第2期。

③ 王得后:《鲁迅与左翼文学异同论》,《中国左翼文学国际学术研讨会论文集》,汕头：汕头大学出版社,2006年,第152页。

④ 王富仁：《关于左翼文学的几个问题》，《中国现代文学研究丛刊》（北京）2002年第1期。

⑤ 钱理群：《构建无产阶级文学的两种想象与实践》，《中国左翼文学国际学术会议研讨会论文集》，汕头：汕头大学出版社 2006年，第38页。

的话，他们之间的思维共性却是明显的：那就是，如果最粗略地把 20 世纪中国的左翼文学划分成两大块的话，这几个人的共同划法很自然地就成了鲁迅这一独立不依的部分和鲁迅之外的另一大部分——王得后先生的思路则是干脆把鲁迅与中国的所谓左翼文学相分离了。可以说，这是从活生生的现象开始观察到的一种稍具抽象性的结果。

而问题的另一面——可以说是来自更偏向理论性认知的学人的深度意义追问。2007 年 2 月 18 日，木山英雄先生在神田学士会馆有《告别丸山昇》（丸山先生于 2006 年 11 月 26 日去世）的悼词，这份悼词后刊于《鲁迅研究月刊》2007 年第 9 期，其中的附注 ⑫ 中有言：

> 我之所以对"三十年代的丰富性"、"人的复杂性和有趣性"这些止于感性阶段的话语要求补充一定的理路，是因为看了以下两份资料而发现有些问题值得深思。丸山昇《通过鲁迅的眼睛回顾二十世纪的"革命文学"和"社会主义"》（由前一年在北京大学、翌年在汕头大学的讲演构成。载于《鲁迅研究月刊》2006 年第 2 期，同注五）；王得后《鲁迅文学与左翼文学异同论》（在汕头大学的报告）。二者的相同之处是，都阐述了左翼文学与鲁迅文学的异质性，并对鲁迅的倾倒又有了新的升华。不过，两者中后者的异质观更彻底，达到这么一个结论："左翼文学已经终结，鲁迅文学期待发展"。毫无疑问，前者对左翼文学的态度从最初就是拥护的。两者之间的分歧是基于对左翼文学概念理解上的差异（比如理念性的对历史性的）呢，还是更直接地来自于两人在不同国度下的人生体验？或者也涉及到对未亲历"文革"的新一代人的新左翼动向的不同看法？总之，如果不对文学的左翼性这个根本问题进行原理性挖掘的话，交流是难以深化的。

木山先生的用词"文学的左翼性"留给我很深的印象。2007 年初，高远东《记念丸山昇先生——关于他及当代中国思想》（《鲁迅研究月刊》2007 年第 2 期），在涉及当代中国的左派问题的时候说："为什么要把丸山先生跟他们联系起来呢？我想，首先因为丸山先生是一个老左派，在丸山先生身上，我觉得蕴含着做左派的方法，值得中国的新左派朋友们学习。"实在说，新老左派什么的思路，我并不怎样赞同，与其谈新旧不如论真假——但这是后话。这里首先想厘清的是，似乎存在这样一些概念：鲁迅文学、左翼文学，以及丸山昇式的左派、“丸山鲁迅”等等，诸多概念之间究竟存在何种联系？是否，在中国的左翼文化、左翼文学、左翼政治的构成间的确存在一种可以命名为“鲁迅左翼”的事物呢？乃至，生长于日本的丸山式的左派也可以命名为“丸山式左派”了呢？而“丸山鲁迅”在某种程度上会是“丸山式左派”的一种载体——或者，还可能是其最佳的载体？果真如此的话，且不说，20世纪一般意义上的跟中国共产党的革命运动有着组织关联或是并没有组织关联的左翼文化的面貌是如何的（这其实是异常复杂的一种各式面貌的混合体），至少，“鲁迅左翼”、“丸山式左派”的实质性指向，本文还是可以稍稍地弄明白一点的。而要从事这样的一种探明，木山英雄的意见“如果不对文学的左翼性这个根本问题进行原理性挖掘的话，交流是难以深化的。”当是首要的、不得不应对的警示吧。

当我打算独立地对“文学的左翼性”给出一种定义的时候，最想抛弃的思路，就是那种把“文化—政治”领域中的“左翼”天然地与左翼政党政治力量捆在一起的思路——在中国这种思路是异常普遍的。[①]我能够理解这种思路的历史（中国）以及现实（国外）的合理性。在中国，曾经最具左翼色彩的力量的确是那种有政党组织、有武力装备、有文化队伍的国民党、共产党的“政治—文学—文化”力量，这一力量的的确存在赋予20世纪中国的绝大部分左翼力量以政党政治势力的气性，但是，存在于20世纪中国的绝大多数就一定是普遍的吗？类似地，20世纪，在中国以外的地方，由于“冷战”格局的一度长期存在，在所谓资本主义的国度里，那当然最具左翼色彩的也就是跟共产党、跟社会主义信念直接、间接相关的“政治—文学—文化”力量了。今天，颇具“批判—反抗”精神的力量依然会强有力地存在于直接、间接地具有社会主义气质的群体中，这类的力量其实也一直存在于并不那么自觉地信守社会主义理想、甚至根本不信守所谓社会主义道路的文化阵营抑或知识者个体之中。

在英国，迈克尔·肯尼(M.Kenny)指出：“论述第一代新左派的文献经常指出第一代左派的‘历史先驱’(historical antecedents)是‘世纪末’（fin-de-siècle)社会主义者、19世纪的无政府主义者、20世纪30年代的人民阵线运动(Popular Front)以及第二次世界大战期间的左派读书俱乐部(The Left Book Club)和大众财

① 参阅黄子平：《中国左翼文学史稿·序》，文见曹清华：《中国左翼文学史稿》，北京：中国社会科学出版社，2008年。

富党(Commonwealth Party)等。”[①] 显然，这个阵营包括社会主义者，但已经远非只是社会主义者了吧。在法国，雷蒙·阿隆(R.Aron)则如此大声地质疑着左派：“在自命为左派的不同群体之间，从未有过深刻的统一性。一代又一代的左派，其口号和纲领也在变化。而且，昔日为宪政而战斗的左派与当今在人民民主政体中表现出来的左派难道仍有某些共同之处吗？”[②] 他是把从事法国大革命的种种力量都视为左派的，正是这位阿隆宣称“只有美国没有”“左派”。[③] 但恰恰相反，在美国，则有人宣称他们拥有世界上最好的左派，理查德·罗蒂(R.Rorty)简直认为美国历史上的所有好事情都是“左派”们干出来的，“因为右派从来不主张变革”，他援引历史学家尼尔森·利希滕斯坦(Nelson Lichtenstein)的话，“所有美国的重大改革运动，从反对奴隶制运动到20世纪30年代的劳工运动，改革者都标榜自己是道德的、爱国民族主义的卫士。他们不同于那些目光狭隘、自私并且同正义高尚的社会前景背道而驰的精英阶级”。[④] 罗蒂意义上的“左派”包含着政治性的诉求（但这一点也不等同于左派的政党政治理路），同时还有着更广阔的文化指涉。谈论左派时，他对惠特曼和杜威就做了很充分的讲述：“在第一讲中，将描述惠特曼和杜威在构筑越战前美国左派分子普遍认同的美国形象时的角色。”惠特曼和杜威是“平民宗教的先知。他们重新描述了美国的历史，希望动员美国人积极参与政治。他们对我们国家的重新描述最显著的特点，就是彻底的现世主义(secularism)”。至于惠特曼、杜威与马克思的关系，罗蒂则说：“尽管马克思和斯宾塞声称，他们通晓将要发生的事情，惠特曼和杜威却否认拥有这样的知识，这就给纯洁欢快的希望留下了空间。”[⑤]

罗蒂更有言：

> 谈论20世纪任何国家的左派政治，都不可能不提极左思潮，因为它不仅对所有马克思主义者掌权的国家是一场灾难，对其他国家中的改良左派也是一场灾难。

---

① ［英］迈克尔·肯尼(M.Kenny)：《第一代英国新左派》，李永新、陈剑译，南京：江苏人民出版社，2010年，第14—15页。

② ［法］雷蒙·阿隆(R.Aron)：《知识分子的鸦片》，吕一民、顾杭译，南京：译林出版社，2012年，第4页。

③ ［法］雷蒙·阿隆(R.Aron)：《知识分子的鸦片》，吕一民、顾杭译，南京：译林出版社，2012年，第30页。

④ ［美］理查德·罗蒂(R.Rorty)：《筑就我们的国家》，黄宗英译，北京：生活·读书·新知三联书店，2006年，第10页。

⑤ ［美］理查德·罗蒂(R.Rorty)：《筑就我们的国家》，黄宗英译，北京：生活·读书·新知三联书店，2006年，第7、11、18页。

20世纪末极左思潮的处境类似于17世纪末的罗马天主教。当时，文艺复兴时期的教会制度和宗教法庭的残酷恐怖大白于天下。许多基督徒都希望废除罗马主教职位。他们指出，基督教的出现时间远远早于罗马天主教教会制度，没有了后者，前者的境况会好得多。

对于我们美国人，重要的是不让苏式的僵化马克思主义影响我们对本国左派史的阐述。那些僵化的马克思主义者认为，只有那些坚信资本主义必然被推翻的人才是左派人士，其他任何人都不过是软弱无能的自由主义者和自欺欺人的资产阶级改良者。我们应该排斥这种观点。

我想我们不该用“老左派”去指那些1945到1964年间自称为社会主义者的美国人。我建议用“改良左派”这个词涵盖所有那些1900到1964年间在宪政民主的框架内努力保护弱者的美国人，其中包括很多自称为共产主义者和社会主义者的人，包括很多从未想过用这两个词称呼自己的人。我将用新左派指那些1964年前后认定在制度内不再可能寻求社会公平的那些人，其中主要是学生。⑥

能够看到罗蒂对20世纪极左思潮的大致界定和断然否定，以及他对他之谓“改良左派”（美国老左派）的辩护、肯定。那么，他之“改良左派”又究竟指涉一些什么力量呢？不妨再看几则文献。

马克思主义认为，只有工人和农民自下而上的创举才能塑造我们的国家，因为他们心无怨恨，没有偏见。我们要摒弃这种观点。美国的左派政治史是自上而下的创举和自下而上的创举相互交错的历史。

一些人尽管自己衣食无忧，拥有金钱和权力，却为下层人的命运而担忧，自上而下的左派创举就来自这些人。一些新闻记者、小说家和学者共同参与了揭发黑幕运动。艾达·塔贝尔(Ida Tarbell)揭发了标准石油公司的丑闻，厄普顿·辛克莱描述了芝加哥屠宰场移民工人的悲惨处境，诺姆·乔姆斯基(Noam Chomsky)揭穿了国务院的谎言并批评了《纽约时报》的失职行为。……

自下而上的左派创举来自那些缺吃少穿和没权没钱的人，那些反抗自己和

⑥ ［美］理查德·罗蒂（R.Rorty）：《筑就我们的国家》，黄宗英译，北京：生活·读书·新知三联书店，2006年，第31、33页。

> 他人受到不公正待遇的人。比如，普尔曼罢工，马库斯·加维(Marcus Garvey)的黑人民族主义运动，1936年通用汽车工人的静坐罢工，蒙哥马利(Montgomery)巴士抵制运动，密西西比自由民主党的创建，恺撒·查维斯(Cesar Chavez)的农场工人联盟以及石墙(Stonewall)“骚乱”（同性恋权利运动的开端）。[①]

在罗蒂看来，这里的上层“左派”和下层“左派”是相互依峙，并最终达成对恶劣现状的真正改变的，他说：

> 尽管这两种创举彼此支援，却是底层的人们在担风险，惨遭殴打，做出了各种重大牺牲，有时甚至被谋杀。但如果有闲阶级、文化人和生活有保障的人不加入到斗争中来，他们的英雄行为或许会毫无建树。如果衣食无忧的人没有出力，那些被打手队和行私刑的暴徒打死的人可能就会白白牺牲。
>
> 寻求支援不符合英雄主义，但必不可少。1937年，鲁斯(Luce)的新闻记者在《生活》杂志上大篇幅地刊登国民警卫队殴打汽车工人联盟罢工工人的照片，并没有担多大的风险。1961年将镜头聚焦布尔·康纳(Bull Connor)的狗群和刺牛棒的电视记者也没有担什么风险。但如果他们不在场，如果那些衣食无忧、家境宽裕的美国人看了这些画面没有任何激烈的反应，那么汽车工人联盟组织的抗议福特公司的罢工和遍及阿拉巴马的自由乘车运动都将无果而终。我们需要有人去告知选民事情的真相，让他们知道官方所说的无意义的暴力实际上是英勇的非暴力反抗。[②]

罗蒂没有忘记总结一句：“从克罗利时代直到本世纪（指20世纪——笔者）60年代初，非马克思主义的美国左派空前地团结在一起。”[③]置身冷战时代的美国，罗蒂的这种观点太可以理解了。如果非马克思主义的美国左派曾经对于美国人的生存安全、精神自由做出过努力，并且真的使之得到了某种改善的话，那么，马克思主义或者准马克思主义的、亲马克思主义的人们（前者比如日本的丸山昇及其同仁，后者比如法国的萨特、中国的鲁迅）是否也对于其所生存的现实

① ［美］理查德·罗蒂（R.Rorty）：《筑就我们的国家》，黄宗英译，北京：生活·读书·新知三联书店，2006年，第40—41页。

② ［美］理查德·罗蒂（R.Rorty）：《筑就我们的国家》，黄宗英译，北京：生活·读书·新知三联书店，2006年，第41—42页。

③ ［美］理查德·罗蒂（R.Rorty）：《筑就我们的国家》，黄宗英译，北京：生活·读书·新知三联书店，2006年，第42页。

时空内的人的生存安全、精神自由，做出过实际的抑或文化的“反抗—变革”努力，并且也有所成效呢？萨特这里不表，“丸山式的左派”以及“鲁迅左翼”则是此处不得不申述的。

这里的讨论难题首先就在：这个世界上已经存在过形形色色的左派和各式各样的对左派的描述，那么，给出某种“左派—左翼性”的定义是可能的和必要的吗？问题在于，一个能为我所认同的对于“左派—左翼性”的定义，我至今尚未读到，这个定义不仅能够涵盖法国大革命的力量，也能够涵盖导致 20 世纪中国社会巨变的反抗性力量，它更不能把马克思主义者社会主义者以及他们在最广泛意义上的各式同情者、同路人先行地排斥在外，它也应该能够不与理查德·罗蒂对于“美国左派”的负责任的描述构成矛盾。最为关键的是，这个定义不仅能够指涉左派的正能量，而且能够指认左派之正能量所能够运行的边际处，越过了这一边际处，左派即沦为极左，就会站在“人”的原本美好的种种追求的对立面，正能量沦为负势力。

有这样一种“左派—左翼性”的定义吗？

前文的征引、讨论其实已经暗示出某些我更愿意认同的“左派—左翼性”的内涵。在笔者看来，左翼性，首先意味着一种对现状的批判、反抗（其反抗的极端形式则是革命——不惜实施暴力反抗，以改变现状的革命），并且期求改变，而其左翼性的浓度是与这种批判、反抗、谋求改变的激烈程度成正比的。其次，左翼性的真理性问题。既然是以“批判—反抗—改变”为基本要素之一的话，人们其实就更有理由要求“批判—反抗—改变”的正义性。因此，一个有意义的对“左翼性”的定义是必须要界定其真理性的。我对“左翼性”的真理性的界定是：它所追求的乃是人在物质生存上的安全以及精神生存上的自由，前者指向一个生命的温饱、求生权益，后者指向一个生命在“思想—精神”上的独立、自由尊严。综合而论，“左翼性”，即一种不惜以“批判—反抗—改变”的态度去追求人的物质生存之安全和精神生存之自由的品性——必须要加一句的是：左派之“批判—反抗—改变”的激进程度是有限度的，他不得不止于与他的追求目标即人的物质生存安全和精神生存自由相违背的边际处，否则就沦为极左，就会违背左翼的美好初衷。

那么，文学的“左翼性”也就标明了：这种文学不惜以“批判—反抗”以求现状之改变的态度去关注人的物质生存之安全和精神生存之自由，其“批判—

反抗”以求改变现实的激进程度是有限度的，不得不止于与它的追求目标即人的物质生存安全和精神生存自由相违背的边际处。

正不妨沿此思路一探“丸山鲁迅”所能够呈现的“鲁迅左翼”像。

二、“丸山鲁迅”所呈现的“鲁迅左翼”像

（一）“鲁迅左翼”的品性之一：求中国 / 中国人之“变”

丸山先生首先就抓住了“鲁迅左翼”意欲真正地“变革—改变”现实而非赢得某种“革命人士”之名的特质。

在《辛亥革命与其挫折》一篇中，丸山先生就有惊人之语：

> 重要的是寂寞也罢、绝望也罢，一切都无法片刻离开中国革命、中国的变革这一课题，中国革命这一问题始终在鲁迅的根源之处，而且这一“革命”不是对他身外的组织、政治势力的距离、忠诚问题，而正是他自身的问题。一言以蔽之，鲁迅原本就处在政治的场中，所有问题都与政治课题相联结；或者可以进一步地说，所有问题的存在方式本身都处于政治的场中，“革命”问题作为一条经线贯穿鲁迅的全部。
>
> 我的出发点就在于通过探寻这一独特的贯穿方式，究明鲁迅乃至中国的现代思想、文学与生俱来的特征中的一个重要方面。竹内好氏将他第一本专著《鲁迅》的中心思想概括为立于“文学者鲁迅无限生发出启蒙者鲁迅的终极之处”，如果套用他的说法，可以说我的立场是探寻“将革命作为终极课题而生活着的鲁迅（倘若从他后来的话语中寻找形容这样的鲁迅最适合的词，我想应该是‘革命人’吧）生发出文学者鲁迅的这一无限运动”。[1]

这真是敢说，就连丸山先生自己也不得不反省似的解释说：“将鲁迅的支点断定为对革命的期待，或许不免被指责为简单化。而且也看上去是过于政治化的鲁迅理解。”（37）但是，我以为，丸山先生接下来为自己的命题所做的辩护却也是令人不得不佩服的：

---

① ［日］丸山昇：《鲁迅 · 革命 · 历史》，王俊文译，北京：北京大学出版社，2005 年，第 29–30 页；另，本文引用此书甚多，以下仅在引文后标注页码，不再一一加注。

> 如前所述，对鲁迅而言，中国人首先就是在他周围的周家的性格缺陷者、鸦片中毒者、将财色之欲隐藏于道貌岸然的外表之下的卑劣的礼教主义者及以冷酷的优越感对待少年鲁迅的庶民们。而中国社会，就是由这些人组成的阴湿的人际关系。于是，所谓“革命”，不论依靠具有“超人”般力量的“精神界战士”，抑或章炳麟那样的“菩萨式革命家”，总之都应从根本上颠覆这一人际关系，使人面目全新。我们经常说，鲁迅认为光是政治革命救不了中国，需要精神的、或者说是人的革命。但是更准确地说，鲁迅从未在政治革命之外思考人的革命，对他而言，政治革命从一开始就与人的革命作为一体而存在。……即便是将革命作为精神的问题、人的问题来把握，也并非在“政治革命”之外单独考虑“人的革命”和“精神革命”。换言之，鲁迅作为一位个体在面对整个革命时的方式是精神式的、文学性的，这在性质上异于部分地只将革命中的文学、精神领域当作问题的做法。(37)

面对前后两处引文，人们是能够读出各种内涵来的，但是，我要强调的是：一，丸山先生毫不客气地将鲁迅与“革命（人）”紧紧地关联在一起。二，他也毫不客气地指出了，作为“革命（人）”的鲁迅（可谓“鲁迅式的左翼”？）的由来已久（并非始于“革命文学”兴盛之时），并且异常清晰地指认出“革命人鲁迅”(“鲁迅左翼”)的追求乃是——改变中国/中国人（丸山先生用了“颠覆”“变为”等等的词）——无论是政治制度层面的“政府之变”，还是“精神—文化”意义上的“人”之变，这两个目标在鲁迅那里作为整个的革命是不能缺失任何一方面的。应该承认，如果说，鲁迅一生，贯穿始终的一个核心元素就是改变中国/中国人，如果说，“改变中国”是“革命（人）”鲁迅(“鲁迅式左翼”)的核心元素的话，那么，这样一种“革命(人)”鲁迅/“鲁迅式左翼”——的确是更容易得到人们认同的一种一以贯之的鲁迅像吧——于“丸山鲁迅”而言，也是其扛鼎之处。那么，“革命（人）”鲁迅，或是本文所谓“丸山鲁迅”、“鲁迅左翼”果真最在意中国的真正“改变”吗？这里，要做的不是从《鲁迅全集》、鲁迅的生平中，或者任何其他人的文本中论证这一问题，[①] 而是要从丸山先生的相关文本中论证此问题。

---

① 关于鲁迅之意欲“改变”中国及中国人的精神特点，1981年，王得后先生就有《改造中国人及其社会的伟大思想家》一文，见《鲁迅研究》1981年第5期。只是，对于鲁迅的这一宝贵特点的认知，人们还没有足够的自觉。在笔者看来，一个文化人是否具有以自己的言动改变令人失望之现实的意愿，是区别一介文化人之真假高低的试金石之一。

在丸山先生看来，文学阶级性之类的明显归属于马克思主义文学论的理论倾向并非“鲁迅左翼”，抑或走入革命文学之营垒的鲁迅的关键素，“鲁迅左翼”的真正引力是在别处的。（41—42）谈到“革命文学论争”中的鲁迅时，他就有过看上去独辟蹊径的思路：“如果极端一点说，通过这一论争，鲁迅努力要解决的问题是革命与文学乃至革命与文学者的关系，而非如何接受或者拒绝马克思主义文学论。”（42）又说：

> 我以为对我们来说，鲁迅的文学观之所以新，最主要在于他对于马克思主义，不是将自己整个投入其中，也不是相反地全部拒绝，而且他的接受方式也没有陷入浅薄的折衷主义，而是成功地接受了马克思主义的本质内容。(44)

丸山先生接着标明，这不是他自己的新说而是“自竹内好以来”的某种定论，但他自己是要沿此继续探明另一些问题的：“我并不想对这一观点本身提出异议，但同时也觉得那并没有太大意义，因为它没有对鲁迅为何能具有这般‘眼光’和‘精神’做出说明，结果只能是同义反复。”（45）他更关心的话题至少还有：

> 如果不怕说得过火的话，我认为就鲁迅而言，马克思主义原本就不是“作为权威”出现的，正确地把握马克思主义的登场给知识分子们带来的不同意义、产生这些差异的中国和日本的不同状况以及其体现的意义是使我们最终充分领会“鲁迅精神”的最好捷径。(45)

> 向来总是无法逼近鲁迅的核心问题，一直只在其周围绕圈打转。不过，我还是在此指出，鲁迅在与我们不同的状况中所把握并施行的对于“革命”的态度——如果稍微跳跃式地加以断定，也就是将“革命”视为确实具体地变革现实的事业——和扎根于这种态度的对于“革命”的现实的认识，才正是我从这个时期的鲁迅身上最希望学习、吸纳到的东西。(48)

前一段表明了，丸山先生作为日本的社会主义信仰者十分浓郁的中国情结，尤其是其中的“鲁迅精神”情结。第二段就让人十分清楚地看到了，丸山先生对“鲁迅式左翼”之关键素的顽韧提取：“也就是将‘革命’视为确实具体地变革现实的事业”。完全可以见出，改变——“变革现实”可谓丸山逻辑内“鲁迅左翼”的“阿基米德点”。《“革命文学论战”中的鲁迅》在接下来的文字中强有力地从各个方面观察了“鲁迅左翼”的这一“阿基米德点”，反复强调这一关键素是深刻、独到（为日本以及中国的多数人所没有）的“鲁迅元素”：

> 与日本不同的地方是他们已经有了像鲁迅这样的将“革命”作为自身的内在欲求、投身其中、经历几度失败和挫折、知悉中国黑暗的根源之深的先辈。这也是为何鲁迅能从当时便不断批判“革命文学派”的“新”其实缺乏与中国现实真正交锋的深刻性和坚实性的根据所在。(48)

> 我并非想说由于鲁迅经历了挫折和失败，因此他不能赞同年轻人的乐观幻想；我想指出的是只有真正地为达成某一目标而努力才能正确地把握现实的长处和不足，而鲁迅便具有这种力量。对此我曾经这样表达：“不是将‘革命’作为观念，而是作为自身的欲求，换言之，即作为思想来把握”……“不把革命视为观念，而是将革命当作确实能开创现实的事业”。(49)

我以为，正是基于是否意在、是否能够改变——“变革现实”（“开创现实的事业”）的内在视点，丸山先生慧眼独具地看取了“鲁迅左翼”的种种独到表现。

谈到“革命文学论争”中的鲁迅对时为“革命文学”倡言者们的批判，丸山先生就有诸多惊人之语:“这种批判有时与其说是批判,毋宁说更接近于叹息。”（55）“这种批判乃至叹息的深处是在《太平歌诀》（1928年4月）、《铲共大观》（1928年4月）可见到的对于中国‘黑暗’之深重的认识。”“与其说鲁迅看破了他们的‘本质’，特意进行根本的批判，我认为更接近事实的是鲁迅认为当时提倡的‘革命文学’对于自己感受中的中国现实并不有效,因此对其弱点进行批判。”（56）我想一定有人不怎么同意丸山先生的观点吧。但如果考虑到他的着眼点是在，鲁迅其实并不怎么在意“革命文学”倡言者们在理论上的严谨、圆满等等，而是尤其在意持有这种新的“革命”理论的人们是否真有意愿直面中国的黑暗现实，甚而还真有意愿、真有路径改变一下此种黑暗，那么，鲁迅内心的“叹息”、可惜之声——失望于他们的只打“招牌”“只挑符合自己尺度的，而沉溺于自我满足”而“不努力去直视中国的整个现实”（57）——不也是楚楚可闻的吗？类似的论述也还有：“这里反映了并不存在如果革命家舍身为民众流血受苦，民众就必须感谢支持的义理。民众归根到底只去判断具体的各件事实对自己是否有利，而且任何人都无法加以非难。换言之，即便民众看上去再怎么‘无智慧’、‘不关心’，中国革命也只能和现存的这些民众一起甚而借助他们的力量前进。看不到这一点，或者离开这一点的‘革命’和‘革命家’都将受到严重的教训。可以说，这是鲁迅历经挫折，最终在心中孕育而生的信念。”（57）

依恃改变——“变革现实”的视点，经由鲁迅思想的激发，丸山先生的相关议论卓绝之处颇多。“鲁迅的思想中，比起寄予未来的远大希望和深沉壮大的真理，更为明显的倾向是重视现在的每一步和每一个平凡的事实。”（58）而在他论及多数人并不怎样注意的《〈小小十年〉小引》时，出语竟可以如此深刻、真挚：“从这儿能看到的认识是，和为了现实的只是哪怕一点进步也付诸具体行动的行为相比，深化提高‘根本的’思想是多么容易的事情啊；以及我们在面对眼前具体的困难的行动时，往往作为逃遁的道路，选择孕育磨砺抽象层次上的深远宏大的思想。稍微一般化而言，也可以说，这是一种对于所有的原理，不是从其作为理论的深刻性尖锐性，而是从其在现实层面上如何起作用的角度来判断的思考方式。”（58—59）也许，在这个世界上伟大、深切的话语的确是源于一些意在改变“黑暗”世界的真诚灵魂的，这类话语至少是不仅仅跟人的所谓聪明，甚至智慧有关。当无数次听到深刻的思想、新兴的理论云云，同时却遥遥无期地看不到现实生存的实质性改变时，不得不承认的是，经由“鲁迅左翼”这一载体，丸山先生说出了一些至今致命的真理。顺势而下，他必然会肯定存在于鲁迅世界的为求现状之改变而显身的“无赖精神”，视之为堪作生存正能量的“锲而不舍”的精神。（59）

还是在改变——“变革现实”的视点下，丸山先生独到地解释了鲁迅在“革命文学论争”中留下的“文学无力说”，其结论仍然是异常深刻的——我以为。

> 我认为所谓“文学无力说”不应该在“文学”对“政治”的框架里，而应当在……“思想”与“行动”、“理论”与“现实”的框架里把握。换句话说，我想对于鲁迅来说，“无力”的不只是“文学”，而是“思想”本身；不仅文学是非现实的，甚至思想也是非现实的。(60—61)

> 鲁迅批判的不单是随着形势的变化改变态度的机会主义，而是对于“革命”和“文学”在本质上都不负责任的思维构造。(62)

> 如上可见，如果总结这个时期的鲁迅留给我们的遗产，可以说是通过优先能现实地、哪怕只是一小步地改变中国的具体行动以及不遗忘思想和文学的非现实性，反而能够维持使思想和文学现实化的内在欲求。(62)

上引的最后一段实在是来得悍然而令人敬畏，沿此路径，丸山先生独具深度、情感充沛地观察了所谓鲁迅“左转”的“突然”像。他首先就明言，“鲁迅左翼”的上述“遗产”“与其说它源自鲁迅对于文学和思想、理论的本质的认识，不如把看它看作因辛亥革命之后的‘寂寞’十分苦闷，寄予期待的国民革命也失败后，如同《太平歌诀》里所反映的，面对中国的‘深重’的现实和黑暗，一时还未能够找到足以撼动现状的力量的鲁迅于苦斗中、在内心里孕育的结果”。(62)看来，瞩目鲁迅之意欲“撼动现状”的特质，的确是丸山先生穿透鲁迅“左转”“突然”像的火眼真睛。

> 思想为了推动现实、转化成现实的话，不仅需要具有终极目标，而且应当具备联结目标与现实间的无数的中间项。如果缺少了中间项，思想就无法推动现实。……我想当时中国的所有思想之所以在鲁迅眼里，都只是无力的现实性的浅薄表现，原因在于他面前的所有思想，包括马克思主义，都看上去不但无法动摇中国当前的“黑暗”，连与这“黑暗”都还未充分交锋；而且可以说这是鲁迅渴望不仅树起终极目标、而且真正带有足以实际推动中国现实的具体行动和力量的思想的一种表现。(62)

> 在日本，学者指出鲁迅通过与马克思主义的格斗，……比马克思主义者更深入透彻地进入到马克思主义的精髓；但对于其穿透方式，以及独有的接受方式本身还未解明。……人们对鲁迅加入“左联”感到突然的一个原因在于不论在中国还是日本，比起将思想当成包含从其终极目标到其与现实的接点的多重中间项的整体，人们只重视终极目标的层次。在这个时期的鲁迅的思想里寻求

“终极目标”层次上的变化，恐怕只能是徒劳。鲁迅的思想并不以这样的形式存在。（63）

简单地说，对于鲁迅而言，思想并非终极目标，目标与现实之间的“中间项”才是问题所在。或者说他的终极目标就是尽管多次体验挫折、而且正是由于这些挫折而在他内心积蓄成的中国必须革命的信念。……对他来说，问题在于将这个目标置于心中，同时能实际推动眼前中国现实的具体的一步。而他的“转变”就是在这个“中间项”中展开的。（63）

当时马克思主义由鲁迅面前的年轻共产党员诚实朴实的工作担负着；另一方面以江西为中心、足以从根底撼动中国社会的运动具有了某种程度的实际力量，马克思主义这才第一次打动了鲁迅的心。（64）

上面的四段，精深之论是很多的。其一，丸山先生悍然说出了，在20年代的中国存在的几乎所有思想，包括马克思主义，在鲁迅眼里“都只是无力的现实性的浅薄表现”。其二，他以为鲁迅独到的“深入透彻地进入到马克思主义的精髓”的方式，无论在日本还是在中国，都并未被解明。其三，在“鲁迅左转”的行程里寻求思想上的“终极目标”的变化是徒劳的。其四，在鲁迅那里，“思想并非终极目标，目标与现实之间的‘中间项’才是问题所在”。其五，20年代鲁迅的“突然”“左转”是因为他看到了诚实朴实的意在改变中国的工作，看到了“足以从根底撼动中国社会的运动”。在这些看上去难以相关的诸点之间，丸山先生撬动的正是他意识到的“鲁迅左翼”的“阿基米德点”：“鲁迅左翼”的独特在于——究竟在哪样一群说话者（思想者）乃至行动者那里存在着“撼动中国社会”的可能性。无此可能性的无论什么思想都是浅薄无力的。人们未曾解明鲁迅穿透马克思主义之精髓的方式，乃是因为人们未曾看到在鲁迅那里任何思想仅仅作为“终极目标”是不够的，在思想的终极目标与“撼动”现实之间，鲁迅要寻找的是可能撼动现实的“中间项”。无法意识到这样的中间项而孜孜寻找“鲁迅左转”的终极思想变异是不懂鲁迅的表现。而所谓的“中间项”概念之所以意义重大足以揭示30年代“鲁迅左转”的机密，是在于这个概念能够揭示“鲁迅左翼”意在改变中国的精神光辉，能够清晰地展示在无论多么美好的思想中，都存在思想如何有效地作用于现实生活，直至改变现实生活的一系列中间元素。依恃这样的思维逻辑，丸山先生独立自主地，也是异常有力地对于马克思主义本身的构成说话了：

> 马克思主义本来就应当包含相当于这个“中间项”的运动论、组织论。但是那终究只不过是基本原则，如果要使它真正具有一种推动社会现实的力量，那就不能只作为基本原则存在；原则自身必须找出适合现实的形态，将自己改编到这一形态之中。否则，即便是马克思主义，也无法先验地保证其对于现实的有效性；或者说，欠缺这一点的马克思主义，原本就名不符实。这是这半个世纪的现代史的教训。(63—64)

考虑到这段话出版于1972年的日本，考虑到丸山先生本人是一个社会主义信仰者，考虑到他对于当时的社会主义中国正在发生的“文革”的怀疑、否定，他的责任意识，他直面惨痛的历史、现实，不息探索的勇气不是跃然纸上了吗？而对于20世纪20年代末的那场“革命文学论战”，他亦有感人，但更促人深思再三的“思想家之语”：

> 现在，如果将焦点置于马克思主义来回顾“革命文学论战”的话，这一场论战就如同一开始碰到这样的大课题时闪耀的火花：马克思主义如何接受鲁迅，或者马克思主义是否具有足够的框架和宏大来容纳鲁迅这样的思想家、文学家提出的问题？不论是成仿吾、李初梨，还是钱杏邨，今天想起来，他们都碰到了棘手的难题，所以我们现在不如说对他们感到一种亲切和同情。(69)

我们必须承认吧，丸山先生在这里提出的问题可能是最深刻、严肃和最重大的问题之一：马克思主义如何与深悉精神自由之神髓，而又关怀人间的苦难与不平的思想者鲁迅进行有效的对话呢？

（二）“鲁迅左翼”的品性之二：（求）“变”的方式——“批判—反抗”

反顾前文对文学“左翼性”的这一界定：这种文学不惜以“批判—反抗”以求现状之改变的态度去关注人的物质生存之安全和精神生存之自由，其“批判—反抗”以求改变的激进程度是有限度的，不得不止于与它的追求目标即人的物质生存安全和精神生存自由相违背的边际处。而前文已经看到，丸山先生笔下的“鲁迅左翼”欲求现状之改变的特点是异常鲜明的。是否是丸山昇先生诚实的社会主义信仰（这一信仰具有举世公认的实践性特色吧）赋予他摄取“左翼鲁迅”意欲中国/中国人之（改）“变”这一“阿基米德点”的能力？这很难回答。但耐人寻味的是，一旦有自己独立的视点的话，同时也一定会有视角上的某些盲区。就“丸山鲁迅”而言，如前所述，摄取到“左翼鲁迅”意欲（改）“变”中国/中国人的根本特质是一种十分自觉、显在的学术求索，但是，“丸山鲁迅”基本上没有在自觉的意义上讨论过“左翼鲁迅”意欲（改）“变”中国/中国人的方式性特质。[①] 似乎，在丸山先生那里，“左翼鲁迅”改变中国的方式的特殊性已经是自明的，不需讨论。的确，堪称“革命—革命人”的鲁迅，其改变中国的特殊方式可不就是自明的吗？革命的方式，可谓一种最激进的“批判—反抗”方式——甚至是，不惜与现实管制者血拼的方式。但在本文的问题意识内，“丸山鲁迅”呈现的“左翼鲁迅”应对现实的特别方式，却不得不被提出来予以特别的讨论。

真实的是，虽然丸山先生无意讨论“鲁迅左翼”欲求现实之变时的方式性特点，但在他讨论“革命—革命人”之鲁迅的不知道什么地方，你就会不期而遇他对“革命人”鲁迅的“批判—反抗”心性的言及，其所显现的正是：“革命人”的鲁迅自然地、不必说明地是富于“批判—反抗”之品性的。对于“革命—革命人”之鲁迅所自然关联着的“批判—反抗”品性，丸山先生的确也很自然地没有做出自觉意义上的强调，但一旦这种品性被置于更阔大的视角内，丸山先生对这一品性的敏感、强调又是十分有力的，在他那里，“革命—革命人”的鲁迅与“批判—反抗”之品性的血肉关联毋庸多言，但这一“批判—反抗”的精神之于中国现代文学、现代历史的价值又是他能够自觉意识，并且予以强调的。

正不妨以一定的写作时间为线索，列举我所见到的丸山先生直接谈及鲁迅的批判、反抗品性的文本：

> 更确切地说，他（鲁迅——笔者）是从始终站在“人道主义”立场坚持尖锐地批判专制君主制的托尔斯泰，以及因革命不得不自杀的俄罗斯同伴作家们

① 《鲁迅 · 革命 · 历史》一书当为丸山先生自认相当重要的成果的合计，在这本书里我没有看到丸山先生对这一问题的自觉关注；当然，这样的阅读范围太有限了，那么，这种说法得随时等待修正才行。

的生存状态，看到文学者是如何发挥主体性与革命相结合的。(12，1960年)①

他并非呼吁青年和自己一道打倒旧中国，而是抱着老一代有责任扫除青年们成长道路上妨害他们自由发展的阻碍这样一种被催逼的义务感，向老一代发出呼吁。（12，1960年）

于是，所谓“革命”，不论依靠具有“超人”般力量的“精神界战士”，抑或章炳麟那样的“菩萨式革命家”，总之都应从根本上颠覆这一人际关系，使人面目全新。（37，1965年）

这里重要的是鲁迅没有忽视与对敌“战斗性”就只有一纸之隔、或混杂在“战斗性”里的这种行为的无意义。（54，1972年）

这个时期他比较多的批判是针对“新”思想和文学完全不曾扎下根、只是作为一时的流行很快消逝这种中国新文化的根底之浅薄。（55，1972年）

《娜拉走后怎样》里对不管对方怎么说，只重复同一个要求的“无赖精神”的强调……其核心都在于论说顽强斗争的必要性，没有直接涉及与理论、思想的作用的对比。（59，1972年）

鲁迅批判的不单是随着形势的变化改变态度的机会主义，而是对于“革命”和“文学”在本质上都不负责任的思维构造。（62，1972年）

它不仅说出了马克思主义的常识观点，还在这个基础上批判苏汶一方面主张“第三种人”的立场，却不能贯彻，而又把不能贯彻的原因归咎于左翼作家的批判。……嘴上说“死抱住文学不放”，却又恐惧幻影而搁笔，其拥抱力何其弱啊。（286，1984年）

在鲁迅看来，问题并不在于资产阶级与无产阶级之间能否存在中间阶层，

① 此处括号里的前一个数字标示引文在《鲁迅 · 革命 · 历史》(北京大学出版社，2005年)一书中的页码，后面的时间，标示的是引文的写作时间。下不另注。

或在资产阶级文艺与无产阶级文艺是否可以有第三种文艺，而是面对现实的社会矛盾，是竭尽所能去斗争呢，还是做一个局外人？（287，1984 年）

而重要的是作为对鲁迅在思想、政治方面的战斗方式，理解得如此深刻的，在战前的日本无出其右。（336，1986 年）

重视“平等”，以“平等”为目标的想法不过是阻碍社会发展的“保守”力量。然而，看这些潮流，听这些意见，我就想起鲁迅鼓励许广平的一句话：“世界岂真不过如此而已么？我还要反抗，试他一试？”①（342，2005 年）

广为人知的是，对于叫青年们要学习中国古典的论者，鲁迅一生都表现出激烈的拒斥与反感，甚至加以让人觉得稍微过分的批判。（305，1994 年）

我从这儿看到的是具有鲁迅特色的尖锐的批判感觉，他敏锐地指摘那种对悬挂着的大义名分与自己实际所为之间的矛盾感觉迟钝的姿态。我以为这是鲁迅的一个魅力。（308，1994 年）

面对以各种方式不断反复的批判、责难，鲁迅毫不示弱，顽强地予以回击。（310，1994 年）

不用说，是“五四”时代，在历史上首次摆脱了上文所说的将一切都解释为中国古已有之、在中国文明的框架之内加以说明并以此自足的传统。……时而苦闷，时而寂寞，有时愤怒地看着他们中的很多人随着成熟或老化开始回归上文所说的传统，但依旧继续战斗着，“以免光荣和死尸被一同拖入烂泥的深渊”的唯一一个人，是鲁迅。（316，1994 年）

惭愧，由于笔者只能阅读丸山先生著作的中译文本，上引的例证虽然已经遍及 20 世纪 60 年代到 90 年代的长时间范围，但并不能算很多。我要说明的是，即使如此，情形也还别有复杂之处，上引的可以说是丸山先生直接提及，或是

① 此段文本出自王风、［日］白井重范编：《左翼文学的时代》，北京：北京大学出版社，2011 年。

近乎直接提及鲁迅心性中的“批判—反抗”言动的文本，但丸山先生还多次间接地触及鲁迅的“批判—反抗”之品性。1972 年，他谈到日本的马克思主义历史问题时有言：“能够确定的是，如果没有同战时的‘政治’对决的目的，竹内好是无法写出《鲁迅》的。”（47）1986 年，谈到日本的鲁迅研究时，又言：“几乎所有的文学都被作为推进战争的手段……同时，大部分的文学家在政治方面不必说，思想方面也没有抵抗力，随波逐流。作为对这种文学状况的反拨……他（竹内好——笔者）说：‘我看不出鲁迅文学的本质上是功利主义，是为人生、为民族，或者为了爱国的文学。’我们从这段话首先应当读取的是他对上述的日本文学状况的殊死抵抗。”（343）无论是对鲁迅，还是对解读着鲁迅的竹内，丸山先生都强调其“对决”—抵抗（反抗）的精神个性。

另一种情形是，丸山先生在其众多的论述中每每征引鲁迅笔下颇富“批判—反抗”之气的文字，他征引的此类文字，如：

> 我们的劳苦大众历来只被最剧烈的压迫和榨取，连识字教育的布施也得不到，惟有默默地身受着宰割和灭亡。繁难的象形字，又使他们不能有自修的机会。智识的青年们意识到自己的前驱的使命，便首先发出战叫。这战叫和劳苦大众自己的反叛的叫声一样地使统治者恐怖……（200，1975 年）

> 他（托尔斯泰——笔者）写些小故事给农民看，也不自命为“第三种人”，当时资产阶级的多少攻击，终于不能使他“搁笔”。（286，1984 年）

> 如徐懋庸，他横暴到忘乎所以，竟用“实际解决”来恐吓我了，则对于别的青年，可想而知。他们自有一伙，狼狈为奸，把持着文学界，弄得乌烟瘴气。我病倘稍愈，还要给以暴露的，那么，中国文艺的前途庶几有救。（263，1992 年）

> 对于《译文》停刊事，你好像很被激动，我倒不大如此。平生这样的事情遇见的多，麻木了，何况这还是小事情。但是，要战斗下去吗？当然，要战斗下去！无论它对面是什么。（265，1992 年）

> 他的为战士，即使“浅”罢，却于中国更为有益。我愿以喷火照出他的战绩，免使一群陷沙鬼将他先前的光荣和死尸一同拖入烂泥的深渊。（309，1994 年）

对于上引的第一段文字还可以稍作阐释。丸山先生在 1975 年大篇幅引用了鲁迅《中国无产阶级革命文学和前驱的血》中的此段文字。具体是在《作为问题的 1930 年代》之中，此段和其他引文一起被丸山先生用来解释 30 年代鲁迅本人在一封信中流露的对“革命文学”阵营的不信任、失望。但我想提醒的是，由此段引文也可见丸山先生对鲁迅心性中浓烈的反抗气韵的抓取——不仅仅是这段文字中饱含的愤怒、反抗气息，而且，他还特别点明了鲁迅写下这文字的本身就是“向屠杀者抗议的”。30 年过去之后的 2005 年，《通过鲁迅的眼睛回顾 20 世纪的“革命文学”和“社会主义”》又一次引了这段文字，并认为鲁迅于此“明晰地指出了中国‘左翼文学’之特色和‘知识的青年们’在中国现代史、中国现代文学史里的作用和意义”。[①] 这里存在这样一种阅读、理解的层次。一，鲁迅的原文强调在充斥着压迫和榨取的中国现实之中的“战叫”、“反叛”之声，是由“智识的青年们”首先发出的，是由“中国无产阶级革命文学”发出的；二，丸山先生多次选择鲁迅的这段文字，对它的使用、评价，或运思深刻（1975 年），视为可以启示“鲁迅精神”之一的关键信息（201）；或视域开阔（2005 年），难得地（在笔者看来很少见地）显示出某种自觉地视“反抗—改变”现实人生为中国“左翼文学”的特色，自觉地把选择这种文学的“智识的青年们”视为在中国现代史、中国现代文学史上独具作用和意义的群体的思路。这让笔者不禁要大胆想象：是否在笔者所未有能力阅读的日文文献里，丸山先生还有他对中国左翼文学、左翼文化，以及“鲁迅左翼”的别样的阐释？至少，他在 2005 年是说出过这样的话的：

> 这篇文章（《鲁迅同斯诺谈话整理稿》——笔者）还有一句值得注意的地方……“就本质而言，文艺复兴和提倡白话文的运动，从一开始就是具有左翼倾向的运动”。鲁迅所谓的“左翼倾向”不是由创造社、太阳社的主张才出现的，而（是）[②] 五四文学革命早已具有的。换句话说：鲁迅的“左翼倾向”的范围

① 王风、［日］白井重范编：《左翼文学的时代》，北京：北京大学出版社，2011 年，第 344 页。

② 王风、［日］白井重范编：《左翼文学的时代》，北京：北京大学出版社，2011 年，第 345 页，“是”字，由上下文判断，应系原印刷所缺。

比后来的一般的用法广一点。我认为鲁迅这样的用法，也有道理。①

他紧接着还表示，日本左翼作家宫本百合子也有与鲁迅类似的“左翼观”，那么，丸山先生是在强调：所谓的“鲁迅左翼”是并不等于20年代末、30年代左联时期前后的鲁迅的。而我还意识到的是：直到2005年，“丸山鲁迅”“鲁迅左翼”的构成、内涵似乎还在变化、行进之中。果真如此的话，我首先佩服的就是丸山先生直面世界局势、不息运思的精神、勇气。而作为本文的关键思路，这种变化、行进似乎可以通达的地方是：“丸山鲁迅”所呈现的“鲁迅左翼”恐怕要越出“革命—革命人”这样一个难免政治视域的框架，而不得不重新界定了。“鲁迅左翼”更为恒定、宽阔而且也很具体的精神特质之一，就完全可以是“鲁迅左翼”的“批判—反抗”品性。“批判—反抗”以求变革现实，此种“批判—反抗”并不总是与“革命—革命人”在所指上同一吧？你可以说，辛亥革命之际的鲁迅，“左联时期的鲁迅”是“革命—革命人”的鲁迅，也是“鲁迅左翼”的标志性存在。那么，你还可以说——新文化运动时期，“左联”之前写着小说，后期杂文则愈写愈多的鲁迅，也是“革命—革命人”意义上的“鲁迅左翼”吗？其实完全可以这样来说，“左联”之前、文学革命以来的鲁迅，杂文愈写愈多的鲁迅，并不总是置身在政治活动场域中的鲁迅，一样是一个批判着、反抗着，欲求改变中国现实的“鲁迅左翼”，②而左联时期明显地走近政治革命群体（更激进的左翼）的鲁迅正是那个“批判着、反抗着，欲求改变现实，已然大写杂文的鲁迅左翼”的自我逻辑运行的结果。我更愿意把“批判着、反抗着，欲求改变现实”视为“鲁迅左翼”的关键品性之一。而综合本文已有的论述，“丸山鲁迅”对于“左翼鲁迅”意欲改变中国/中国人的精神特质深有所悟，至于“左翼鲁迅”在面对现实局面时的“批判—反抗”特性，丸山先生则囿于其已有的“革命—革命人”（一种显明了的更激进的“批判—反抗”方式）鲁迅的视域而视之当然，未有自觉强调，但在其具体的“鲁迅论”中其实又是随处可见的。

此外，我以为至今尤需铭记的是，丸山先生更是将“批判—反抗”之气质、之精神视为中国现代文学的独特性、亦即世界性的品质的，他并把这种品质的

① 王风、[日]白井重范编：《左翼文学的时代》，北京：北京大学出版社，2011年，第344–345页。

② 鲁迅在《而已集·革命时代的文学》中就有言：“其实‘革命’是并不稀奇的，惟其有了它，社会才会改革，人类才会进步，能从原虫到人类，能从野蛮到文明，就因为没有一刻不在革命。”“所以革命是并不稀奇的，凡是至今还未灭亡的民族，还都天天在努力革命，虽然往往不过是小革命。”鲁迅所谓的“革命”是与“改革”，与朝向进步的改变几近同义的。

形成与鲁迅的存在联系在一起。在《关于中国现代文学研究的一己之见》一文里，丸山先生就力证在谷崎润一郎、金子光晴、宫本百合子“这三位思想与文学大相径庭，但各自却都具有超人的知性的”（364）日本文学者那里，都存在着一种对现代中国人的苦难及其对这种苦难的种种反抗的关注、同情，直至叹赏，认为他们都是“把与包括文学家在内的中国人民、中华民族所处的现实‘苦斗’作为中国现代文学的最大特色来认识，并且与之发生共鸣”。（359—365）对于这一浸透在中国现代文学中的反抗品质，丸山先生更引用了宫本百合子的鲜明话语：“从鲁迅以来的对于人民生活的民粹主义者的关心，作为传统在这些作品中得到了继承。”（364）此中可以见出的“丸山思路”是，中国现代文学的关键品质是：抗争、苦斗，换言之，20世纪中国文学面对中国人的苦难人生，勇于“批判—反抗”的精神品性，是起于鲁迅等人而渐成一种独特的新文学传统的。这样的思考不是至今依然价值重大吗？而它对鲁迅精神品性的摄取，我更以为是直击核心的。

（三）“鲁迅左翼”的品性之三：（求）“变”的方向——人在物质生存上的安全、精神生存上的自由

细心的读者会看出，笔者的诸多讨论是意在把“丸山鲁迅”呈现的“左翼鲁迅”纳入笔者对于“文化—文学”的“左翼性”的理想化界定中去的。不错，这正是本文的写作意图，至于这一写作意图的能否充分实现是要看本文的整个论述再说的。接下来要讨论的是，“丸山鲁迅”已经呈现的那位不惜以革命（人）的方式——“批判—反抗”的方式改变中国 / 中国人的“鲁迅左翼”，是否相当精准地将他自己意欲改变中国的目标设定在物质生存的安全和精神生存的自由上？果真如此的话，则可以结论说，“丸山鲁迅”是为你我展示了一个极为理想的左翼形象——“鲁迅左翼”的。而反顾本文引言，笔者也就可以结论说，这一左翼形象堪称一个世界性的左翼典范。

物质生存的安全无非包括两个基本项：最基本的活着的权利（生命权），免于饥寒的权利；进一步的追求幸福人生的权利，且看丸山先生笔下的“鲁迅左翼”是如何呈现相关话题的吧。

“丸山鲁迅”最重视的是“革命文学”时期及其之后的鲁迅，而“革命文学”原本就是不得不关注第四阶级，或曰无产阶级的悲苦生存状态及其境状之变的。在讨论鲁迅欲求改变中国 / 中国人的议题时，丸山先生也曾认为：“对鲁迅而言，

中国人首先就是在他周围的周家的性格缺陷者、鸦片中毒者、将财色之欲隐藏于道貌岸然的外表之下的卑劣的礼教主义者及以冷酷的优越感对待少年鲁迅的庶民们。而中国社会，就是由这些人组成的阴湿的人际关系。于是，所谓'革命'，不论依靠具有'超人'般力量的'精神界战士'，抑或章炳麟那样的'菩萨式革命家'，总之都应从根本上颠覆这一人际关系，使人面目全新。"（37）这里涉及的同时就有中国人在物质生存和精神生活上的双重不堪，以及鲁迅对于这种种不堪的改变意图。类似的文字还可以看到：

> 对他（鲁迅——笔者）来说，"阶级"这一概念虽然没有包含明确的马克思主义的内容，但早已以支配者和被支配者、主人和奴隶、富人和穷人、权贵和民众的形式存在着。（42，1972 年）

> 这里反映了并不存在如果革命家舍身为民众流血受苦，民众必须感谢支持的义理。民众归根到底只去判断具体的各件事实对自己是否有利，而且任何人都无法对此加以非难。换言之，即便民众看上去再怎么"无智慧"、"不关心"，中国革命也只能和现存的这些民众一起甚而借助他们的力量前进……可以说，这是鲁迅历经挫折，最终在心中孕育而生的信念。（57，1972 年）

> 《"连环图画"辩护》当然是对苏汶的反驳，但细读内容，强烈地表现出对文中提到的珂勒惠支和梅斐尔德等人作品本身的共鸣，以及进行介绍的热情。（288，1984 年）

> 我们的劳苦大众历来只被最剧烈的压迫和榨取，连识字教育的布施也得不到，惟有默默地身受着宰割和灭亡。……智识的青年们意识到自己的前驱的使命，便首先发出战叫。这战叫和劳苦大众自己的反叛的叫声一样地使统治者恐怖……（200，1975 年）

以上四段中后面两段还需要稍加解释。就其中的第三段而言，熟悉两位画家的相关作品，或者对鲁迅的《〈凯绥·珂勒惠支版画选集〉序目》留有印象的读者，都能够意识到所谓的"共鸣"实足以标明：鲁迅正与珂勒惠支这类的画家一样对于人间的生计之苦（求生存、求温饱的艰难）有着刻骨的记忆和强烈的反抗、改变的意志。最后一段，则属间接引文，前文也提到过，这是一段多次为丸山先生引用的鲁迅自己的文字，他强调鲁迅对“无产阶级革命文学运动”的热情，而其中的关键元素：一则劳苦大众的生存之难（物质上、文化教育上），一则智识青年以及劳苦大众对于此种人生苦境的反抗、求变意愿。

对于劳苦民众而言，生活的艰难是求生存、求温饱，而对于先行者们（往往是敢于反抗、谋取现实变革的智识的青年们）而言，生命本身的安全（死与活）就成为关键之关键。丸山先生笔下的“鲁迅左翼”对变革者的生死磨难是向有其刻骨记忆的。

> 中国的革命文学者即便知道把托尔斯泰称为“卑污的说教人”，但连在沙皇的高压政治下“剥去政府的暴力，裁判行政的喜剧的假面”的托尔斯泰的几分之一的勇气都没有；鲁迅还质问他们虽然知道人道主义不彻底，但托尔斯泰从人道主义的立场出发施行的那种程度的抗争他们做了吗（《“醉眼”中的朦胧》）。（59，1972 年）

> 《现代》这一期还登载了柔石的照片和笔迹，以及珂勒惠支的版画《牺牲》。广为人知的是，这张版画是 1931 年 9 月《北斗》杂志创刊时，鲁迅想写点有关柔石的东西而不成，于是刊载了这幅画，算是只有自己一个人心里知道的对柔石的怀念。（204，1975 年）

> 那时鲁迅指责创造社只知人云亦云，说托尔斯泰是“人道主义的卑污的说教人”，却连托尔斯泰从人道主义立场出发对“杀人如草不闻声”的沙皇统治进行反抗的勇气的几分之一都没有。（287，1984 年）

> 至于对于政府的禁止刊物，杀戮作家呢，他们不谈，因为这是属于政治的，一谈，就失去他们的作品的永久性了；况且禁压，或杀戮“中国文学的刽子手”之流，倒正是“第三种人”的永久的文学，伟大的作品的保护者。（291，1984 年）

> 可是，像有名的 1931 年 2 月“五烈士”的处决，牺牲也并不少。……同

> 年五月，发生了国民党特务机关绑架监禁丁玲的事件，站在对这一事件的抗议、救援活动最前列的民权保障同盟的杨铨被暗杀。机关报刊也几乎无法发行，可以说“左联”连维持组织活动也变得困难了。……对身处当时的漩涡之中，亲眼目睹青年们的牺牲和写作中为生活所苦的消瘦身姿的鲁迅来说，加上先前看到的“新文学者”们的倒退现象，他的寂寞感想必更强了。(311—312，1994年)

> 回顾历史需要敏锐的时间感。成为“第三种人论争”导火线的胡秋原的一系列论文发表于1932年的4、5月，苏汶介入批判胡的言论的“左联”和胡之间、提出“第三种人”这一概念是在7月和10月，距鲁迅信赖并爱护着的柔石和殷夫等在内的“五烈士”被处决只有一年半左右。……因此，对于事件后一年多自称“第三种人”的人，鲁迅自然会抱着决定性的不信任感。(312，1994年)

上引文字除第四段为转引的鲁迅原话之外，其他均为丸山先生对鲁迅的评论，虽然丸山先生文字的本来目的不一定是在强调鲁迅对于生命死难的刻骨记忆，但是阅读者于其中并不难读出这些评述或是转引所传达的鲁迅对于生命死难的拳拳记忆。可以说，丸山先生笔下的“左翼鲁迅”对于人要好好地活，人得拒斥、反抗血腥屠戮的心志是有着不断的关注的。

无论是劳苦众数的生存之难，还是变革者们的生存之不易，“丸山鲁迅”都不乏关注，不仅如此，丸山先生在对“日本的鲁迅研究”进行评述时，更有他相当明晰的相关思路。他征引清水安三的文字，说鲁迅有一癖好，便是经常恶狠狠地咒骂中国的旧习惯和习俗，“这个孔乙己也还是科举制度生下的寂寞的牺牲品。……鲁迅笔下的人生，几乎都是黑暗人生的描写”，进而评论“可以说它在某种程度上深入到了鲁迅的思想内面，是一种认真的理解”。(325)又引原野昌一郎之文：“千百年来，其东方性的广泛的文化和经济、政治各方面的祸乱、重压，在不断地经历着跌倒再起的轮回；百官的横恣，民众的被压迫，实在是带着无与伦比的冷酷性反复着。……我们翻开一页历史，即可看到这痛烈的现实。”“特别是我们最关心和称赞的是，他的主题，几乎全都在于将在最底层呻吟的民众的姿态，写实而精确地显现在我们面前。”同时评论“他用‘乡土性’这一词所表达的意思是中国的历史和现实的深重，以及对鲁迅将它描绘出来的同感”。(329)但丸山先生并不认可原野昌一郎对成仿吾的《〈呐喊〉

的评价》的赞同，直言：“这个时期比原野更出色地理解鲁迅的，是作为新闻联盟特派员而到国民革命的根据地广东的山上正义。”并说：“那出色的原因则在于它在因反共武装政变而遭受挫折的革命中，分担、体会到了愤怒和悲哀。只有像山上这样具备如此经历和思想的人，才最早使之成为可能。”（330）面对日本的鲁迅研究史，思维上一以贯之的丸山先生没有放过鲁迅对劳苦众数的求生之苦和变革现实者（革命者）的生命死难的瞩目，他更有如此这般的点睛性话语：“他（小田岳夫——笔者）在鲁迅逝世时写的一篇文章中，指出鲁迅在对同胞进行尖锐辛辣的揶揄、讽刺及让人害怕的冷酷深处，浸透着他温暖的泪水。”（337）凡此，不惜以“批判—反抗”的方式意欲改变中国/中国人的“鲁迅左翼”，他所意欲改变现状的方向之一不是一直就没有离开过人的物质生存安全这一根本维度吗？

人应该有的生活远不止于物质生存的安全，人最基本的生命特征之一在于人有精神，人有其精神自由的天赋意志，相应地，人的社会应当满足人的精神自由。完全能够看到，“丸山鲁迅”对于人之精神自由的不息关注。

丸山先生在谈到鲁迅的辛亥时期时，就长篇幅地引用了刊于《越铎日报》上的鲁迅文字，其中，鲁迅以为“顾专制久长，鼎镬为政，以聚敛穷其膏髓，以禁令制其讥平，瘠弱槁枯，为日滋永”，虽“桎梏顿解”而“民声寂寥，群志幽闷”，遂呼吁“纾自由之言论，尽个人之天权，促共和之进行，尺政治之得失，发社会之蒙覆，振勇毅之精神”。丸山先生则赞为“可以感到身处对‘共和之治’的期待与对‘瘠弱槁枯’、‘寂寞’的担忧之间，鲁迅为一种强烈的使命感所支配着”。（32—33）

“丸山鲁迅”对精神自由的关注，可具体化为鲁迅对言论自由，新闻、出版自由等的关注，其中《鲁迅的“第三种人”观》一文就提供了不少的相关信息，从中完全能够见出鲁迅式左翼对言论自由的不息追求、对出版检查制度的愤懑和反抗。（参见292—296）而最为发人深思的是笔者所见丸山先生完成于2005年的相关观点——其时的丸山先生是在谈鲁迅，他肯定鲁迅对自由的积极追求，把“自由”作为人类生活的重大话题重新提出来讨论，能够看到身为社会主义者的丸山先生本人对于人的自由、对于人类命运的关注——一个社会主义者的真诚、远虑和大爱尽显其中了，我以为。

但从严复到《争自由的宣言》（胡适、李大钊等七名）到陈独秀的《谈政治》(1920)，这个词（即“自由”——笔者）可以说基本上在“改革”派的主张里占着重要的一部分，没有贬义。瞿秋白却写道，鲁迅的著名的“打落水狗”，真正是反自由主义，反妥协主义的宣言。然而他举了具体的例子倒都是“调和”、“妥协”的例子，没有“自由主义”的例子。[①]

在当时的瞿秋白，“自由主义”是资产阶级的思想这个事实，不用详细地解释，是明白的既定的事实。

可是，在现在的我们来看，不能把“自由主义”简单地看做“资产阶级”的思想。我现在没有准备全面地解释、分析“自由”的概念，但至少可以说：“自由”这个词本来含有复杂、多面的意义。诚然，法国革命时提出“自由、博爱、平等”口号的是“市民阶级”（bourgeoisie），然而当时资本主义还没有充分发达，连资产阶级和无产阶级也还没有明白地分化。我们应该重视的是在后来的历史上，“自由”这个词的用法也有各种各样，其政治性格也是多样的事实。“自由”在反法西斯主义斗争中是资本主义国和社会主义国共同的口号，只看中国国内，言论、出版的自由是1930年代文化运动的重要目标之一。[②]

当然，我不是全面否定20世纪社会主义。……我不过是说：在21世纪，如果社会主义要恢复应该保有的活力，重新实现它的理想，就不能避开严格地回顾20世纪社会主义的错误和弱点。而且我以为那些课题中，怎么看“自由”是特别重要的课题之一。尽管“自由主义”这个词在过去有多面性，有时候也有逆着进步的政治作用，在21世纪，人们对自由的欲求一定日益增大，这时，瞿秋白把“反自由主义”作为鲁迅杂感之四个特点之一，我们不能置之不问。[③]

……从忽现于“自由主义者”的言论中的“自由”等词，立即抽嗅到“资产阶级思想”的气味，于是站在思想的“本质”这个立场上来抓问题。不能否定，其结果，就不能充分容纳“自由主义者”所渴望的“民主主义”和“自由”的含意了。即使在这里不可能有另外的选择，然而反过来，会不会有这一想法

① 王风、［日］白井重范编：《左翼文学的时代》，北京：北京大学出版社，2011年，第351页。

② 王风、［日］白井重范编：《左翼文学的时代》，北京：北京大学出版社，2011年，第353—354页。

③ 王风、［日］白井重范编：《左翼文学的时代》，北京：北京大学出版社，2011年，第355页。

被固定化的一面呢？即所谓在任何场合下，一切选择都是二者必择其一，没有中间可言。

……

倘若我这样的想法包含着一方面的真理的话，那么也许应当说，以《斥反动文艺》为首的一系列批判所留给萧乾的创伤，不仅是对萧乾而已，而是给以后的中国也留下了创伤。（249—250）

在 21 世纪，“自由”这个问题所具有的分量越来越大。

特别的思考的自由没有充分的保证的社会，不能引出人民的活力和创造性。“自由”即资产阶级的思想，这样单纯、机械的想法是站不住的。我想，在这样的状况下，瞿秋白就鲁迅用的“反自由主义”的说法，还是需要重新研讨。[①]

对于本文的议题，上引诸段都是太过重要的文献。丸山先生质疑瞿秋白对鲁迅杂文之“反自由主义”的界定，历陈无论在中国的现代史上，还是在世界历史上，“自由”都能够意味着一种正面的价值而非相反，更指出对于人之“自由”课题的不能正视，或是错误的对待，这类的“错误和弱点”所造成的伤害绝不只是对于某个人的伤害，而是对于整个国家及其人民的伤害。果真如此的话，人间的社会主义目标就既能真正地继承人道主义的传统，既关注底层民人（所谓无产阶级）的苦难及其改变、关注人间的贫富差距及其改变、关注人的种种平等诉求，又能够坦荡接受生命对于精神自由的追求——作为一种“社会—文化”理想，这不是相当美好吗？现在的我们知道，2005 年是丸山先生在人间的最后一段岁月了，他说出了这些话，而他借以出场这些“话语—思想”的载体则是他一生里最熟悉的研究对象鲁迅。此时此刻，无论是他笔下的“鲁迅左翼”，还是作为一个社会主义者的“丸山左派”都显出了某种顶峰山色，正是值得人们好好记忆的。

真实的是，丸山先生不仅肯定自由作为人的社会化权利，他更深悉人之思想如何通达自由之境的某些深层秘密。

21 世纪是刚刚过了 1/20。30 年以前发了胜利宣言的资本主义也开始暴露

① 王风、［日］白井重范编：《左翼文学的时代》，北京：北京大学出版社，2011 年，第 356 页。

> 其弱点。加之，人类的面前出现了没有经验的复杂的问题群。我想：在这样的时候，鲁迅的经历和思想，尤其是他的不依靠现成概念的思考方法中，留着我们还没有充分受容而非常宝贵的很多成分。①

> 当时的日本，包括马克思主义者、自由主义者的许多“思想家”们，不仅政治上败北，思想也很容易变化，倒向了军国主义、国家主义，这使得竹内深刻地体验到，“思想”是一种多么脆弱的东西，或者换言之，将“思想”真正变成自己的东西，是多么困难。因此很自然地，他会碰到这样的问题：对于人来说，最后留下的是什么？人靠什么而得以生存？并试图从这个角度来思考鲁迅。（345）

往深处说，这两段涉及的是：人的自由之思的初始点何在？无论是前一段说到的“不依靠现成概念的思考方法”，还是后一段所追问的“对于人类来说，最后留下的是什么？人靠什么而得以生存？”、所深味的“将‘思想’真正变成自己的东西，是多么困难”都能够呈示一种深刻的启示：真的自由之思的起点存在于你能够做到不依附任何他人（任何人或是任何组织）的现成观念而说话做事，你能够言从己出，行由己定，正所谓“独立之精神，自由之思想”——对此，无论是丸山昇，还是竹内好，都经由鲁迅而抵达了其自身的深有所悟。

至此，可以结论的是，“丸山鲁迅”呈现的“鲁迅左翼”的确具有这样的品性：以“批判—反抗”求取中国 / 中国人的现状之变，其所求变的方向则是：人的物质生存之安全和精神生存之自由。至于其“批判—反抗”以求改变的激进限度，是否真的止于与它的追求目标即人的物质生存安全和精神生存自由相违背的边际处，这里也可以简略地观察之。

《“革命文学论战”中的鲁迅》中，丸山先生基于“我想指出的是只有真正地为达成某一目标而努力才能正确地把握现实的长处和不足，而鲁迅便具有这种力量”（49）这一议题，而谈及不同的人对勃洛克尔的长诗《十二个》的理解。《十二个》写到了如此场景：“有 12 名赤卫军走过。他们当中有的人因为嫉妒杀死了老相识的女人。但是，即便如此，他们还是前进。踏着革命的步伐正走步，顽固的敌人就在附近！劳动者，前进！他们一边说着一边还叫着：打开酒窖！一贫如

① 王风、［日］白井重范编：《左翼文学的时代》，北京：北京大学出版社，2011 年，第 356 页。

洗者的大道！"（49）明显地，长诗真实地写出了"一贫如洗者"（无产者）在其"革命"活动中的一些越界言行（这些言行至少是与人的物质生存安全〔生命权、财产权〕相违背的），但日本的一类知识者如片上伸等"虽然承认赤卫军的负面行为，但仍明确地断言俄罗斯革命是'为了提出真理'、'为了创造出新世界'"。（50）对此，丸山昇是持质疑态度的。他说："在充分肯定其正面价值的基础上，若将它与下面的托洛茨基的看法一比较，又会带给我们什么启示呢？"（50）他征引了为鲁迅所翻译的《勃洛克传》中的大量文本后，结论说："片上伸所指的'为了创造出新世界不可少的必要的建设性工作'在托洛茨基看来则是'虽说因革命而起，在本质上却和革命在反对的倾向'的现象。这点差异不可轻视。"（51—52）"一言以蔽之，这是投身革命、亲自从事革命的托洛茨基与作为局外人思考应当如何看待、理解在自己不处身其中的土地上进行的革命之片上伸的不同……在此暂且不管这点以及对托洛茨基此后行动的作用的评价，至少由于托洛茨基置身革命、将革命当作自己的事业来推行，因此他对于革命过程中产生的各种各样的负面现象无法止于仅解释其根据，至于赋予这些现象以意义，更是完全无法想象的事情，在这篇文章中体现了被实践精神所印证的现实主义。"（52）丸山先生并不认为鲁迅和托洛茨基在看待《十二个》上有直接、具体的"同样的看法"（54），他要申述的重点在：鲁迅正是那种重视任何"革命"言动之于陈旧现实的真正"有效"性的"革命人"（54），正是那种把革命视为自己的事业、视为改变中国现实的事业的人；作为具体的例证，他提到了鲁迅的《谩骂与恐吓绝不是战斗》，明确地认同鲁迅的思路，"对'敌人'的谩骂是无意义的，它与革命的工人农民无缘，是向不良传统的堕落"（54）。

"革命"（左翼之最激进处）是有其边际的，过了边际，"革命"就会越界，就会"在本质上却和革命在反对的倾向"上，就会"与革命的工人农民无缘"，而倒向极左。而边际处的醒目标志之一就是：是否"革命"已经危及人的物质生存安全，一个人的生命本身和他的财产是不能在任何革命中被随意剥夺的，革命对于这类事情应该有与革命目标相一致的专门的法律或规则予以掌控。

与此相关，我很想提及丸山先生的另一处讨论。在《鲁迅的"第三种人"观》中，丸山先生说过："比起瞿秋白和周扬来，鲁迅对苏汶的态度之所以没有闭塞之感，可能缘于上述的理由；但另一方面，也因此在别种意义上，鲁迅比瞿秋白、周扬等人有着更为严厉的地方。"（288）联系丸山先生的上下文，他所说的"理由”或是“别种意义”能是什么呢？

> 这篇文章之所以具有鲁迅的特点，在于它不仅说出了马克思主义的常识观点，还在这个基础上批判苏汶一方面举张“第三种人”的立场，却不能贯彻，而又把不能贯彻的原因归咎于左翼作家的批判。（286）

> 鲁迅的确说过想做“第三种人”不过是“幻影”，但当时他要求于苏汶的，与其说是舍弃原来的立场与“左联”取同调，毋宁说是要他在自己的立场上不懈地作出相应的努力。（287）

> 不过总之，理解为鲁迅是要求他们与其抱怨左翼的批判，不如先去做自己想做的事情，大概没有错吧。（287）

丸山先生慧眼独具，看到的是鲁迅并不像瞿秋白、周扬一般要求苏汶放弃自己的立场、观点来与“左联”人同调，鲁迅真正在意的是苏汶等是否真诚地坚守了自己的立场和观点——换言之，苏汶等人是否真心地守卫着、实现着自己的“言论—思想—精神”自由，是否真的言行一致呢？如此思路，的确一方面并没有封死“第三种人”的自有价值，而同时对于作为个人的“第三种人”自身的真诚提出了更高的要求：坚守自己的立场，实现自己所说的，从而也是实现自己的自由。让人惊叹的是，丸山先生沿此思路又抓住了近现代中国历史上中国知识者们的临世软肋、精神内伤，以及这种内伤留给近现代中国历史的巨大遗憾（这份遗憾多么值得后人记取啊！）：

> 当我们脑子里记住鲁迅也是生活在1930年代的人物这一理所当然的事实后，再来重新评价鲁迅的“第三种人”观时，鲁迅在苏汶身上所觉察到的那种“不可靠”，不正是与中国近现代历史上的“中间派”、知识分子层在数量和质量上的薄弱相关的思想性脆弱吗？换言之，这不就是难以培育出坚强的中间层的中国近现代的土壤吗？（298）

一种最经常的思路是坚持自己的正确性，并要求他人归附自己的观点，即使是自以为信从"言论—思想—精神"之自由的人也往往在这种地方一不小心就越过边线，形成一己独尊的思维态势。但显然，丸山先生笔下的"鲁迅左翼"并不这样，对于群体关系中"人—我"之"自由"选择的边际，"丸山鲁迅"实有自己的精准意识。

可见，"丸山鲁迅"（"鲁迅左翼"）尽管持有"批判—反抗"、意欲改变生存现实的品性，并因此而难免其激进气色，但是，此一"鲁迅左翼"的确能够同时将自身进行"批判—反抗"以求改变现实的激进限度，限定在与他的追求目标即人的物质生存安全和精神生存自由相违背的边际处。当然，是身为中国左翼人物的鲁迅果真如此呢？还是，这不过是"丸山鲁迅"的主体呈现？抑或，这仅是笔者的一种思路罢了？究竟是什么，我以为并不重要，重要的是，一个文化人物逝去之后，一个学术前辈离开我们之后，人们究竟能够在他们的文字里找出什么样的文化代码——这些代码是有助于你我作为人的尊严和梦想呢？还是并非如此？我还想说的是：某种果真存在的"鲁迅左翼像"与"丸山鲁迅"能够呈现的"鲁迅左翼像"其实是相互激荡、相互催生的文化佳酿吧。

至此，可以看清了，此文实在是要把"丸山鲁迅"、"鲁迅左翼"充分论证为一种在笔者看来极为理想的左翼精神典范的。虽则结论已出，但笔者却还有一个试图解决的问题在："丸山鲁迅"何以能如此卓然而立？其中有否值得记取的生成性机密呢？

丸山先生笔下"鲁迅左翼"独到的生成路径："革命人"（从自己心中流出革命性来）——立足、忠实于"自己"，意识到自我的主体性——自我主体与革命（文学 / 文化）在具体时空点上的实际性的、有效的联结，而非外在理论上的、无实效的"一口气飞跃"。

的确，丸山先生呈现的"鲁迅左翼"不仅有其不凡的品性，也同时有其独特而富含启示意义的生成路径。收入《鲁迅·革命·历史》的首篇《鲁迅和〈宣言一篇〉——与〈壁下译丛〉中武者小路、有岛的关系》就相当经典地呈现出"鲁迅左翼"独到的生成路径。丸山先生十分敏感于"鲁迅左翼"的独特性，认为《壁下译丛》中鲁迅对武者小路、有岛武郎相关作品的翻译会"从内部促进这种'变化'的要因，或者发现在这种变化中有力地刻上鲁迅独特性的要因之一"。所谓的"变化"即指后期鲁迅与社会主义文化阵营的亲和性关联，一般之谓鲁迅的"左转"（笔者并不认同这样的说法，在笔者看来，鲁迅的确是"左翼"人物，但他并没有转〔变〕，他只是在人生的某个阶段更自觉地确认了他原本就并不反对的一些思路）。

> 如同……“为革命起见，要有‘革命人’，‘革命文学’倒无须急急，革命人做出东西来，才是革命文学”——表达的那样，在鲁迅身上，这种思想以独特的构造发挥着作用，并发展到主张：能让“自然而然地从心中流露的东西”原样成为“革命文学”的“革命者”，才是文学者与革命结合的最正确姿态。（7）

这段流布很广的关于鲁迅及“革命人”的陈说，也正是“丸山鲁迅”牢牢展示的要点之一。但问题是，对于鲁迅以及任何其他人来说，“革命人”究竟能够如何生成呢？

> 鲁迅通过更新“自己”这一词语的内涵，将武者小路的“忠实于自己”的文学这一主张转化成具有别种能量的东西。（7）

> 因其“观念性”、“阶级性”而将武者小路的文学理论全部排除后再出发，至少是日本的马克思主义文学论，以及中国的革命文学论。但鲁迅不一样。他忠实于自己对武者小路的某些思想产生的共鸣，从而自武者小路身上汲取到能够转化为自己“思想”能源的东西。鲁迅从“革命文学论战”到“左联”时代的历程的独特性，即在于此。（7—8）

在笔者看来，这即是丸山逻辑上的鲁迅成为“革命人”的最初一步：在自己的生命深处真正地转化所谓的“革命文学”论，将其化为自我主体的血肉成分。如果再要说什么的话，这里要求的不过是人性上的真诚、不装，熟悉鲁迅的人是知道的，与此相关的精神气性正是鲁迅自其留日期间的文字里就注满了的。

那么，接下来的问题是，如何去做到在自己的生命深处真正地转化所谓的‘革命文学’论，将其化为自我主体的血肉成分呢？

> 鲁迅凝视着自己在内的既成文学者站立在人民立场的可能性几乎无望这一

困难，从而批判提倡“为革命的文学”过于浅薄。更确切地说，他是从始终站在“人道主义”立场尖锐地批判专制君主制的托尔斯泰，以及因革命不得不自杀的俄罗斯同伴作家们的生存状态，看到文学者是如何发挥主体性与革命相结合的。换言之，鲁迅没有忽视的是，认同了将到来的革命的必然性之后，比起不管三七二十一急驰入麾下，认定自己的位置和力量，以其时想到的最有效方法来尽自己所能，才是与革命更具主体性也更有效的具有可能性的结合方式。鲁迅自身……在本质上是属于后者的。因此从这个立场来看，有岛武郎的《宣言一篇》当然会引起鲁迅相当强的同感，并且得到他很高的评价。（12）

虽然这不是直接回答来自社会主义者一方的批判，但若稍微变换一下角度，是否与对社会主义者的批判的回答也有共通之处呢？即便真的有紧密联系“第四阶级”、完全成为“第四阶级”的艺术家，但既然自己现在不是，那么就从不是的“实情出发”吧，这是有岛武郎的立场。也就是，不管历史大潮流如何，自己也不能无视自身的主体性和首先应当做的事情而去投身于这大潮之中。（17）

原因姑且不论，确实在鲁迅心中养成了这样的思想态度：不是瞄准新的可能性一口气飞跃；而是确认自己当前所在的地点和自己的力量，然后一丝不苟地干该干的事，从中寻求前进的保证。鲁迅从有岛的文章得到的这份感悟，比我们今天所想象的要更为亲切。（9）

他对于“为革命”的文学是无力的这一立场的坚持，也是由于他坚持认为决定文学作为文学是否有意义的只能是作家主体的存在状态，决不放过将文学的存在根据委托给“政治”的不负责任的态度。他固守着带有其他目的的文学是无意义的这种乍一看似乎正是资产阶级文学风格的命题，不过这里反而存在着能生成对作家自我改造的强调的根据，而这种强调的形式在世界无产阶级文学中也是独特的。（18）

我以为，上面的四段反复涉及丸山先生笔下“鲁迅左翼”的两个关键生成素。其一，是紧密联系着上文的“自己”，转换而生成的“作家主体”的概念，并尤其强调这一“主体”与“革命—左翼”文学的有效联系是如何发生的，强调在这种有效联系中作家主体的优先意义。其二，是异常具体、明晰地标示了“作家主体”与“革命—左翼”文学建立有效关联的路径：“不是瞄准新的可能性一口气飞跃；而是确认自己当前所在的地点和自己的力量，然后一丝不苟地干该干的事，从中寻求前进的保证。”这两处关键素饱满地回答了作为文学写作者的“革命人”如何生成的问题，即如何去做到在自己的生命深处真正地转化所谓的‘革命文学’论，将其化为自我主体的血肉成分的问题。

丸山先生在总结自己的论题时说：“通过抵抗面对革命这一‘历史的必然’时、将自己整个投入到这一必然的洪流的做法，开拓了文学者乃至一般知识分子与这一潮流最具主体性的结合方式的，是鲁迅；而鲁迅之所以能实现这种抵抗，白村、武者小路、有岛的文学理论所起的作用，恐怕远远超过我们今天的预料。说这些文学理论加入到鲁迅自《摩罗诗力说》以来的文学观中，鲁迅的抵抗得到这种新文学观的支持后才成为可能，我想也并非夸张。”（19）简言之，由于鲁迅善于富于主体性地（能够返身向己地追问：“我”究竟在何处可以跟某种思潮、思想建立真实、有效的联系）吸纳各种精神源流，一以贯之，鲁迅也才真正地富于主体性地吸纳着“革命文学”理论中的真实要素。文章的最后，丸山先生更把鲁迅的这种具有抵抗能力的、富于主体性的真正的吸纳，跟日本的冒进式的马克思主义路子区别开来：“对作家主体的坚持，正是日本无产阶级文学从《宣言一篇》中没能汲取的东西。”（18）“藏原的道路，最终的结果是从入‘党’来寻求作家主体性的正确的保证，这是上文提到的日本马克思主义的典型道路，也是无视《宣言一篇》的问题一路冒进的日本无产阶级文学理论的必然的理论归结。”（19）“与此相对，鲁迅的道路是认真地接受了有岛武郎抛出的问题的道路。它不仅和藏原的道路相反，而且应该说在本质上是相异的。”（19）在后来的《“革命文学论战”中的鲁迅》中，丸山先生谈到与“鲁迅在‘革命文学论战’中的格斗为何种性质”有关的问题时，亦强调“把问题聚焦于作者的主体进行思考的方法，恐怕是鲁迅留给今天的最大的财富之一”。（43）

至此，丸山先生在《鲁迅和〈宣言一篇〉》中挖掘出的“鲁迅左翼”的生成路径可以总结为：“鲁迅左翼”—“革命人的鲁迅”—立足自己，主体性地确立自己究竟在何处着手与“革命文学”建立起真实、有效的联系，拒绝一口气式的理论"飞跃"并以这一"理论"的"组织性"来保证自己的正确性。当然，作为文章的主旨，丸山先生没有忘记强调："鲁迅左翼"、革命人的鲁迅与他对白村、武者小路、有岛的文学理论的真实吸纳有关——这应该是丸山先生在《鲁迅和〈宣言一篇〉》中完成的主要写作意图。但是，《鲁迅和〈宣言一篇〉》更富启示的内容笔者以为其实是在前者的。如果一定要说，哪些因素影响着鲁迅对"革命文学"理论的吸纳方式的话，那可以说的议题实在是太多了，一定不止于"白村、武者小路、有岛的文学理论所起的作用"的，正如丸山先生已经意识到的"鲁迅自《摩罗诗力说》以来的文学观"就可能也起作用。但笔者更想说的是：20年代后期，当"革命文学"理论以它颇为特别的方式与鲁迅遭遇时，鲁迅对这一理论的真实态度是与他在1925年冬1926年之际完成的一次生命境界的蜕变内有关联的，换句话说，站立在"革命文学"理论面前的鲁迅，已经是一个独立、自觉、自由的，精神世界异常丰富的生命主体，他对"革命文学"理论的抵抗与接受归根结底是由这一整体性的生命主体予以定夺的。就与"丸山鲁迅"紧密相关的连接点而言，1925—1926年完成的生命蜕变使得"于世反抗（不惜革命）"的生存立场在鲁迅的精神世界中获得了一次极其自觉的再肯定。①

是结束这篇十分有限而又"长度"漫漫的阅读笔记的时候了。作为结论的一部分，我还有仅剩的几句话。如果说在丸山先生的研究体系里存在一个在他看来相当理想、值得铭记的"人"的形象——"革命人鲁迅"的形象的话，那么，在他的诸多或直接或间接相关的研究中则可以看到他文本深处的对于所有人（各式各样的，他并不怎样尊敬，或是他还能够尊敬的人）的同情、爱、理解，或许，他并不能得出怎样完美的一个结论，但他朝向"人之爱"的不息努力令人不禁敬畏。而如本文所论，其"革命人"之谓的"鲁迅左翼"像，更能够完整地解读出这一内涵：不惜以"批判—反抗"的方式，去改变现实生存的状况，其"批判—反抗"以求改变现实的激进限度，又自觉地限定在与他的追求目标即人的物质生存安全和精神生存自由相违背的边际处。至此，可以说，无论是作为丸山先生之学术果实的"革命人"鲁迅、"鲁迅左翼"，还是作为丸山先生本人的"丸

① 参阅拙著《存在主义视野下的鲁迅》，北京：北京大学出版社，2007年，第二章、第三章；正是在1925年冬1926年之际，鲁迅自觉确认了他超越虚无、反击黑色人间的根本生存方式——"战士"人生，自觉确认了他直面人生，实施批判、反抗的生命立场，凡此种种，年皆45岁的鲁迅再一次肯定了他年轻时代（留日期间）心仪的（精神界）"战士"型生存方式，而这正是有助于鲁迅深入"革命"、"革命文学"的精神实质的。

山式左派”都是值得人铭记的左翼精神、左翼文化的典范——这里，并不存在新旧左翼之别，见证的是左翼品性的真伪高低。

谨以此文记念丸山昇夫人和丸山昇先生
2013 年 9 月初稿，原刊《新国学研究》第 12 辑，
此次出版有修订。

"发现"与"有限"
——木山先生"野草论"① 探析

摘　要：木山先生的"野草论"深度地联系着他意会中的"鲁迅像"，能够意识到《野草》的写作与鲁迅对其"战斗者自我"的重构之间的联系，深刻地见出《野草》对鲁迅之"定位彷徨自我，厘定存在根据"的有机作用。并在此视点上，观察到了《野草》整体运动中的诸要素，及其一脉相承的意味和基本运行方法。不过，一定程度上，木山先生意会中的"鲁迅像"也限制了他之"野草论"的方向和归宿，留下了商榷和再阐释的可能。

引　言

一个人能够写下一个什么样的论题是取决于这人的发现能力的。就本人而言，眼下也就只能谈及木山先生的"野草论"——木山先生的其他研究（比如章太炎研究、周作人研究等等。）则无力妄言。不过，我极愿意聊谈《野草》这个话题就是了——以为自己还可以谈出一点真实的意蕴。仍然是在还债般的心绪里写这个论文，2004 年的冬天，2012 年的夏季，虽时隔八年，一些影像仍异常清晰地闪过心脑，我知道这是一篇致敬之文——恰如我之前对竹内好先生、对丸山昇先生的致敬，老实说，我十分甘于这样的致敬。

那废话少说吧，进入正题。虽已是 2004 年的冬天，我拿到《文学复古与文学革命——木山英雄中国现代文学思想论集》（北京大学出版社，2004 年）时，其实是远未读懂其中的首篇《〈野草〉主体构建的逻辑及其方法——鲁迅的诗与哲学的时代》的，即使如此却已经感到其中巨大的挑战性、笼罩性力度——以至于觉得自己正在完成中的博士学位论文中的"野草部分"几乎难以写下去了！但我记得那时刻，最触动我情绪的还不是这种难以写下去的困境，而是一种更直接、更触目的感慨：一个外国人怎么可以把中国的鲁迅解读得这样好？！中国人应该十分感谢他吧？应该觉得惭愧吧？在被逼出自惭的同时，又兼以似

---

① 木山先生的"野草论"以长文《〈野草〉主体构建的逻辑及其方法——鲁迅的诗与哲学的时代》为核心文本，全文中文版见［日］木山英雄：《文学复古与文学革命——木山英雄中国现代文学思想论集》，赵京华编译，北京：北京大学出版社，2004 年；但该文曾分上、中、下三个部分在《鲁迅研究月刊》1999 年第 9—11 期连载；《文学复古与文学革命——木山英雄中国现代文学思想论集》出版时，另增了木山先生作于 2002 年的《读〈野草〉》。

乎更多的感慨，于是就情绪失控了。

然后，当然还是得继续自己的博士学位论文，唉，也许那时候还算年轻吧，觉察到自己的选词、思路虽然难免与木山先生的论文有交集之处，但本质性的差异也还不是没有，而且，差异之处也正是在笔者看来的不仅《野草》，而且鲁迅的根本之处——于是那学位论文的整体构架算是蹚过难关，得以继续存在了。虽是这样，这些年，给学生讲，自己再三地读、思，直到这个夏季——相关的论文作为自己给自己定下的任务吧，要必须完成的——又一次通读《〈野草〉主体构建的逻辑及其方法——鲁迅的诗与哲学的时代》，似有恍然大悟之感，知道了从前未曾明晰知晓的一点一点，从前晦暗不清的阅读感觉渐趋地可以连成一体了，这大抵是本文的书写基础和书写动力了。

"方法"这个词，据说 80 年代中国有过"方法热"的，但我那时不知道。又有人直对着我说："存在主义就是你研究鲁迅的方法。"我说：是这样的吗？这一回居然觉得自己看到的木山先生写其"野草论"的方法那是非常醒目而直接的：他对《野草》的种种惊人发现奠基在一种不可或缺的基础上，那正是他的整体性视野。具体地说，他之"观《野草》"是将《野草》视为一个整体，他之"整体性野草观"则源自他之"整体性鲁迅观"，他之"整体性鲁迅观"又不仅仅是观鲁迅这个核心本体的前后演进变迁，他同时观鲁迅这个核心本体的四围左右上下……。而归根究底，木山先生的这种种"观"的背后又还有什么源头活水呢？是源于他对人与生命、对历史现实、对生存世界的某种同样富于整体性的思虑吗？个体生命、一己自我的结构及其生息难度，历史时代、现实世界的结构及其演化难度，大抵，这些直取生存本质的要素、思维，都弥漫在木山先生的字里行间吗？那么，说到最后，这又算什么研究的方法呢？这与其说是观察、研究的方法，不如说这关涉一种如何生存下去的活法啊——关涉一种生存之路经吧。说到人在这个难免其各色历史性的世界上得以幸存的路径，这幸存之路不得不是愈益整体才会愈益丰富，愈益有其深度、力度的吧？倘自身就支离破碎，那不是历史、人间的疾风一阵袭来，瞬间就烟消云散了？真实的是，对于"方法"，木山先生还有这样的话语在："因为，我写的东西多是读书经验的语言化这样平凡的方法，或者说几乎是无方法的产物"（393）[①] 真

① 本文所引木山先生文字的中译，均出自［日］木山英雄：《文学复古与文学革命——木山英雄中国现代文学思想论集》，赵京华编译，北京：北京大学出版社，2004 年，后文仅在引文后夹注页码，不另加注。

是微言奥义。而对于自己当年的"野草论说"，木山先生在多年以后更说出了可以说暴露其生命内机的"独语"：

> 下面，针对本书所收文章，只就上面提到的《野草》研究以及涉及到几个方面的我之关注问题的相互关系，做若干的说明。在那篇半生不熟的论文中我集中思考的，是一个孤傲的精神抵抗着失败后的绝望找回现实的"哲学"性的故事，这是我当时自身状况的某种反映，乃是一个事实。（394）

与这引文颇为类似，甚至可以说遥相呼应的，读者也还记得吧？竹内好的下述文字：

> 对我来说，鲁迅是一个强烈的生活者，是一个彻底到骨髓的文学者。鲁迅文学的严峻打动了我。……现在我越发觉得鲁迅的严峻并非简单的严峻。我想知道这种严峻是怎么来的。我想拿我自身来比较，并想学他是怎样才成为文学者的。[①]

原来确是真的，学术终是源于生命，源于历史世界间的生之命运。

一、木山先生的"鲁迅像"与《野草》出世的深层契机

（一）《野草》之前的"鲁迅像"

木山先生在出场他之"野草论"时，是始终伴有一个极富整体感的"鲁迅像"的：

> 总之，在一个平面上疾走而过所留下的痕迹能够描写出什么，这个"什么"即是本论文的目标。这种研究方法未必能够把握整体鲁迅。不过，本来我就没有这种奢望。说得高远一点儿，我的目标是寻找不曾被天生秉性或外部环境之投影所淹没殆尽的、鲁迅创造的鲁迅，即这种意义上最具个性的鲁迅。如果能够描摹出鲁迅这个自我创造的过程，那么便可以视为成功了。……下面，首先从考察《野草》前一阶段的《呐喊》和"随感录"开始，去追寻本论文所谓的

① ［日］竹内好：《近代的超克》，孙歌编，李冬木、赵京华、孙歌译，北京：生活·读书·新知三联书店，2005年，第39页。

主体构建的必然过程。（3）

开宗明义，木山先生是要借《呐喊》、“随感录”、《野草》等寻找“鲁迅创造的鲁迅，即这种意义上最具个性的鲁迅。”这个其实很难实现的学术目标，不是也与竹内好先生的“就是说，这是本源性的他。我是把这个他叫作文学者的。”[①]有其精神上的同趣？——都是执意要廓清某种极具深度的“鲁迅像”的，这就难怪无论是“竹内鲁迅”，还是木山先生的“野草论”都比较难解。在笔者看来，木山先生那里《野草》之前的“鲁迅像”大抵可以这样呈现：眼中的世界足够黑暗，亦难以确信心内的理想，其“呐喊”状态其实是不自由，不完全真实的，鲁迅的自我心性内在地处乎“彷徨—犹疑”之态。这里的“亦难以确信心内的理想”涉及深而复杂的话题，本论文拟在最后部分再作探讨。

基于其独到的“鲁迅像”摄取，木山先生对《狂人日记》的解读一开始就玄机暗藏了：“倘若要使狂人具备那样的人物性格（指阿Q、魏连殳——笔者），则《狂人日记》必须从结局处起笔。总之，这篇作品的目的在于托出‘人吃人’这个作者所抱有的世界映象，而觉醒之后要展开的对于生之追求还未成为构成作品的动机。”“作品不是以觉醒了的狂人如何从这种世界关系中脱离出来的过程，而是以还没有理解到自己所注视的表象之本意的狂人，他的改革努力以及其失败的过程来展开的。就是说，《狂人日记》这篇作品，是指向黑暗世界的完成而展开的。”（4）对鲁迅视野中的“黑暗世界”，木山先生的相关论述还有：

> 首先映入眼界的，是那种作家反复表现于作品中的沉积凝固的旧世界映像。……这些映象凝固在鲁迅脑海中无以摆脱，……鲁迅称这个世界为“人吃人”的世界，其含义不单来自如文字所示的食人行为的存在事实，而且是因为鲁迅进一步看到了作为世界之根本构造的相互侵害、相互恐怖的人与人的关系。那么，所谓“人吃人”者，与其说是一种野蛮的风俗，不如说是与被强烈的映象证明了的人间关系连接在一起的世界构图。这种人间关系的种种表象在《呐喊》中可以随处找到。（8—9）

---

① ［日］竹内好：《近代的超克》，孙歌编，李冬木、赵京华、孙歌译，北京：生活·读书·新知三联书店，2005年，第108页。

> 以上乃是继《狂人日记》之后的作品里常常闪露的阴影的概要。然而，处于《狂人日记》之后的诸篇作品中心地位的人物，已不再有狂人那样的清醒意识。代之而来的多是感觉迟钝而无知的民众，时而出现的知识者亦无一例外地患有意志丧失或无力症。既然待狂人的清醒意识一旦失败便告完成乃是《狂人日记》的世界构图，那么这当然是必然的发展结果了。（9）

> 若将当时片断式地存在于鲁迅脑中的中国社会历史构图组合起来加以描述，则大约如下。首先是如国粹家所自命的那样，无论什么主义全搅乱不了的中国（《来了》），再进而言之，是本来不能出现什么新的主义，即使出现了也决不容纳的中国（《圣武》）。这样一个封闭的世界，其内部秩序的构成原理为"火与刀"或"圣武"，要之其根本的动机在于"满足兽性方面的欲望"之强力。（16）

木山先生同时指出：一方面，鲁迅盯视着这样一个恶性的"黑暗中国"；另一方面，看起来不乏强悍的鲁迅也并没有明晰申说过他自我内部对于对峙"黑暗"的理想之光的坚信：

> 作为"新文化"的实绩，陈独秀曾积极打出多种旗号，周作人在"人的文学"名目下倡导个人主义的人道主义，胡适则提出"国语的文学，文学的国语"，显示了改革方案的具体性。与这些论客为伍的鲁迅似乎也以"人"、"进化"、"世界"、"科学"、"爱"等词语阐述着自己的新思想，当然，仅用这些新的词语便能使青年感奋，正是所谓的"五四文化革命"这一时代的特色。但总之，鲁迅并没有给这些词语注入应有的内容而予以充分的阐释，则是不争的事实。在鲁迅来说，这些词语只不过是在与之正相反的中国现状中被逆向性地规定了的、专为否定用的相反概念而已。（5）

> 但是，追究其逻辑机制的时候，所能看到的是：那些新词语对作者来说，和新时代人类形象或未来一样，不过是模糊的假定物而已，因此即使采用了这些新词语，也无法将自我定位于现实世界中。就是说，鲁迅的论说得以彻底的一个条件，存在于他不得不把自己彻底归属于黑暗与过去一边的自我意识中，

因此，同样是发出“一切还是无”的呼吁，却在意识上与确信自我内部有着理想化身的易卜生完全相背。……

自己背着因袭的重担，肩住黑暗的闸门，放他们到宽阔光明的地方去。

……

……这样的形象，在以光明的传播者自居，或者作为渴望光明者而高声喊叫的《新青年》运动中，实在极为突出显著。而且这种形象直到鲁迅生命的最后时刻，一直以某种不同的形态留下了潜影，亦是事实。（6）

鲁迅与其心内理想的话题且容后再说，这里先看清木山先生本人的完整思路。依他看来，《野草》之前、新文化运动期间的鲁迅，眼前有足够浓重、坚固的黑暗世界；心内却并无坚信之理想；但又在配合着积极、乐观的时代新潮而“呐喊”（战斗）。鲁迅的这种身心状态与时代机遇中的“呐喊”（战斗）氛围是存在一个偏离角的；换言之，《野草》之前的鲁迅自我身心其实是不自由、不彻底，不完全真实的：

这些作品（即“《野草》前一阶段的《呐喊》和‘随感录’”——笔者）中所有的是作者的绝望，及由绝望导致的自我悬置，自我悬置常常不是自我牺牲，反而是另一面的强烈的自我主张。这种把自我局限于黑暗与过去的做法，在鲁迅内部实际上是与通过《狂人日记》而再度打破沉默的外发性（由外部因素引起的思想、行动意识——译者）相互关联着的。

鲁迅的“呐喊”因为大半是外发的，结果使他对不知绝望的人们，特别是青年表示了绝大的顾虑，从而这种“呐喊”亦存在着与思想解放时期的启蒙论调相妥协的诸多成分。……作为旧式人物也好，绝望而失掉了未来的人物也好，要把自己的此刻现在的一切抛出来化为文章的自由，都受到来自内外两重因素的阻碍。（7）

……这“粗笨”一词在短短的作品中用过五次。这个欲向读者特别强调申明的形容词令我们感到，在批判之批判的枪口与令人窒息的黑暗之间动摇不定的作者取一种倾向于韬光养晦的姿态。（10—11）

……尽管如此，对于黑暗之暴露予以某种程度的保留，也仍可以确信为当时的真实感觉。的确这里有“曲笔”的余地，因为这时黑暗对于作者来说仍然确实是自己的黑暗。

正是这样，一方面是对于存在于自己之中，且确信完全覆盖了自我的黑暗之真实感觉，另一方面是不断将自我归入黑暗一侧的同时，欲对假定的未来承担责任的全盘否定的意志，在这两者并立之间，作者的主体仍然处于动摇不定的状态中。（11）

这里（指《头发的故事》一篇——笔者）可以看到，被抗议一方所有的向启蒙主义的妥协，在抗议一方亦成为半途而废的怀疑，两者是相互对应着的，不彻底使这篇作品透露着颓唐的无力感。（12）

……“寂寞”曾经直接化成鲁迅的叫喊，但在现在的《自序》中，以难以忘却的“失败”之悲哀轴心重新构成的“寂寞”，已经不具有振臂一呼应者云集的英雄气概，代之而来的是“曲笔”、对青年的顾虑，以及越发深重了的自我阴影等。作者似乎感到仅仅以此来说明呐喊的起因确实有些不够，于是在此又加以如下说明：为了从后面声援同样孤独于“寂寞”中而奔驰的“猛士”，具体说来即《新青年》的启蒙家们才始而呐喊的。（23—24）

细味上述引文中的用语，诸如“作者的绝望，及由绝望导致的自我悬置”“确信完全覆盖了自我的黑暗之真实感觉”“动摇不定的作者”“韬光养晦的姿态”“半途而废的怀疑”“颓唐的无力感”“重新构成的‘寂寞’”“越发深重了的自我阴影”等，反复地指向新文化运动时期，看似“呐喊”“战斗”，积极、激进的鲁迅，其内在的自我心性其实十分黯淡（关联其“绝望”心境）、犹疑、游弋。直白地说，此时的“战斗鲁迅”远没有真实、自由地，更遑论彻底地直视他整个的自我世界而于世言说。而另一类用语，诸如“外发的”“绝大的顾虑”“妥协的”“向启蒙主义的妥协”“曲笔”“对青年的顾虑”，则一而再，再而三地指向新文化运动期间的“战斗鲁迅”与积极、激进、乐观之时代潮流的种种妥协，也是远未真实、自由、彻底地与时代新潮对话。综之，于内于外，此时的鲁迅皆不得自由：“要把自己的此刻现在的一切抛出来化为文章的自由”“受到来自内外两重因素的阻碍”——信乎！

（二）鲁迅启动《野草》写作的深度契机：重审“战斗者自我”

依据《野草》之前的上述“鲁迅像”，木山先生的问题出来了：在体味浓重的世界黑暗和心内理想坚信缺无之际，鲁迅勉力呼应积极的时代变革潮流，坚持了“呐喊”“战斗”，但其内外身心又“皆不得自由”，这样的生存状态如何持久延续呢？木山先生看到了鲁迅精神之旅中的这个问题。生命在继续，鲁迅的这种不自由的（战斗）状态究竟有没有停歇、沉沦、崩塌的可能？要继续已经开始的“呐喊”，或是要更真实、自由地“呐喊”下去，写作主体的鲁迅不需要“做”一点什么吗？

> 但是，无论怎样看重其否定之彻底性与自觉之特异性，我们仍然不得不说如此地把自己归属于黑暗与过去的姿态，恐怕既不会结出丰硕的果实，亦难免其暂时性。（7）

> 把自己归入黑暗与过去一边的这种自我规定，对于姑且承担着它而发出“呐喊”的精神本身，不久便不能不变成一种桎梏。……那时，促使他“呐喊”的《新青年》运动正处在分裂与停滞之中，在这所谓“五四落潮期”，失去了外发性原因的鲁迅曾一度搁笔，仅继续做一些翻译的工作。在此孤独停顿的状态中，他开始迈出重新判明自我，并将自己从片面的自我局限中摆脱出来，向不断的创造转化行进的步伐，同时又被逼迫以充分清醒的态度去面对自己所陷入的困难状态。这正是从他终于扬声“呐喊”这一事实中产生的结果之一。（8）

而在鲁迅要“重新判明自我，并将自己从片面的自我局限中摆脱出来，向不断的创造转化行进的步伐”之间，在鲁迅通向“要把自己的此刻现在的一切抛出来化为文章的自由”的路途上，作为特别值得探讨的关键对象，木山先生非常详细地谈到了《阿Q正传》，以及《祝福》。他的讨论路径及其结论是意味独具的，重点关注的仍然是创作主体鲁迅是否从“归入黑暗与过去”的自我意识里超离出来，是否能够构建出某种自我面对黑暗世界、腐朽过去的新的更自由、更真实的关联。

可是，黑暗的映象无论怎样执著地缠绕着鲁迅，这映象本身毕竟有限，因此在作家这种动摇不定状态的持续过程中，需要表露的世界像大概不久便将趋于枯竭。在这种状况下，作为写了作品的结果，他终究将被促发而伴随着某种自我创造的变化。《阿Q正传》便是在这种状态推移过程中创作的。这个富有争议、世俗影响力又极大的“代表作”，实际上并非那么简单的作品。就是说，这是作家在与作品人物关系暧昧的状态中所试行的冒险的产物。（12）

木山先生试图从阿Q身心中集结的颇为彻底的否定性特征里，看取《阿Q正传》之于鲁迅与黑色世界，直至与“动摇不定”之自我的新型关联的路口，然而在“作者从自己所确信的黑暗中，塑造了一个黑暗的积极人物”。（13）这类的悖论中，木山先生见出了“卑劣与卑劣之批判以至于成了相携而去的一对儿，作者与作品人物的命运构成了难解难分之势”。（12—13）“作为‘随感录’的作者鲁迅欲立起没有实体的‘人’，一味地抨击中国人的非‘人’性，而另一方面，作为小说家的鲁迅又必须从这非‘人’中间强行拉来作品里的人物，作为这种黑暗世界本身的矛盾，本来就不得不呈现为颠倒之态。……说得极端些，阿Q乃至中国人必须生存下去，这件事本身即成为矛盾与滑稽，只是在这种情况下该小说才得以成立。”（14）“《阿Q正传》里的作者自我意识还未那么尖锐地异化自我存在，作为作者的自我与外界的映象仍处于混沌未分状态，结果由此结实出作品的整体性和社会性。总之，在创作《阿Q正传》时，一切在终极性的生之抵抗感觉下保持了一元的统一，抵抗的迫切性促使作为知识者的孤独无以凝固在意识的表层。”（14—15）至此，木山先生的关键结论已出，《阿Q正传》“所试行的冒险”仍然未能实现创作主体鲁迅与“黑暗世界”的某种超离，创作主体与其眼中的黑色世界依旧处乎“混沌未分”之态。阿Q的生之“败退”“意外地早早到来”，亦见出作者的“过于深信黑暗”。（17）面对这个混沌的阿Q式黑暗世界，混沌的阿Q式中国“人”的命运，创作主体鲁迅超离乃至决绝于黑暗世界的内在心志依然是黯淡未显的。

在木山先生看来，最紧要的问题继续地涌现而来：

参照这个结果来揣测作者的方法，则可以说，如果最后回到黑暗的自我展示，那么只是在黑暗之下维持生存，停留在这样一种被动局面上已经成为不可能，碰壁的自觉不久也将导致从黑暗的生存物向其生之意识的发展，就是说，向着虽被黑暗的映象所遮蔽但仍不能完全属于那映象的自我之发展。（17）

那么，在创作主体鲁迅不得不继续通往“自我之发展”、之自由的路途上，《野草》之前的鲁迅还要走过哪些精神引桥？木山先生提到了《祝福》：

从上述来看，我们可以设想与“随感录”相并行的小说引起了另一个问题，这问题明显地表现在《阿Q正传》之后经历三年创作上的沉滞期所写的《祝福》里。（17）

“问题明显”地呈现为什么呢？依恃木山先生的逻辑，可以推定为：那是创作主体的鲁迅与“黑暗世界”的关联的某种新变异吗？果真如此的。

在《明天》、《药》中亲辈的不幸里，还有着与作者的批判逻辑相触合之处，还有作者对于悲惨施以调整处理的余地，但是，在《祝福》这里，则根本不存在“曲笔”的问题。换句话说，这个妇女的迷信与单四嫂子们的无知不同，绝不是她的不幸之原因，而是其痛苦在土俗形式下的一个尖锐表现。（17—18）

如果再来参考一下先前所描述的鲁迅之中国社会构图，那么，我们当能领会作者所批判的黑暗之封闭循环系统，在祥林嫂这个孤死路旁者奇异的痛苦感觉上，其一环不得不脱节的道理。对于祥林嫂来说，摆脱痛苦的办法固然没有，就是转嫁危机的对象亦不存在，她作为完全单方面的被害者，在“人吃人”之人间关系循环圈的一角，结成一个孤独的痛苦之核。这个痛苦之核越出循环圈之外，给出一个把循环的整体机构对象化的视点，同时这个痛苦之核又作为客观映象而出现。这样，黑暗世界的自在性统一被打破，黑暗第一次成为离开作者内在世界的独立存在。就是说，《呐喊》的世界终于在作者的内在世界之外被客观化了，在这个意义上可以说，收在第二本小说集《彷徨》卷首的这一篇作品，照御出了《呐喊》的终结。（18）

到这里，木山先生已经走到了鲁迅创作《野草》的端口，在他看来，无论接下去鲁迅创作的作品命名为什么，鲁迅都不得不在作品中正视自己与他眼中的、其实也是他心内所审视的“黑暗世界”的对峙性关系——换句话说，就是得彻底地、决绝地直视眼中的黑色世界，并重新构建自我与这一世界的关联，以期走出自《呐喊》以来的“犹疑不定”的主体生存状态，以期获得自我存在的自由。另一方面，与木山先生对《阿Q正传》、对《彷徨》的首篇《祝福》的独特解读相呼应，他对鲁迅的因“寂寞”而作文一说（19）亦做了再阐释。穷究鲁迅所谓“寂寞”的意味，从其留日的数篇文言写作、到沉默期间（1912年）的稀有文字，到最为著名的《呐喊·自序》，得出的结论是：一，鲁迅虽有因“寂寞”而呐喊的一面，但是，已在呐喊之中的鲁迅其心内的个体性“‘寂寞’依然留存”（22），这又怎么办？二，到《呐喊·自序》时，“呐喊”的内外依据其实都已在相当程度上失效，鲁迅需要重新审视其呐喊式言说（倘要继续作文说话的话）的“行动着的自我的根据”（25）。如果说，在木山先生的逻辑里，《祝福》是展示鲁迅最初的于黑暗中剥离自我，客体化“黑暗世界”的最早迹象的话，那么，《呐喊·自序》其实早已把鲁迅自我生命内在的一个自省式症结“公之于众”：

> 因此对作者来说，在目前的主客观条件下重新审视作为已过“不惑之年”的战斗者自我，才是问题之所在。散文诗《野草》的连续性课题亦在这里。而《呐喊·自序》，以越发内在化了的“寂寞”为契机，将阴暗的自我从《呐喊》的混沌中引出表面来，由这一点观之，是位于《野草》形成的端绪上的。在《自序》中，作者已经面对作为作品的相关对象的自我了……（25）

这是精准的思考，重审“战斗者自我”，这才是木山先生“野草论”庄严的开宗明义：“我所关注者可以用下面两句话来概括，即作为稀有的散文家的诗，与义无反顾不息前行之战士的哲学。”（2）而行文到此，他已经在内外两个角度论证了《野草》之于持续“战斗者”（“呐喊者”）鲁迅的不得不作：

> 从外部触发了鲁迅行动的“猛士”们已经四散，鲁迅自身与黑暗之一体感也在消失，构成他《新青年》时代具有独特性意识的姿态，因这种来自外部的影响冲击，其根据受到了威胁。在十分深刻的孤独中，先前因妥协于启蒙论调

> 而被悬置起来的自我开始直接跃上作品的表层，而作为契机的“失败”意识及与此相联系的绝望感，和再无法归于沉默的生之运动之间的矛盾纠葛，促成了一系列新作品的诞生。（25）

在木山先生写下这些文字的20世纪60年代，应该说，这是人们感知、认识《野草》的创作与鲁迅自我生命的生成路径、与鲁迅所置身的时代氛围之间的有机关联的深刻文字吧，其思路亦极富整体性。下文中，我们还会看到，“木山野草论”对于鲁迅自我生命生成路径的深层整体性沿着其自身的逻辑，顺势引出了他关于《野草》整体性探析。

二、对于鲁迅的重审“战斗者自我”——《野草》是如何作为的？

如前所述，如果《野草》是要直面、重审鲁迅之“战斗者自我”的话，那么，就得继续追问《野草》之于如此这般的“鲁迅像”究竟有何作为？厘定、改变，或是位移了什么呢？

始于对《秋夜》的分析，木山先生的论文就已经把捉到《野草》整体图式的两线基本路径：

1.《野草》在整体上的核心线路：置于“明暗之境”的整体图式，试图定位鲁迅内在之“彷徨自我”，厘定创作主体的存在根据。与此紧密相应的是，对创作主体鲁迅自我内在的某种积极冲动的出场及其所历“曲折”的意象式呈现，这种呈现是属于整个“《野草》的创作道路”的（28）。

2.《野草》整体运动中呈现的诸般对极性元素、意味及其基本的运行方法。涉及《野草》颇为稳定的文体模式，“《野草》的一个基本构架”（27），这一基本构架不仅是一种整体性的形式性存在，它同时具有其观念内的一脉相承的意味，其诸般意味始终围绕“彷徨自我”、“厘定（自我）存在根据”的核心路径，或与之存在或隐或显的联系。其中呈现的对极性元素大抵可见为：形象与观念，明与暗，希望与绝望，生与死，过去与未来，友与敌，个人与社会，自我内部与历史世界，观念幻想与现实实践等等。而在穿越这一复杂的对极性元素图谱时，木山先生的高明之处在于：他不是单单点出这些对极（《野草》中的多数对极元素在文本中是自明的，看到它们并不需要怎样的发现能力）而是在对极图谱的深处始终探寻着他所谓“鲁迅创造的鲁迅，即这种意义上最具个性的鲁迅"，试图描摹出鲁迅的某种"自我创造的过程"（参阅 3），并因此而创造性地发现《野草》文本中并非现成地呈现，但却极具阐释功能的对极性元素，比如"不可为"与"为之"，自我内部与历史世界，观念幻想与现实实践等。

（一）定位彷徨自我，厘定（自我）存在根据

在最核心的意义上，木山先生的论文呈现的是作为整体的《野草》对于其自有领会的某一"鲁迅像"的一次关键性构建——重审"战斗者自我"，本文也先就这一核心线索来检视他的思维路径。在木山先生的逻辑内，鲁迅启动整个的《野草》写作，直视黑暗世界、重审"战斗者自我"集中意味着要为一度被悬置而如今"跃上作品的表层"，然而又势必一度处乎彷徨不定之境的创作主体（鲁迅自我）定位，要为当下的言说主体（鲁迅自我）厘定其内在的生命存在根据。这是木山先生要寻获的"作者致力于主体构建的持续努力"。（2）

《野草》23 篇，木山先生比较细致地谈到的则是（为呈现木山先生的论述线索，篇目列举时照顾到了他论述时的小节式分类讨论情形）：《秋夜》《影的告别》《求乞者》3 篇，《希望》1 篇，《过客》《死火》《墓碣文》《死后》4 篇，《颓败线的颤动》《风筝》2 篇，以及《这样的战士》1 篇，总计 11 篇，对于这样的篇目解读集结，木山先生除了"当然中间有些作品我跳过去了"（49）一语之外，似没有更多的解释，现在先看他的具体解读脉络。

延续"黑暗"议题，《野草·影的告别》的"明暗之境""形成了一个新的境界"："现在""明暗对立则是为要在其中间定位彷徨着的自我意识而成立的"。（26）"明与暗""生与死""过去与未来"等等，"这一切多少是与主体的彷徨意识结合在一起的"，"而当下的生之意识即使在'暗'的一侧，总之是作为把自己的彷徨激烈地推向一定方向的力量来表现的"。（26）

> 特别是这向后半部分过渡的数行乃是无法分解的诗，而使身体振奋欲与这"夜空"交互共鸣的作者的冲动，是不能忽视的。以后庭风景为媒介引起其感觉与其观念结合的，就是这种冲动。……而且并非始终执著《秋夜》一篇的诗之完成，而是持续向下篇作品发展。但是另一方面，听到自己嘴上发出的笑声的"我"，被自身发出的笑所追赶而逃回的举止，也是引人注意的。就是说，作者似乎无法任凭自身沿着自己的冲动直线发展下去。无疑，这给《野草》的

创作道路带来怎样的曲折，亦是一个问题。（28）

可以看到，始于《秋夜》，木山先生已经见出创作主体鲁迅内在的某种积极冲动的出场，他更兼敏锐地看到，在这深黑秋夜，对于这积极冲动的自我省思、怀疑也依旧明显存在，所谓“被自身发出的笑所追赶而逃回”，暴露的恐怕正是“《野草》的创作道路”“的曲折”——而依木山先生的逻辑，这样的曲折不也正是“鲁迅创造的鲁迅”、鲁迅之“自我生成”所要历受的曲折么？不也正是鲁迅“重审战斗者自我”所要经历的曲折吗？

到《影的告别》，则“‘影’的彷徨意识尽情膨胀而冲动地指向黑暗”，（28—29）没错，起始于《秋夜》的某种积极的冲动克服着如前所述的自我怀疑的“曲折”继续在积极的迸发之中：“在最后写到要成为黑暗世界的所有者这一‘影’的愿望时，毋宁说是在思索从黑暗世界中挤出来的自己的彷徨”。（30）紧接而来的是《求乞者》，其最关键的解读在于：

《影的告别》中的“黑暗”和《求乞者》中的“虚无”，确实使人感到那是为寻求反抗弹力而连否定性观念也要抓住的一种激情，也可以理解为那是长期被压抑的鲁迅内在的东西。然而在孤独局面里被反省的这些观念，已经没有“寂寞”本来所含有的与民族社会直接交互感应的生命力了。在此意义上，这里的黑暗与虚无到底是一种意志性的或伦理性的东西。因此，《野草》此后的发展，并不是把在此获得的观念断定为“实有”并在此基础上建立起壮丽的虚无哲学，也不是逻辑地做出这些假设由此使轻快的运动得以启动。这以后的《野草》是不惜排除这些虚像，向“明暗之境”里的世界展开深沉的肉搏。（31）

这里感知的精深与有限已经难解难分了。说《影的告别》之宁可归属黑暗与《求乞者》中的“至少将得到虚无”，“是为寻求反抗弹力而连否定性观念也要抓住的一种激情，也可以理解为那是长期被压抑的鲁迅内在的东西”，这是深刻而抓住了真实的思路——我以为，尽管这里的抓住仍然是借具有深度的文学性话语，似是缺乏点透壁纸的理性穿透力度。“否定性观念”——存在一些朝着积极的生存之境迸发的否定性体验的，而鲁迅清理其内在的“被压抑的”“东西”时可能正需要正视、调动这一类的否定性体验，但是，木山先生的解读逻辑不意在此停留，他无意在“虚无”这个极富哲学内涵的词语间多作凝视，而是迅疾将鲁迅与他所言的“壮丽的虚无哲学”剥离开来，不过，一种来自阅读直感的意向在“拯救”，木山先生抓住了《求乞者》之后的“野草们”继续“向‘明暗之境’里的世界展开深沉的肉搏”这一根本路向——是的，这一路向深度地联结着自《秋夜》开始的某种积极的生的“冲动”，这“冲动”（姑且这样表达吧）是要一直迸发到《野草》的最后高地的。而在对《希望》一篇的讨论中，这一系列的追寻继续推出着：“对于无论怎样地绝望仍不甘于死，也不甘于做活着的化石那样的人，绝望本身也就是一个矛盾，生也就成为对于绝望的修正和抵抗，所以，每当绝望异化其生存，生之所有的力量便向此反抗过去。”（33）“就是这样，他在‘肉搏’的气势面前，连黑暗也不存在了，在这种语言表现里诚然有着足以针对绝望的弥漫施以当头一击的力量。”（34）“要之，鲁迅乃是追溯到运动的起点来构筑并确认正在运动状态中的自我存在的根据的。”（34）《希望》确乎经得起这解读，其“肉搏”、反抗的力度是自《秋夜》至此的最强音吧。不过，所谓“追溯到运动的起点”之“起点”，在《希望》篇里是“绝望”，在《求乞者》是“虚无”，在《影的告别》是“黑暗”，还有《秋夜》，还有……，《野草》里这样的起点不是太多了吗？线头不是太多了吗？有没有一个足以抽象、涵括这种种起点的更高一层的词语呢？捻出这样的词语来，对于发现《野草》里可能存在的最隐秘的核心线是否颇有助力呢？但这一问题似乎不曾成为木山先生的问题。他的思路在其既定的某种轨迹上迅疾地前行着，《希望》中“肉搏”、反击的剧烈强度也未能挡住“虚妄”这个诡异语词的被突出，这是否是在说《希望》无论挟持怎样高强度的“肉搏”、反击意志亦是无可如何，没法应对当下境遇的内在难度？木山先生似乎正是这个意思的。他接着说了：“在彷徨中固执地唱出生之歌，结果却使人意识到迷惘与空虚的‘虚妄’。那么，为了抵抗彷徨状态，拨开‘虚妄’的实体进入其中，所有的恐怕只是死这一条路了。死必定会使彷徨的苦痛终结。”（35）木山先生就这样来到了他的“野草四死论”，集中讨论《过客》《死火》《墓碣文》《死后》，不妨把他的相关思路整理如下：

如果从《希望》等作品中所展开的线索上捕捉《过客》的主题，可以说这是要把使《希望》归结到“肉搏黑暗”那样迫切的意志表现上的力量，即彷徨于“虚

妄”中而果敢前行的精神，置于整个对象化的位置。（37）

这似乎是在说，《过客》比之《希望》更有某种积极奋进的意味的，但是，下文又来了：

这个过客无论如何都将持续前行，在这一点上是与鲁迅所说的“战士”相联系着的，可是在过客前面除了墓地之外没有任何别的目的物，而且在过客身上也没有所谓的神之力。驱使这个过客前行的，事实上仿佛是不愿意回到“没一处没有名目，没一处没有地主，没一处没有驱逐和牢笼，没一处没有皮面的笑容，没一处没有眶外的眼泪”的后方这个完全否定性的理由。不过，在拒绝回去乃至休息之劝告的道白中，有这样一句话：

但是，那前面的声音叫我走。

其“声音”之意义到底是极其渺茫。这亦是《过客》作为创作的不佳之处，总之，仿佛在期望解释，而实际上缺少应该通过全篇的成熟发展给出的证实。（37—38）

这里，令人瞩目地提出了两个问题。其一，无论如何，是将前行的“过客”与鲁迅所谓“战士”关联起来了——这是从《秋夜》开始的讨论以来第一次涉及文本的核心意象与“战士”的关联，不可小觑的——且看木山先生接下来会如何处理这一关联。其二，认为“过客”的前方除墓地之外没有任何别的目的物，驱使“过客”前行的则是“完全否定性的理由”，而“那前面的声音叫我走”，“其‘声音’之意义”又“到底是极其渺茫”的！木山先生就这样抽离了“过客”身心中极其关键、富于深度意味的正向信息，并继续地说：“于前方只见到坟墓的过客，所获得的仅是对自己前行这一行为之空虚性的彻底认识，同时为了防止因这种认识而停止自己前行的脚步，他只好把自己的全部存在变为步行这一行为。”（38）这样的论证和结论可以讨论的地方颇多吧？这也容后讨论吧——木山先生本人的相关结论还没有出完：

但《过客》却由此使这一时期鲁迅所特有的、激烈惊人的某种观念倾向浮上作品表现的层面。这倾向即是，相对于死为前方的坟墓，生则不过是到此为

> 止的无力之前行这样被动的客观性作出彻底的主观性反叛。……这样，在绝对孤独者的彻底主观性中，完成其自我存在的逻辑，由此一口气使彷徨得以终结，其理路则又相似于《影的告别》等作品了。（39—40）

非常遗憾地，知道回去不行，又分明听见"前面的声音"、对着前方的坟墓（其实"过客"还有他最惊人的一问在的："老丈，走完了那坟地之后呢？"——这处文本看来是被木山先生忽略了）勇往直前的"过客"仍然彷徨在"影的告别"处——《野草》的主体又回到原处了。到此，笔者觉得，木山先生对于《野草》的最终结论都已经可以推定了——恍惚有一股什么力量已经控制了他的思路，令他一意落进类似的思考意向中，不知不觉地遗落了也许足以柳暗花明的对别一些意味的探索路径。

"与《过客》的坟墓相比，《死火》中的死，则是由作者内省力想像出来的更为逼真的死。"（41）从《过客》到《死火》没有办法忽视的是："在梦中闯进此境界的'我'，略觉意气扬扬。"（41）而通观"死火"最终的抉择与终局，木山先生见出"充满了作者欲将此行为放在人世间的抗争关系中主张其意义的热情，同时回响着复仇者似的音调。"（43）总之，是无法忽视《死火》中的积极性冲动力量："开拓了行为主体直面落空与迷惑以及其中的生与死的抉择，通过抉择产生的命运之连带或者说互相获得等局面。正因此，'我'与'火'乃一莲托生，'他突而跃起，如红彗星，并我都出冰谷口外'。"（44）但木山先生也看到了"终于'逃脱'了的'我'立刻被'碾死在车轮底下'，'火'也将烧尽消亡。"（43）而他的"这些诱发我们对'死火'究竟为何进行讨论的兴趣"（44）一语则留下了对《死火》一篇所探讨的未能尽兴。①

下面看到的则是木山先生"野草论"的最紧要处之一：

> ……然而，原来所追求的目标奇妙地落空，被引进了行为无以达到所期结果这一令人焦虑的迷途之中。除非难诘得到解答，否则死不能成为解脱，彷徨亦没有停息之时。这个诘问和《死火》中的"我"与"火"的问答有着共通的逻辑。不过是以比《死火》更为内在化、更逼向核心的方式来推进其逻辑的。

① 在作于2002年的《读〈野草〉》（见［日］木山英雄：《文学复古与文学革命——木山英雄中国现代文学思想论集》，赵京华编译，北京：北京大学出版社，2004年）中，木山先生对《死火》一篇的解读增添了新的信息，他颇具分寸地注意到《死火》一篇与鲁迅、许广平之间的恋情的联系，在笔者看来，这亦是恰切的思路。

残酷的孤独依从孤独的逻辑发展，最终却被引致无法成其为孤独的境地而在那里受到审判。（46）

那么，到《墓碣文》为止的《野草》对于鲁迅的“黑暗世界”、“彷徨自我”究竟作为了什么呢？木山先生的答案看起来也是令人焦虑的：

其实若从《墓碣文》清晰的象征位置来眺望过去，好像鲁迅的文章之各个部分都分别从各自的维度和角度通向这里似的。不但行为达不到所期望的目的反而产生完全相反的结果，无论向左向右都无以迈出步子，无论何物最后均无法自己完成等等……鲁迅的世界或者世界的鲁迅式形态，是极难用语言来描述的……（52）

那个宇宙模型使我们知觉混乱的理由在于重新添加时间即运动的轴线，而与此相同，在静止状态下试图解决矛盾时，鲁迅的世界只能是迷惑与怀疑之无完结的连锁，只好永远焦急地搓手顿脚。总之虽在叫喊、前行，而一旦到了停下来评量其结果与意义时，事情仍然归于相同状态。（53）

细思木山先生的前后文字，则行文至《墓碣文》的《野草》无助于终结创作主体鲁迅的“彷徨自我”，《野草》之诸篇《希望》《死火》《墓碣文》等等，不仅寻不到鲁迅思路的终极归宿处，更兼展示的是“无论向左向右都无以迈出步子，无论何物最后均无法自己完成等等”“在静止状态下试图解决矛盾时，鲁迅的世界只能是迷惑与怀疑之无完结的连锁，只好永远焦急地搓手顿脚。”那么，木山先生关于《野草》的最终、最明晰的结论之一也就可以出场了：

在《野草》里各篇的完成，不是作为体系的基础而胶着在一处，而只是作为连续不断的往复运动之一极而留下来的痕迹。这运动发展至《墓碣文》时，可以说达到了一个顶点，但正像我多次论述了的那样，在那顶点上没有任何东西完成……（57）

这是木山“野草论”中的经典一段，明说了于《野草》而言并不完全真实的终结性议论：在堪称《野草》之顶点（或曰"深处"）的《墓碣文》上"没有任何东西完成"。与此紧密相关的表述还有："归根结底，鲁迅未曾把握到使自我完成其存在及使世界得以固定的核心。我一直在追索着那求核心而不得的鲁迅之彷徨意识，而现在，突然提起什么核心来，其理由不在于鲁迅终于抓住了什么核心，或者我在鲁迅那里找到了什么核心，而在于我感到，无论哪里也没有终极核心的这一世界的痛苦，其本身终于成为一个核心。"（51）如此这般，重审"战斗者自我"的《野草》处理的"连续性课题"的求索果实又究竟何在呢？木山先生自有其似乎能够一以贯之的说法：

> 我感到越费口舌越与所论重点相乖舛。现在尝试直接联想《论语》中"知其不可为而为之"加以论述。……虽说在把"不可为"的认识转化为"为之"处有鲁迅的根本精神在，但对于其间所积蓄的沉重怀疑之积淀不能轻易看过。那种象征式的焦急颤抖正好可以放在这"不可为"与"为之"的对立紧张之间。就是说，最为执著于前行的鲁迅在自己内部培育了最为执著的怀疑，进而言之，这种怀疑的凝结甚至又继而成为促使他前行的根据。这样说是因为我感觉，如此坚固地凝缩了的怀疑倒可以排遣掉"寂寞"（《呐喊·自序》）或"迟暮"（《希望》）感所伴随着的对于"失败"之过去的感伤，而成为在运动着的此刻现在中自立的某种根据。（54—55）

至此，可以说，木山"野草论"的"正果"已经出来了：在《野草》诸篇中，可以看到，鲁迅自我内部最为执着、彻底的怀疑在生发着鲁迅自身不断"前行"的原初动力，厘定着鲁迅自我在"此刻现在中自立"的"某种根据"。"现在由于那个觉悟的彻底和即使'一无所有'仍百折不挠地行动之意志的存在，故漩涡般地构成了与行动的连续性无法分离的某种流动性的根据，一面使无法解除怀疑的痛苦颤动起来，一面粉碎了一切静止与完结的欲望，继续把主体推向前面。""主体将要获得在对现实给予彻底否定的同时，又能使自己得以在现实中如实地存在下去的内在根据。《死后》一篇就可以视为这种精神状态的实际证实。"（56）依木山先生的行文目标，他论文的关键部分可以说已经完成，他视野中的《野草》对于已过不惑之年而重审"战斗者自我"的鲁迅的关键构建作用已经出场，以至于可以将鲁迅的一生以 1924、1925 年（《野草》绝大部分作品的写作时间）为界分成前后两个阶段了："前期为'寂寞'引发叫喊的时代，后期为现在的行动立刻成为下一个行为之根据的时代。"（55）应该说，木山先生完成了一场极具深度的自圆其说，可谓内在地实现了对于鲁迅形象的一种独特的深化、更新——其以1924年、1925年为鲁迅一生两阶段之分期点的思路，确是触及了鲁迅精神历程中的深度机密的探析。

但木山先生"野草论"给我的更惊人的启示，却不仅仅在他自觉意义上的这一核心的立论处，如前所述，在20世纪60年代，他的"野草论"发出的最强光芒首先是：一个研究者如何能够将《野草》整个儿地置入创作主体鲁迅精神生命轨迹最紧要的"转折—蜕变"（这首先需要研究者在深处把捉到鲁迅世界的"转折—蜕变"领地究竟何在何样。我们看到，木山先生对此是有他自己独立的把捉的，尽管，这一把捉也可能是还存在问题的。）处进行讨论，讨论那一系列被其创作主体视为"我"的"哲学"的一系列作品的整体意味——如果说，上文的讨论是在相对宏观而核心的立论层面，检视了木山先生"野草论"的整体性路径及其相关意味的话，那么，接下来，还可以相对微观地，不那么追索核心地再探其见出的《野草》整体运动中的诸般元素及其意味，也顺便可以更多样化地见到木山先生水到渠成般呈现的《野草》主体构建的基本方法。

（二）《野草》整体运动中的诸要素，及其一脉相承的意味和基本运行方法

上文追寻的乃是木山先生在其"野草论"中呈现的最核心一线，估计也是他本人最为看重、最为用力的那一线。但他的"野草论"还有诸多值得记忆的精深处，不妨试着申述之。

相当醒目的，在木山先生看来，《野草》在其通篇中遍布着一种颇为稳定的文体模式，简言之，这是一种形象与观念的融合体，堪称"《野草》的一个基本构架"（27），这一基本构架不仅仅是一种富于整体性的形式性存在，它同时还有其在观念内的一脉相承的意味，而其见出的诸多观念及其思路，或紧紧围绕上文所述定位"彷徨自我""厘定存在根据"的核心线，或与之存在或隐或显的联系。

依木山先生的视野，《秋夜》中的种种风景"虽说像是将这些点缀在一块画布上作成的飘散着黑夜气氛的意象风景，但是，存在于围绕枣树之诸种表象间的不是流动着的'夜色'情调，而主要是作者的观念世界"。（27）"诸种表象按照某种秩序展开的作者之观念内涵，乃至这两者结为一体的样式。"（27）

"我们不妨把'花'与'落叶'视为失望与绝望之观念的表象，但'枣树'所表征的并不是与这些并行的另一个观念，而是通过立于这两个观念之间被意识到的某种东西。这是《野草》的一个基本构架。"（26—27）而在《秋夜》的这种表象与观念之融合体式的文本图式间，"感觉寻求变形，观念寻求展开，而且并非始终执着《秋夜》一篇的诗之完成，而是持续向下篇作品发展"。（28）"位于《野草》开篇的《秋夜》、《影的告别》、《求乞者》三篇均表现出上面引文所示的观念的图形。"[①]（26）凡此，读者也再次见证了木山先生观察《野草》的整体性方法。

《秋夜》等三篇之后，木山先生在其所关注的《希望》及"野草四死论"中亦呈现出与他集中展露的核心线紧密关联但又不是全然等同的《野草》要素，并最终出场了他之谓《野草》主体构建的基本方法。

> 尽管实际上的"空虚"是多次向鲁迅袭来而逐渐形成的，但在把过去的一切总括于"空虚"的"忽然"袭来上面，而且，在这一瞬间里似乎有什么倒塌了而某种状态即将开始，在这样的构成方式中，我们可以看到《野草》系列课题的最初形态。这可以说是以青春的终结为出发点，把自身的此刻现在作为一个明确的现实来实现的这样一种状态。（34）

此处的"似乎有什么倒塌了而某种状态即将开始""这样的构成方式"，被视为"《野草》系列课题的最初形态"，它与在《秋夜》里就已经见出，并且持续延续下去的"积极的冲动"及所遭遇的"曲折"是否在所指上可以视为"野草诸要素"及其运动间的同一精神性境状呢？木山先生对此没有明确的涉及，但在相关性的下文中，读者又会看到在其核心线的所论之旁，他的确是将《过客》与《秋夜》《影的告别》《希望》紧相关联而讨论的：

> 这篇作品的戏剧形式在《野草》中是特异的；之所以采取这种形式，大概因为在《秋夜》、《影的告别》、《希望》等共同的观念骨架之意识化上，采取按戏剧形式来分配角色的方式最为方便的缘故吧。在直立的枣树、彷徨的影、

① 所说引文即《野草·题辞》（可见《鲁迅全集》第二卷，北京：人民文学出版社，1981年）之"……我以这一丛野草，在明与暗，生与死，过去与未来之际，献于友与敌，人与兽，爱者与不爱者之前作证"。

肉搏黑暗的“我”等前后左右，各自分极化的花与落叶、光明与黑暗、希望与绝望等的图像，与在过客面前登场亮相劝说他休息的老人和坚信前面有花园的女孩这个两极化的人物剧情之间，不仅有着明显的连续性关系，而且，甚至可以说是后者把前者变成更为明快的图式化之作。（37）

那么，在《秋夜》中出场的图式化系列及其“观念骨架”往下持续，已经“走”到《过客》处了。再往下，木山先生的讨论话语也来得更清晰了：

《死火》中的死，使《过客》中过客前方的与内部的两种死之极端对照，得以在幻想中流动着纠缠在一起。而到了《墓碣文》则死的象征又回到了坟墓。这种往复运动在《野草》的方法上仿佛并非偶然，其间有着认识的飞跃与深化。（44）

《野草》之整体运动是往复式的，也是飞跃式的，如前所述，是一些基本的、对极化的观念、元素（希望与绝望、明与暗、生与死、过去与未来……）在图式化的（象征式的？——木山先生本人也还用到“象征”这个词）前后篇章中往复前行，前行的核心线则如前文所述是在试图“定位彷徨自我”“厘定存在根据”上。

如对这个压缩了的象征性话语补充一些细节，就可以看到，这里的表述是和希望中所言“我的青春”，即曾经充满了“血腥的歌声”又突然归于“空虚”的那个经历相重合的。可以想像，“于无所希望中得救”的逻辑，是用以捕捉前面所说的《野草》式“超人”（见于其对《过客》的分析——笔者）莽撞冲动的原理的。因此，这个简明的碑文便不是对于作者过往经历的直接总结，而是将对过往之一切加以《希望》式的总结，更进一步要把解放恶魔之破坏力的那种精神置于客观性的场域上来审视。一般认为《墓碣文》代表了《野草》的难解程度，其实站在这个角度来观察才能获得对《野草》结构骨架的展望。这就在于这篇作品对于到此为止的历程作了更深一层次的总结。（45）

没错，《希望》《过客》《死火》《墓碣文》在相当深度上被紧密联系着予以论述，其得出的核心结论，则如前文所述也呈现为大抵算得上肯定与否定的两极，此处，是想再度追寻木山“野草论”在核心线以外呈现的某些关键元素的运行路径，并最终在一个足够完整、宽阔的意义上确认其厘定的“《野草》主体构建的逻辑和方法”。正如对《墓碣文》进行讨论后，木山先生对于《野草》的核心结论就要出场一样，从《秋夜》运行到《墓碣文》，《野草》的基本方法也为木山先生十分明澈地献出了：

> 说到方法，从一个极端到另一个极端往复探求以解析混沌状态，这是鲁迅最显著的特有方法，这个方法大概与鲁迅本身所持“一无所有”的根本意识，以及多数非难者与崇拜者一致指出的“鲁迅没有思想体系”深深联系在一起。也因此，在《野草》里各篇的完成，不是作为体系的基础而胶着在一处，而只是作为连续不断的往复运动之一极而留下来的痕迹。（57）

至此，木山先生所发现的《野草》的基本方法已然显形，但其“野草论”的某些关键元素却还没有出尽。“如果这样的看法不离谱的话，可以认为这篇作品（即《颓败线的颤动》——笔者）是把在《墓碣文》中向自我内部大力推进而确认了的怀疑与痛苦，再放在历史世界中的某实体上重新加以掌握的。”（59）“结果，问题又回到了：不管鲁迅的孤独和怀疑是怎样地深刻，在《墓碣文》达到顶点时，仍然含有足以在与《死后》之间摆动出一大振幅的反弹力，而另一方面，也含有立刻通向《颓败线的颤动》那样的历史性。”（61）在木山先生的讨论里，《野草》还存在这样一个亦具有某种对极性的整体性轨迹的，即鲁迅彻底的孤独和怀疑一方面在其自我内部深度运行，试图直视其自我本体，一方面也在历史主题中的现实世界间顽韧地扫视着前后左右的中国人的生存态：“与‘国民性’相对抗，推动主体运动的轴线存在于揭露‘国民性’的行为本身中。但是，这种运动从《呐喊》走向《彷徨》，再进到《墓碣文》的话，那个象征则可以比拟于从内部来把握的世界线吧。这是使思想的运动沿其固有的法则推进而弯曲了的‘国民性’，同时又是鲁迅的自我世界，换句话来说，即他的中国在其内部苦闷而颤动的运动路线。”（53）那么，可以说，“自我内部”与“历史世界”是《野草》整体运动中的又一“对极”了吧——当木山先生谈到《野草》的其他对极的时候，读者比较容易确认，那些对极源自《野草》现成的文本之中，而“自我内部”与“历史世界”这一对极则是出乎他对鲁迅与《野草》的更富主体性的解读的，在笔者看来，后者恐怕更是某种难得的宝贵研究。实际上，面对《野草》里整体性极强的作品构架，对之做出鲁迅之“自我内部”与鲁迅所临之“历史世界”这样的结构性区分来，恐怕是有效地进入“幽深‘野草’门径”的必备武器之一。在近乎补充性的对《死后》的再观察中，木山先生强调的似乎是“友与敌”这一对极，但无论其自觉与否，他引出的则是越出了“友敌”范式的大问题：“如果注意到，经过这种不惜释放出绝对孤独者的激越的利己主义也要前行的冒险，两极对立的轴心开始由时间性世代性向空间性社会性转换，那么，《野草》所经过的发展方向就会清晰起来。‘友与敌’的两极对立如果获得了现实性，‘明与暗’、‘过去与未来’的对极观念就会深化其作为伟大过渡时代之意识的客观性。”（64）其更为通俗明了的总结是：“简单说来，这个过程大体是从个人的到社会的，从观念幻想的到现实的转换过程”。（66）“现实的”这个表述如果更精细一点，其实是指向了《野草》的某种极点性内涵的——这内涵的价值并不亚于木山先生对《墓碣文》的惊人论断，笔者以为。对此，木山先生本人也是有过这样的触及的：

> 于是，主体将要获得在对现实给予彻底否定的同时，又能使自己得以在现实中如实地存在下去的内在根据。《死后》一篇就可以视为这种精神状态的实际证实。当然，全面参与社会的现实这一意志是否在实际上实行了，这个问题终究是与生活的具体环境中的实践相关联的问题，没有以一篇作品或者数十篇诗作的写作代替得了的道理。不过，诗可以在作家的内面提供其方法上的根据。（56—57）

从这段引文中可见的是，《野草》作为系列的诗篇，虽然携带着极彻底的否定性剑气，但解决的则是创作主体鲁迅在内在精神领域的某种大问题，而这一解决能够在鲁迅对社会现实（历史世界）的是否“全面参与”这样的重大议题上给出内在的方法上的根据——回应的不正是“鲁迅创造的鲁迅”、重审“战斗者自我”的大命题吗？也许，置入木山先生的逻辑内，将这里的对极命名为“自我精神的”与“社会实践的”会具有更大的彰显力量？《野草》在内在的精神领地解决了鲁迅自我生命的一个蜕变进程，而这一解决能够为鲁迅断然直面黑暗世界、跃身“战斗者自我”的生命实践之境（一个人在某种根本意义上自觉、决绝的“置身世界的方式”？）提供其“内在根据”。果真如此的话，在笔者看来，的确涉及了对《野草》的大领悟。

至此，在笔者的观察中，木山先生“野草论”相当部分的有机性精华[①]都出场了，接下来的讨论更主要地想检视此一“野草论”的“有限”方面。

（三）木山先生“野草论”的“有限”

回顾前文，木山先生“野草论”的独到之处大致可以概括如下。一，木山先生有他心中颇为独特的“鲁迅像”，其“野草论”是在此一“鲁迅像”的整体意域中出场的，意识到了作为整体的《野草》之于其心中的“鲁迅像”的关键建构机制，所谓“年过不惑”而重审“战斗者自我”。进而，在《野草》的整体运动中，木山先生见出了创作主体鲁迅意欲重审自我、定位彷徨意识、厘定自我存在根据的核心一线。二，观察到了《野草》在实现前述目标时所启用的关键元素（这些元素往往具有某种对极性）及一脉相承的意味、运行的大体路径和基本方法。值得强调的是，木山先生所观察到的《野草》诸元素既有源自《野草》文本的直接提取，更有在《野草》文本的基地上深具抽象性的卓见，凡此，都给《野草》的解读带来了创造性的发现。其所言《野草》“从一个极端到另一个极端往复探求”的“最显著的特有方法”（57）有着对《野草》诸元素在整体运动间的内在节奏的真实把握。三，在对《野草》的整体探讨中，木山先生可以说相当程度地完成了他自身逻辑内的阐释目标，他的相关结论最终是，《野草》完成了鲁迅的一种“自我创造”过程，但是，他的这个最终结论出场得不乏曲折，甚至是不乏矛盾的。

可以说，在木山先生的“野草论”中，始终潜行着一种根深蒂固的对鲁迅的“前

---

① 这里所说的“有机性精华”指的是笔者能够将其归入某种整体性思路的精深论述，而在此之外，木山先生的“野草论”还有一些精彩的论述则很难将其纳入笔者所意识到的整体思路中进行呈现。比如，他将《野草》中作于1925年的《过客》《死火》《墓碣文》《死后》与同样作于1925年《孤独者》联系起来观察，认为其创作时期“正与作者新的论争和杂文时代的开始相重叠，这是值得铭刻于心的事实”。（49）将鲁迅杂文时代的开始定在1925年，读之心中一惊，极其认同。不过，木山先生的确未及同时陈说他的理由。再如，他把《颓败线的颤动》《明天》《祝福》《补天》中的核心女性形象与阶级论中的“人民”联系起来考虑，其结论也堪称深刻：“那些女人的形象是和历史中的人民相似的。不过，这仅仅是‘相似’而已，被称为人民时，其人民中所具有的自我解放的集团之主体性在那些女人的形象中是没有的。鲁迅在这样的存在中初次获得了实体的意象，而且是以超历史发展阶段说的方式获得的，然后把此作为思想的惟一基础保持下来，其意义在发现阶级以后也是深远的。为什么呢，因为他把可考虑作为革命对象及主体的最深奥的存在提到认识的基础上来了。”（61）

判断”——这个“前判断”一直存在于他的“鲁迅像”之中，在其“野草论”完成后也并无实质性的改变。此“前判断”有其深刻之处，但问题也与其深刻同在了。其相关的核心观点之一是，创作《野草》之前的鲁迅面对着一个足够黑暗的世界，而其内心也缺失确信之理想。当他继续说，如此之鲁迅在其并不自由、彻底的“呐喊”状态中，虽“年过不惑”，也不得不借《野草》的写作重审“战斗者自我”时，读者恐怕难免会预期，《野草》对于鲁迅作为一个“战斗者”的自我创造是有着积极的作为的。的确，在某种程度上，木山先生的思路正是如此抵达的——创作主体鲁迅要定位，乃至终结彷徨自我，厘定自我的存在根据，但是，其整个分析也同时是一个始终充满着尤为执着的某种对鲁迅是否真有其“终极自我构建”（理想构建？）的否定性声音的进程。始于《秋夜》的“积极冲动”即遭遇曲折，这曲折是一路蔓延在《野草》中的（28）。《求乞者》“壮丽的虚无哲学”未得建立（31）。《希望》出现了“针对绝望的”“当头一击”，却最终“所剩余的只是‘虚妄’”（34—35）。“四死论”中“与死对抗”的“生存—抗争”意志，在《过客》那里不过是朝向坟墓的“为前行而前行”（38），意义不明，以及“贯穿全篇的虚无主义”，直至“极端自我主义”的流露，最终只能导向“自杀”或复仇的冲动（39—40）。《死火》意气扬扬的“我”在“逃脱”的那一刻也“被碾死在车轮底下”。而被视为《野草》顶点的《墓碣文》，仍然与《希望》一样造成的是“怀疑与决断的无限连锁循环”，“‘虚妄’的现实并没有遭受任何的变化”。（51—52）又或“《墓碣文》的向心运动在自我中所寻找到的不是自我的终极存在，而是在空虚中的焦躁里颤动着的一个世界的象征”。（52）“在那顶点上没有任何东西完成”（57），“仍然是在抱着虚无而又不断前行这样一种行为矛盾中直接获得了一个强烈的象征”（55）。如此这般，在木山先生的论述里，《野草》的整体运动始终缺乏明显的质变性、飞跃性位移，缺乏最后的终极目标，似乎只是一种把捉不到最终意义的反复不已的平面性滑动，那么，《野草》之于鲁迅的“自我创造”，究竟作为何在？如前文所述，木山先生也还是认定《野草》出场了创作主体鲁迅在“运动着的此刻现在中自立的某种根据”（55），这根据与鲁迅心内“最执著的怀疑”相联系。但仔细观之，不由得发现这个足以“自立”的行动根据，却也是相当地不那么足以为根据的：

就是说，因为现在在行动，故只有更进一步不间断地行动下去，即使期望着“虚妄”的世界之消灭。（56）

可以称前期为“寂寞”引发叫喊的时代，后期为现在的行为立刻成为下一个行为之根据的时代。（55）

如此，通俗地说，就是行动已经开始了，所以下一步必须继续行动？如果这样，不得不说，这样的行动根据，其实质还是并无内在根据啊。鲁迅“年过不惑”而写《野草》，意欲重审“战斗者自我”，定位彷徨意识，厘定存在根据，其结果不过就是如此的、难免空洞的“为前行而前行”吗？笔者很难认同这一结论。而更为关键的是，这个结论即使在木山先生自身的文本里也能见出较为明显的矛盾。细心的读者会发现，笔者在前文讨论木山先生的“野草论”时对其第六部分几乎未曾涉及，那么，正好可在这里正面地关注之。虽然，木山先生自己也认定鲁迅“年过不惑”而重审“战斗者自我”正是《野草》的连续性课题所在，但他在具体分析的过程中，很少用到“战斗”“战士”这样的词语，仅在对《过客》的分析中提及了“过客”与“战士”形象的关联，在论文的第六部分——也许，这在木山先生的写作感觉里，只是他论文的余兴了？但在笔者看来这“余兴”其实涉及了足够核心、重大的议题的。

“最后，还想谈谈‘战士’意象的变迁。”（65）木山先生的相关观察有：一，在创作《过客》的1925年3月，鲁迅借《过客》《长明灯》《战士与苍蝇》三篇应对了他必须应对的“对战士的重构”。（65）二，认为“鲁迅在这之后对战士的重构又作了一次尝试，在《野草》接近尾声时所写《这样的战士》便是这种尝试的结果”。（65）《这样的战士》创作于1925年12月，那么，在9、10个月之间，鲁迅就两度对“战士”议题进行了重构？还是这两处的“战士重构”与整个“野草时期”（其写作上的时间跨度仅一年半）的重审“战斗者自我”所应对的其实就是鲁迅内在精神领地的同一个问题？笔者倾向于后一种，也正因此对于木山先生此中所论的相当部分持有保留意见了。其中最关键的一处是，《野草》“顶点”的《墓碣文》“没有任何东西完成”。《墓碣文》明言要“抉心自食，欲知本味”，其积极求索的意志悍然存在，但“本味”的确还未及出场，而同时其下文还有“离开”而“不敢反顾”的曲折在，但这“曲折”不正是从《秋夜》开始就既有的螺旋式往复吗？这样的求索与曲折，是否正标明：《墓碣文》虽已行进得足够高远精深，却还不是《野草》整体运动的终极（顶点）之处？“欲知本味”，是否“本味”的显形处才是《野草》的顶点处？“本味”，那正是鲁迅自我的终极存在了吧——是否，至《墓碣文》，创作主体的鲁迅还在意欲追索“本味”，“本味”未出，《野草》也正没有写完，“本味”是否会在连续性极强的《野草》的别章中出场呢？且看木山先生对《这样的战士》一篇的分析：

> 作品以这样的表现作结，展示着不肯承认自己的死之空虚与世界太平，欲再度挣扎战斗的战士之气势，而未留下任何抑结色调。这里无疑掺入了作《过客》以后所体验到的，围绕“女师大事件”与“学者”、“君子”们论战所得的教训，但应该说这种与战斗对象的性格完全相称的战士的思想意志，亦可算是前面说过的《野草》固有的往复运动的结果。总而言之，是与《野草》固有的构建方法和在现实中的体验方式相联系，才出现以上这样螺旋式的展开。（66）

如果，“未留下任何抑结色调”的“战士的思想意志，亦可算是《野草》固有的往复运动的结果”之“螺旋式的展开”的话，那么，这结果算不算《野草》整体运动的终极果实——在所谓“没有任何东西完成”的《墓碣文》之后才显露的终极果实呢？而况，这里应对的不正是更直接、更断然的重审“战斗者自我”的《野草》连续性课题中的应有之义吗？在笔者看来，比之“在那顶点（指《墓碣文》——笔者）上没有任何东西完成”（57）和“运动着的此刻现在中自立的某种根据”（55）这一负一正的说法，此处的论说要明晰、真实得多了。而木山先生的论文最后亦有如此的话语存在：

> 所谓《野草》中某种连续性的过程，就鲁迅的自我形成而言，正像本文最初所分析的那样，即是在把自己局限于过去与黑暗一侧，对假定的未来肩负起所有责任，这种特殊姿态崩溃以后，欲唤醒自己的此刻现在，更具体地说，就是要消除叫喊着的自己与其对自己的意识即自我意识之间的不一致之努力过程。而现在的恢复一定与把过去转换到未来去的主体自我意识相关，因此，这对主体来说又是对未来的唤醒，换言之，即是经历绝望与死而通向希望与生。（67—68）

这段引文,仅从其大处看的话,确认了《野草》联系着鲁迅的自我形成——“经历绝望与死而通向希望与生”，是深刻的悟道，但也与木山先生的前文不乏矛盾，并且，论文的结尾继续这样说:

> 人们说《两地书》不期然地具有文学作品的特色，这是因他的恋爱本身就像一部作品。……这里所谓恋爱像一部作品，意思是说恢复到本来的鲁迅的生，一定会是时刻注视着完结而自觉地创作出来的更高层次的一大作品。而《野草》之建构的最大特征就在于将此导向与历史具有内面一致性的方向这一点上。另外，如果说规定作为整体之鲁迅文学的，首先是通过文笔来实践艺术，学问，政治……这种颇为非限定的行为，其次是以对于笔这一工具的极具限定性的功能与宿命的自觉来从事艺术、学问、政治等，其结果留下了在此世中敢于挣扎奋斗的精神之鲜烈象征，那么，《野草》还意味着，正是这样的文学家鲁迅所完成的重要过程，其本身升华为作品了。（69）

这论析，与木山先生的前文也是有所矛盾的，在这样的思路里，其实足可见出，《野草》的整体运动最核心的终极果实，所谓“鲁迅之为鲁迅”的生成确是完成了的。换言之，与此处的“本来的鲁迅的生”所指相似，另一种用词中的鲁迅“本味”在《野草》里最终是出场了的。故，《野草》展露的是一个有其精神果实的生之积极进程，借《野草》，鲁迅注定要直面、清算怀疑、否定、犹疑、彷徨、绝望、死，虚妄……（诸如此类的词语，还可以补充多少呢?有没有一个涵盖所有这一切负面信息的更具抽象力量的词语呢?正如木山先生已经做过的，用诸如“自我内部”与“历史世界”这样的抽象性、普遍性更强的词语去创造性地涵盖、定位《野草》诗篇中出场的种种物象？）《野草》的终极抵达处不在异常精深，但毕竟还不乏阴沉、阻滞的《墓碣文》，而在决绝、坦荡，理想形象尽显的《这样的战士》。“恢复到本来的鲁迅的生”，这确是惊人的洞见——开阔一点而不仅限于恋爱的话，不就是在《墓碣文》那里未及显形的“我”之自我“本味”吗?而鲁迅的“本味”是什么?是否是留日期间文言论文里首度出场的“精神界之战士”？果真如此的话，重审“战斗者自我”，堪称“战士的哲学”的《野草》所完成的不正是对这——度沉默失语，继而言说，但又犹疑不定的“战士身心”的决绝复活、悍然回归吗？[①] 说到理想，“精神界之战士”这样的目标本身不足以构成生之理想吗？如果“精神界之战士”这样的生之方向、目标堪为生存理想之一种的话，则行进至《这样的战士》的《野草》是高强度地实现了鲁迅对其理想中的、也是生命本色中的“战士”式生命的悍然回归的。这用木山先生的话说，就是经由《野草》，鲁迅的确是恢复了“本来的鲁迅的生”的！

接下来的话题就会显得比较致命了。如果显身为“战士”而并没有心内的理想之物呢？“为战士而战士”“为反抗而反抗”“为笑笑而笑笑”“为文章而文章”……以及在《这样的战士》里被战士至死反抗着的“无物之阵”，这种种语象堪称是打上了鲁迅式独特烙印的，这独特烙印的本质是什么呢？这烙印的本质就在鲁迅自己反复说出过的“我至少将得到虚无”“惟黑暗与虚无乃是实有”中的“虚无”二字上，鲁迅体验过，他知道“虚无”以及“虚无主义”。是否这个深知“虚无”（没有意义价值，亦不存在有意义有价值的方向、目标）的人本身也最终落在了“虚无”的内质里却显身为“战士”的表象？而实质是一个虚无主义者？对此，我的答案是否定的。[②] 但是，在木山先生的“野草论”里他对这一问题的涉及似乎不那么明晰，或者说，他其实是矛盾的。一方面，他还是跟竹内好一样迎面一个强悍的鲁迅形象（“在此世中敢于挣扎奋斗”），另一方面，他似乎到最后也没有改变他在“野草论”最初部分的这一结论：

> 同样是发出“一切还是无”的呼吁，却在意识上与确信自我内部有着理想化身的易卜生完全相背。……（6）

在其“野草论”的最后，木山先生的相关话语也似乎并没有根本性的变动：

> 既然鲁迅已经不能以揭起光明与善来和黑暗与恶战斗，那么，本身代表了

---

① 笔者曾有拙见，将《野草》视为创作主体鲁迅决战（超越）“虚无”（无意义无价值，因而也是无方向无目标的虚无境状，完全可以囊括《野草》中出现的诸多消极性意象：怀疑、否定、犹疑、彷徨、绝望、死、虚妄……），重返其青春时期的“精神界之战士”状态，所谓“战士真我”的生命桥梁。有兴趣的读者可参阅《存在主义视野下的〈野草〉：鲁迅超越虚无，回归“战士真我”的“正面决战”》（上、下），《中国现代文学研究丛刊》，2006 年第 5、6 期。

② 对这个问题的完整的回答，感兴趣的读者，可以参阅拙著《存在主义视野下的鲁迅》，北京大学出版社，2007 年，其核心问题之一即鲁迅与虚无的遭遇，鲁迅的虚无体验，以及他主要经由《野草》以及《彷徨》后期的作品如何实现对虚无的超越，当然，超越虚无并非终结虚无，乃是在虚无的奠基上镌刻出真的意义价值的碑石。

> 光明与善的天才作为将来的理想虽然可待，但在目前努力的范围内是不可能存在的。这样，他便面临着对战士的重构之必要。……《战士与苍蝇》主要是以对苍蝇们的厌恶与攻击而构成的战士颂，《长明灯》的主人公不过是因热情至极而成为偏执狂，而《过客》中过客的行动则还原于只是前行这种无意义的动作上去。总之，如果理想主义式的战士的出现已不可能，即使没有理想和目标也要战斗，到了这样的地步，仍无法将其作为新战士的形象来实现。……而鲁迅在这之后对战士的重构又作了一次尝试，在《野草》接近尾声时所写《这样的战士》便是这种尝试的结果。……“无物之物”乃常胜者，战士则最后命终于“无物之阵”。这样观之，走进“无物之阵”的空虚仿佛与望着坟墓而前行的《过客》的图景相通似的……（65—66）

难以推定，木山先生是先确认的鲁迅跟虚无难以分离（这首先是鲁迅自己不止一次自曝的吧）呢？还是先确认的鲁迅心内缺失某种理想的坚信？但读者可见的是，竹内好在其《鲁迅》中就不止一次地涉及鲁迅跟“无”、“虚无”，直至“虚无主义”的关联，对于其相关观点的不同意见，笔者曾在一篇笨拙的论文里申述过，有兴趣的读者可以参看。[①] 这里想就木山先生直接谈到的理想（理想、虚无这两个问题其实是一个吧：严正理想的对面站着虚无；虚无的克星正是人之还有可相信的理想。）问题稍作讨论。

一般意义上，身携心内理想而战斗者才堪称“战士”，这是“战士”之为褒义词的语义依据吧。但木山先生这里确乎出现了“理想主义式的战士的出现已不可能，即使没有理想和目标也要战斗，到了这样的地步，仍无法将其作为新战士的形象来实现”的说法，问题就出来了，鲁迅语境中的“战士”究竟怎样？就笔者的阅读体验而言，从《战士与苍蝇》《长明灯》《过客》《这样的战士》诸篇里能够得出的结论至少不全是——乃至不会是——这里的“战士”是那种“即使没有理想和目标也要战斗”的“战士”。《战士与苍蝇》的文本本身没有直接涉及战士理想的有无问题，但其语境里面的战士是被颂扬者，而且不久之后，鲁迅就解释说：“所谓战士者，是指中山先生和民国元年前后殉国而反受奴才们讥笑糟蹋的先烈；苍蝇则当然是指奴才们。”（第七卷《集外集拾遗·这是这么一个意思》），这样的被颂扬者而缺失心内理想吗？需要斟酌啊。《长明灯》

① 可参阅收入本书的《“文学鲁迅”与“启蒙鲁迅”——“竹内鲁迅”的原型意义及其限度》一文。

里的疯子则是可以被寻出其作为殉难者的严正理想的吧？——吉光屯的美好未来不是他孤身一人最终坚信不舍、言行不息的理想吗？并为此理想而一定要熄灭（不惜放火）庙里的灯去的？面对《野草》的作品群，于《这样的战士》之外，木山先生独将“过客”与“战士”相关联，兼以认为“过客”的行动“只是（向着坟墓）前行”而“无意义”，他不觉间略过的要点恐怕就有三项。其一，“过客”拒绝回去的地方是如此的无意义（正是一个虚无的世界）：“回到那里去，就没一处没有名目，没一处没有地主，没一处没有驱逐和牢笼，没一处没有皮面的笑容，没一处没有眶外的眼泪。我憎恶他们，我不回转去。”（《过客》）其二，“过客”前往的地方是坟墓，亦即吞噬意义的“死亡—虚无”之境，因而“过客”的“走”也就是“为前行而前行”（38）的无意义吗？不错，老人说是坟墓，但女孩说是蔷薇盛开的所在，而“过客”所信为谁呢？他其实谁也不信，他自有其独自的追索：“老丈，走完了那坟地之后呢？”（《过客》）“坟地之后”是什么？老人不知道，他没有走过。“坟地之后”是什么？在《过客》里没有答案，但是《野草》不是处理连续性的课题的吗？那答案也许在别一篇里会出现。此外，如果“回转”之地是无意义的，那么，对峙“回转”的“前行”是否意味着，或是至少开启着对于意义的不息追索呢？其三，《过客》里“那前面的声音叫我走”，是不可小觑的有意义的话——它所彰启的读者想象足可各式各样，[①] 似乎不能以一句“意义到底极其渺茫”而迅疾掠过。至于《这样的战士》，这战士分明地“他”（只）“有自己”而抗战于“无物之阵”。按篇中的语境看，这“无物之阵”才是一个空洞的无意义的对象，那么，抗击无意义之物不正是一种对意义的追索、创造吗？

一些似乎比较明显的矛盾，或是并不尽显真实的结论何以反复出现于木山先生的“野草论”中呢？如前文所指出的，这问题的根源恐怕还是在木山先生设定的“鲁迅像”那里的——一个心内没有确信之理想的“鲁迅像”：“同样是发出‘一切还是无’”的呼吁，却在意识上与确信自我内部有着理想化身的易卜生完全相背。”（6）讨论《野草》的这一前提似乎异常执着地框定了木山先生“野草论”的一系列结论，当然，他对于这些结论有他的论证方式；问题是，

---

① 在这类想象里，最经典的，也是影响最大的，其意义指向相当深刻的那种，恐怕就是海德格尔的“良知”呼唤，而海德格尔之谓的“良知”如何显形呢？此“良知”正往往是在“向死而生”（可对应的，正是《过客》之“向着坟墓前行”）的情境里显形的：生命，往往在终有一死的警钟下迈出决绝的抵抗死亡的生的步伐。参阅拙著《存在主义视野下的鲁迅》，北京大学出版社，2007 年，第 297—299 页。

与之不同的论证也不是不可以给出来——这大概也是与《野草》文本本身的意象性（阐释的自由度相当大）、开放性有关系的。

说到理想，那不妨看看鲁迅本人的相关说法，考虑到本论文的篇幅以及相关信息在时间上的相关性，可以特别选取鲁迅在1925年（《野草》创作的核心时间段——笔者）写下的文字：

> 无破坏即无新建设，大致是的；但有破坏却未必即有新建设。卢梭、斯谛纳尔、尼采、托尔斯泰、伊孛生等辈，若用勃兰兑斯的话来说，乃是“轨道破坏者”。其实他们不单是破坏，而且是扫除，是大呼猛进，将碍脚的旧轨道不论整条或碎片，一扫而空……
>
> 我们要革新的破坏者，因为他内心有理想的光。我们应该知道他和寇盗奴才的分别；应该留心自己堕入后两种。这区别并不烦难，只要观人，省己，凡言动中，思想中，含有借此据为己有的朕兆者是寇盗，含有借此占些目前的小便宜的朕兆者是奴才，无论在前面打着的是怎样鲜明好看的旗子。
>
> ——第一卷《坟·再论雷峰塔的倒掉》，1925年2月6日

“革新的破坏者”，这正是“战士”的事业吧，而鲁迅明言那须“内心有理想的光”，否则，则不过是寇盗和奴才——这否定、鞭笞的用词实在是很重的。“无论在前面打着的是怎样鲜明好看的旗子”，这直接令人联想到了《这样的战士》里所谓的“头上有各种旗帜，绣出各样好名称：慈善家，学者，文士，长者，青年，雅人，君子……。头下有各样外套，绣出各式好花样：学问，道德，国粹，民意，逻辑，公义，东方文明……”，“战士”必须身携理想，这看来是鲁迅的本意。所以，“战士”“在‘毋友不如己者’的世上，除了激发自己的国民，使他们发些火花，聊以应景之外，又有什么良法呢？可是我根据上述的理由，更进一步而希望于点火的青年的，是对于群众，在引起他们的公愤之余，还须设法注入深沉的勇气，当鼓舞他们的感情的时候，还须竭力启发明白的理性；而且还得偏重于勇气和理性，从此继续地训练许多年。这声音，自然断乎不及大叫宣战杀贼的大而闳，但我以为却是更紧要而更艰难伟大的工作”。（第一卷《坟·杂忆》，1925年6月16日）这大抵恐怕不是一个心无坚信之理想的人能够说出的话。

> 岂不是改革么？历史是过去的陈迹，国民性可改造于将来，在改革者的眼里，已往和目前的东西是全等于无物的。在本书中，就有这样意思的话。
>
> “东呢西呢，南呢北呢？进而即于新呢？退而安于古呢？往灵之所教的道路么？赴肉之所求的地方么？左顾右盼，彷徨于十字街头者，这正是现代人的心。‘To be or not to be，that is the question。’我年逾四十了，还迷于人生的行路。我身也就是立在十字街头的罢。暂时出了象牙之塔，站在骚扰之巷里，来一说意所欲言的事罢。用了这寓意，便题这漫笔以十字街头的字样。
>
> “作为人类的生活与艺术，这是迄今的两条路。我站在两路相会而成为一个广场的点上，试来一思索，在我所亲近的英文学中，无论是雪莱，裴伦，是斯温班，或是梅垒迪斯，哈兑，都是带着社会改造的理想的文明批评家；不单是住在象牙之塔里的。……”
>
> 假使著者不为地震所害，则在塔外的几多道路中，总当选定其一，直前勇往的罢，可惜现在是无从揣测了。但从这本书，尤其是最紧要的前三篇看来，却确已现了战士身而出世，于本国的微温，中道，妥协，虚假，小气，自大，保守等世态，一一加以辛辣的攻击和无所假借的批评。
>
> ——第一卷《〈出了象牙之塔〉·后记》，1925 年 12 月 3 日

这三段从日文翻译而成的中文，出自鲁迅，其中，虚无（“无物”）、理想（“社会改造的理想的文明批评家”）、“战士”（确已现了战士身而出世）共在。仅仅 11 天之后的 1925 年 12 月 14 日，《野草》作品群里鲁迅自己的《这样的战士》也“出世”了。被置于否定之中的虚无体认可以说难以终结，但虚无之境是可以不息超越的：足够黑暗的历史与国民性可以再造于将来，难以择定方向的自我人生（不正是虽已在“呐喊”而又不乏犹疑不定，难免悲观失望的中年鲁迅吗？）可以“年过四十”而重审“战斗者自我”，而再显“战士”真身，而悍然“出世”的。虚无，所以必会经受不息的超越，是因为人有生生不息的自由意志在，人不甘于腐朽、黑暗、生而如死，不甘于被否定，而何物才能够照透虚无所意指的这一切否定元素呢？理想！理想作为对某种价值的肯定稳固地站立在虚无的对面，

呈现的是真正的生与死的交锋。

无理想的“战”“反抗”是既为鲁迅所深知，亦为鲁迅所否定的，他称之为“止于‘虚无’的反抗”：

> 在这里听到了尼采声，正是狂飙社的进军的鼓角。尼采教人们准备着“超人”的出现，倘不出现，那准备便是空虚。但尼采却自有其下场之法的：发狂和死。否则，就不免安于空虚，或者反抗这空虚，即使在孤独中毫无“末人”的希求温暖之心，也不过蔑视一切权威，收缩而为虚无主义者（Nihilist）。巴札罗夫（Bazarov）是相信科学的；他为医术而死，一到所蔑视的并非科学的权威而是科学本身，那就成为沙宁（Sanin）之徒，只好以一无所信为名，无所不为为实了。但狂飙社却似乎仅止于“虚无的反抗”，不久就散了队，现在所遗留的，就只有向培良的这响亮的战叫，说明着半绥惠略夫（Sheveriov）式的“憎恶”的前途。
>
> 未名社却相反，主持者韦素园，是宁愿作为无名的泥土，来栽植奇花和乔木的人，事业的中心，也多在外国文学的译述。
>
> ——第六卷《且介亭杂文二集·〈中国新文学大系〉小说二集序》

这段引文直接地告诉读者，鲁迅否定“一无所信”“无所不为”“为反抗而反抗”的“止于‘虚无’的反抗”，这样的“反抗”恐怕与他意义内的“战士”言行不属一列。但我也在想，一个真实的问题也许是，不知不觉地，鲁迅的行文方式与他心内所持的理想越来越存在一个需要读者穿越的“间距地带”——这尤其适合面对《野草》之后，自觉地大写“匕首”式杂文（已经不再是“新青年”时期尚不乏温婉的“随感录”，更不是留日时期颇不乏正面言说的长篇文言论文了）的鲁迅的。笔者也曾经不成熟地试图在鲁迅于1925年自觉择定的“杂文文体”间所营建的“黑色世界”里，寻出那一整个隐藏在批判的、批评的“匕首”“投枪”背后的理想光焰，[①] 多年已经过去，对于自己当年的此种寻出，我的确并不满意，但是，对着下面的文字：

> 所以，我终于还不想劝青年一同走我所走的路；我们的年龄，境遇，都不相同，思想的归宿大概总不能一致的罢。但倘若一定要问我青年应当向怎样的

---

① 参阅拙著《存在主义视野下的鲁迅》，北京：北京大学出版社，2007年，第三章第二节。

目标，那么，我只可以说出我为别人设计的话，就是：一要生存，二要温饱，三要发展。有敢来阻碍这三事者，无论是谁，我们都反抗他，扑灭他！

可是还得附加几句话以免误解，就是：我之所谓生存，并不是苟活；所谓温饱，并不是奢侈；所谓发展，也不是放纵。

——第三卷《华盖集·北京通信》，1925年5月8日

时至今日，“我之所谓生存，并不是苟活；所谓温饱，并不是奢侈；所谓发展，也不是放纵”。鲁迅所向往的、所理想的生存、温饱、发展——尤其是这个“发展”究竟意味如何？是否真的不大可能从鲁迅独特的满贯批判精神的文本世界中提炼出来？鲁迅于世批判、勇为精神战士的言说尺规，存在，还是不存在呢？似乎，仍然在期待着回答。

2015年11月初稿完，2016年1月二稿，

该文曾部分发表于《东岳论丛》2017年第11期、《宜春学院学报》2017年第10期，

2019—2020年间多次修改，2020年6月修改稿定。此次出版有修订。

参考文献

1. 李长之：《鲁迅批判》（1936 年 1 月初版），北京：北京出版社，2003 年。
2. [日] 竹内好：《鲁迅》，李心峰译，杭州：浙江文艺出版社，1986 年。
3. 王士菁编著：《鲁迅早期五篇论文注释》，天津：天津人民出版社，1978 年。
4. 王得后：《致力于改造中国人及其社会的伟大思想家》，载《鲁迅研究》（北京）1981 年第 5 期，见王得后主编：《探索鲁迅之路》，北京：北京师范大学出版社，2003 年。
5. 王富仁：《中国反封建思想革命的一面镜子——〈呐喊〉〈彷徨〉综论》，北京：北京师范大学出版社，1986 年。
6. 钱理群：《心灵的探寻》，上海：上海文艺出版社，1988 年。
7. 孙玉石：《〈野草〉研究》，北京：中国社会科学出版社，1982 年。
8. 汪晖：《反抗绝望——鲁迅的精神结构与〈呐喊〉〈彷徨〉研究》，上海：上海人民出版社，1991 年。
9. 王晓明：《无法直面的人生——鲁迅传》，上海：上海文艺出版社，1993 年。
10. [美] 李欧梵：《铁屋中的呐喊》，尹慧珉译，长沙：岳麓书社，1999 年。
11. [日] 伊藤虎丸：《鲁迅与日本人——亚洲的近代与“个”的思想》，李冬木译，石家庄：河北教育出版社，2000 年。
12. [日] 木山英雄：《〈野草〉主体构建的逻辑及其方法——鲁迅的诗与哲学的时代》，见《文学复古与文学革命——木山英雄中国现代文学思想论集》，赵京华编译，北京：北京大学出版社，2004 年。
13. [日] 丸山升：《鲁迅·革命·历史》，王俊文译，北京：北京大学出版社，2005 年。（此处作者名有误，应为丸山昇——笔者）
14. 王富仁：《中国文化的守夜人——鲁迅》，北京：人民文学出版社，2002 年。
15. 钱理群：《走进当代的鲁迅》，北京：北京大学出版社，1999 年。
16. 朱正：《鲁迅回忆录正误》，北京：人民文学出版社，2006 年。
17. [日] 山田敬三：《鲁迅——无意识的存在主义》，秦刚译，北京：北京大学出版社，2012 年。
18. 高远东：《现代如何“拿来”——鲁迅的思想与文学论集》，上海：复旦大学出版社，2009 年。
19. 郜元宝：《鲁迅六讲》，上海：上海三联书店，1999 年。

后　记

既然活着，就得考虑自己必须以及想做的事，当来到一个多少还可以选择一下的路口的时候，我说：我更愿意课堂上的教学，在并不放弃思考以及阅读（所谓科研）的同时。

于是就在温州大学执意课堂教学了，但教学亦有教学的任务和目标，一路涉探下去，终于来到了足可自觉接纳、自觉付出的有关鲁迅的慕课这里，来到了这本出版物的最初雏形处。慕课对时间的限定 5—15 分钟的视频讲课，最初是感觉束缚的，但慢慢也体味到内容的精炼也是应该追求的。

大学的人文课堂，中文系的文学课堂，课堂中的鲁迅，走着走着，突然意识到自己已经处在一个文化链条之间了。我记得是新世纪之初，王富仁先生在纪念李何林先生的一个场合上，用了其一贯的高声在喊：我觉得李何林先生，他只要举起了鲁迅，就像高尔基笔下的丹柯举起了他的心、他的火把[①]……无论在怎样的境遇里，有了这个火把，世界就不一样，自己的人生也就不一样……我记得王富仁老师的话、的大意，大抵是这样的。

李何林先生的鲁迅，还有王瑶先生的鲁迅，王得后先生的鲁迅，王富仁先生的鲁迅，钱理群先生的鲁迅……在这诸多先生们的眼里，鲁迅的最高价值，用改变中国人及中国社会的伟大思想家来体现，他们也许都是可以同意的吧。

另一面，却是竹内好的鲁迅，丸山昇的鲁迅，伊藤虎丸的以及木山英雄的鲁迅。竹内好的鲁迅，极深刻，又极坚苦卓绝；丸山昇的鲁迅，革命人的鲁迅，血管里流出的是血，革命人才会出革命文学、才会有革命事业……大抵，一个坚苦卓绝的真正的现代人、东亚人，是 20 世纪日本的鲁迅观察者、研究者心目中鲁迅价值的最高处——这，在竹内好、丸山昇之外，伊藤虎丸、木山英雄也都能认可的吧。

而后，反抗绝望的鲁迅，超越虚无的鲁迅，信仰者鲁迅……

---

① 在高尔基的短篇小说《丹柯》里，丹柯和他的部族走进了一片黑暗的大密林中，丹柯燃烧其心，以做火把，照亮族群的道路，走出了黑森林，而丹柯也就此殉难了。

这是真的，20 世纪，存在一个东亚世界的鲁迅。

20 世纪之后，鲁迅会怎么样？人们对鲁迅还会有怎样的共识？

据说，要平视鲁迅。但我觉得，我从来没有不平视鲁迅过，甚至，还是一度逆反过鲁迅的。千真万确，一边逆反，一边模仿《秋夜》的首句：“在我的后园，可以看见墙外有两株树，一株是枣树，还有一株也是枣树。”（《野草·秋夜》）我也清晰地看见：鲁迅最极端的精神困境，那发生于自我生存深处的，以及鲁迅于这困境中的不甘，于这不甘中的自救，自救并且利他、利民、利国，其终极之处是——利于“人”，利于“生命”；当然，这也是深刻地利于“己”，利于“自救”的。

“自救救人”，鲁迅之性命也。

所以呢，就极其认真、投入地讲鲁迅，以及做一些阅读鲁迅研究著作的读书笔记。一切付出，皆无怨悔，也许多少可以助人，但第一要紧的还是自救——“救助我自己”，而还可以期待一下的，也许是人间之中每一个人的自醒醒他、“自救救人”，终极是自救于生命。

2019 年 8 月